遇见你，在我最美的年华

狐小妹 著

远方出版社

图书在版编目（CIP）数据

遇见你，在我最美的年华 / 狐小妹著 . —呼和浩特：远方出版社，2020.2
（紫水晶情感小说系列）
ISBN 978-7-5555-1345-2

Ⅰ .①遇… Ⅱ .①狐… Ⅲ .①言情小说—中国—当代 Ⅳ .① I247.5

中国版本图书馆 CIP 数据核字（2019）第 206067 号

遇见你，在我最美的年华
YUJIAN NI, ZAI WO ZUI MEI DE NIANHUA

著　　者	狐小妹
责任编辑	王　叶
责任校对	王　叶
封面设计	鸿儒文轩
出版发行	远方出版社
社　　址	呼和浩特市乌兰察布东路 666 号　邮编 010010
电　　话	（0471）2236473 总编室　2236460 发行部
经　　销	新华书店
印　　刷	三河市华东印刷有限公司
开　　本	170mm×240mm　1/16
字　　数	280 千
印　　张	19.5
版　　次	2020 年 2 月第 1 版
印　　次	2020 年 2 月第 1 次印刷
标准书号	ISBN 978-7-5555-1345-2
定　　价	55.00 元

如发现印装质量问题，请与出版社联系调换

目录

楔　子　我把自己弄丢了 / 003

第一章　谁偷走了我的十年 / 013

第二章　有谁比我更讨厌 / 035

第三章　你的名字，我的咒语 / 049

第四章　上高三的女魔头 / 075

第五章　记忆是最残忍的东西 / 089

第六章　爱情可以重来吗 / 107

第七章　你不懂我的悲伤 / 127

第八章　别说对不起 / 147

第九章　迟来的初吻 / 169

第十章　嫩草吃老牛 / 191

第十一章　纷乱的记忆 / 213

第十二章　重新爱上你 / 237

第十三章　在我最美的年华，遇见你 / 253

第十四章　第一百零一次求婚 / 271

第十五章　女魔头苏醒了 / 285

第十六章　爱情从未走远 / 299

我今年二十七岁。
我把自己弄丢了。

——题记

楔子 我把自己弄丢了

"黄灿,你这样恶毒的女人不得好死!"

诅咒声还响在耳旁,不过黄灿并不在乎——他不是第一个诅咒她的,更不会是最后一个。从坐上这个位子的第一天,她就知道她只能高高昂着头,被他们羡慕、妒忌,并且仰望。她享受着这种高处不胜寒的感觉。

1

这家开在新区、名为"在水一方"的咖啡厅装修精致,氛围极好,一向是都市白领的最爱,但今天这里只有寥寥数人。穿着燕尾服的钢琴师在演奏着《卡农》,当红"小花"李萱正在接受采访。她举手投足间都充满了万千风情,摄影师不停地捕捉她的身影,每一张照片上的她都美丽无比。

在钢琴声中,李萱对着镜头甜甜地说:"大家都觉得明星只会'血拼'、化妆,但我并不是这样的。我是一个热爱读书的人,特别是历史类书籍。空闲时间,我最喜欢一个人在别墅后面的私人海滩漫步,也喜欢去孤儿院看望孩子们。我知道有些人说我是花瓶——其实我并不在乎这一点,但我认为'人淡如菊'这个成语对我而言非常合适。我并不是只有美貌没有脑子的人,下个月起我就要去哈佛大学进修……"

李萱的声音非常甜腻,而镜头一直在她的饱满的胸前停留,简直舍不得挪开。李萱带着最完美的微笑,看着坐在她对面的那个穿着米黄色风衣的女人,只见那人嘴角勾起一丝微笑:"不好意思打断一下。李萱小姐,你说的那些都是宣传资料上的,但我想读者更关心的是真正的你。你说你热爱读历史类的书籍,请你举几个关于此类书籍的例子好吗?"

"呃……高中的历史书?"李萱笑容开始僵硬。

"高中的书籍确实十分高深,只有像你这样的知性女明星才懂如何阅读。李萱,请用一个成语形容自己好吗?"

"人淡如菊。"她微笑着说。

"这个成语您刚才已经说过了,换一个可以吗?"

"人、人淡如梅?人淡如竹?"李萱的笑容更加僵硬。

"人淡如猪真是一个不错的形容词——只是,李萱小姐连成语都不会用,令我非常质疑你的学历。你真的是哥伦比亚大学毕业的吗?"

"当然。"

"What is your major in the university?"

"呃……"

李萱的笑容越来越淡,开始求助身边的经纪人。经纪人一脸笑意地就要插话,而黄灿手一摆,微笑着说:"抱歉,我采访的是李萱小姐,不是你。李萱小姐,听说你吃饭都要助理喂,有这么一回事吗?"

"胡说,这怎么可能!我有保姆!"

李萱瞪大眼睛反驳,而她的经纪人已经想撞墙了。经纪人站起身,想把李萱拉走:"黄主编,不在采访提纲里的问题我们是不会回答的。"

黄灿不理她,继续问李萱:"听说你和你的干爹有着不正当的关系,是这样吗?"

"胡说!这是污蔑,'赤果果'的污蔑!"李萱一拍桌子,愤怒地说。

"那这张照片是怎么回事?"

黄灿说着,拿出一张照片放在李萱面前,那照片赫然显示着他们同进一家宾馆。李萱瞪大了漂亮的大眼睛,磕磕巴巴地说:"这照片你是怎么拿到的?不可能!"

"这么说你承认你们一起进宾馆干了一些不为人知的事情了?"

"我……"

"很好。忘记告诉你,这照片是我合成的。"

"黄灿!你这个变态!我、我……"

李萱的手突然剧烈地颤抖起来。经纪人知道可能她的癫痫犯了,急忙拨打120,用求救的目光看着他们。所有人都看着黄灿,而黄灿站起身。在众人的期待中,她微笑着说:"收工。"

2

环球大厦是S市园区最高的建筑。在这里，聚集着顶级的精英，位于五十八层的《魅力》杂志社更是大厦中一道最亮丽的风景线。

走进《魅力》杂志社，你会看见漂亮的前台小姐，总是穿着最时尚的服装和最纤细高跟鞋的女人，还有永远都是西装革履的男士。此时，他们涂指甲油的涂指甲油、看杂志的看杂志、上淘宝的上淘宝，还有几位男士被美女们围了起来，整个办公区一片欢声笑语。一位男士一边吃汉堡一边眉飞色舞地说着什么，而周围响起的是一片惊呼声。

"你真的看到'黄世仁'当面说黎导演的儿子吸毒了吗？天啊，黎导演都有六十岁了，她怎么能这样逼一个老艺术家？"

"唉，上个月采访的时候她非要张记者当众承认她的婚外恋，逼得她险些当场跳楼自杀，实在是太没同情心了。"

"她上个礼拜去采访癌症病人的时候，还逼问那人为什么拿了社会捐款却不把遗体捐献给社会，那样子真是恨不得当场把那病人的心肝肺都挖出来哦！后来那病人被她气得血压飙升进了急诊室。"

"可这样的报道读者就是喜欢看。"有人叹气。

"等她的任命正式下来，做实主编的位子我们就更惨了。"

"据说等年会的时候就会宣布。"

"哦不。"所有人都抱住了头。

"哥哥姐姐，我听前辈说她用卑鄙的手段抢了她师父的作品，然后才做上了副主编，有这么一回事吗？"

"小妹妹，有些事情你知道就可以了，不要说出来嘛。"

"王哥你告诉人家嘛。"

在实习生小林的星星眼下，王勇又吃了一口汉堡，然后说："我来的时间也不长，可确实听到了这样的传言。据说'黄世仁'还是由张主编招进来的，张主编把她当成女儿那样疼爱，没想到她趁着张主编生病住院的时候把她踢走了。所以说啊,这杂志社的名誉负责人是丹尼尔,但实际老板可是'黄世仁',小妹妹你可要小心点。"

"她那么可怕啊。"

"你们不要瞎说,被她知道的话你们可就惨了。"

麦琪是一个容貌清秀的美女,她微笑着提醒大家,但并没有人把她的话放在心上。他们继续说着"黄世仁"的坏话,突然前台小姐莲花收到了一条短信。她猛然起身,按下一个按钮,然后警铃大作。小林还呆呆地站着,麦琪一把抓住她的胳膊说:"快去计算机前随便做点什么,别让她看见你站在这儿发呆!"

"可……可这是中午休息时间啊!"

"'黄世仁'的脑子里永远没有休息的概念!不想死就快走!"

麦琪说着,不再管小林,所有人都以最快的速度回到了自己的座位上。在五秒的时间里,他们熟练地打开工作表格、打电话、画图纸,刚才悠闲的景象不复存在。当他们都摆出认真工作的样子时,门被轻轻推开,一个穿着米色风衣和长靴的高挑女人走了进来。

她是一个极为美丽的女人,长长的卷发及腰,身材玲珑有致,但脸上不带一丝微笑。在寂静的办公室里,她高跟鞋撞击地板的声音格外响亮,让大家的心随之一颤。所有人都露出得体的笑容,站起来和她问好,而麦琪急忙跟在她的身后。她没有回复任何人的问好,经过正急匆匆咽下最后几口汉堡的王勇面前时对麦琪说:"叫他两分钟后到我的办公室一趟。"

"好的,主编。王勇,主编让你两分钟后到她的办公室。"麦琪用分外同情的语气说,然后跟着黄灿到了她的办公室。

走进办公室后,黄灿伸手,麦琪急忙把她脱下的大衣挂好。黄灿又伸手,麦琪把来电记录和来访记录拿给她看,她一边看一边说:"今天中午十二点十五分要和广电的领导吃饭,你帮我订'在水一方'的位子,要靠近湖边的;一点十分结束用餐后回到公司,一点十五召开例会;三点四十二分结束会议后,我要面试三个人;四点四十二分面试结束的时候,我要看到今天的采访稿。现在,出去。"

黄灿每说一句话，麦琪就点一次头。她说完后正好过了两分钟，麦琪如释重负地走出办公室，而此时王勇正好走了进来。他早就没了刚才的眉飞色舞，毕恭毕敬地说："主编，您找我……"

"佛说，前世五百次的回眸，才换来今世的擦肩而过。王勇，我们共事已经有一年了，所以我们前世光顾着回头才会有这段孽缘吧。我想我已经为前世的失误买够了单，现在我要纠正这个错误。"

"主编，您的意思是……"

"你的美食专栏是杂志中最不受欢迎的栏目，已经持续三个月占据'最不受读者欢迎'榜单的榜首。你有什么好说的吗？"

"这只是暂时的……"

"这借口三个月前你这样说，现在还是这样说，你就不能有点新意？王勇，我已经给了你时间，现在我对你非常失望。我建议你回家休息一下，这份工作并不适合你。"

"主编，你是要开除我吗？"

"你说呢？"黄灿面无表情地问。

"可我一年前还荣获过'最受欢迎榜'的第二名啊。"

"那是一年前的事情了。现在除了进商店的时候服务员会对你说'欢迎光临'外，还有谁会欢迎你？"

"主编，请给我一个机会，我的房贷还没还清，老婆下个月就要生了啊！你不能这么对我！"

"从法律的角度来说，公司确实不能开除孕妇，但你的老婆是孕妇而你不是；从情理的角度来说，我没必要养闲人。所以，如果你不能怀孕的话，还是请你走人。"

"主编！"

"出去吧，你的工资找小王结算。还有，我劝你少吃点汉堡，这样的垃圾食品对你本来就少得可怜的智商没什么益处。"

"黄灿，你这样恶毒的女人不得好死！"

诅咒声还响在耳旁，不过黄灿并不在乎——他不是第一个诅咒她的，更不会是最后一个。从坐上这个位子的第一天，她就知道她只能高高昂着头，被他们羡慕、妒忌，并且仰望。她享受着这种高处不胜寒的感觉。

时间一分一秒地过去了。

当她终于结束了一天的工作准备下班时，办公室已经没有人了，而手机突然响了。她见来电人是凌霄，下意识皱了皱眉，但还是接听了。

"有什么事？"她问。

"只是想提醒你一下，今天晚上要去LISA共进晚餐。"

"LISA……哦，LISA！雷欧前几天就约我去LISA共进晚餐，我居然忘记了这件事！"

"黄灿……"

电话那头还在说些什么，但黄灿已经挂断了电话。她打电话给麦琪，将她严厉指责了一顿，然后命令她通知相关人员和她一起去LISA餐厅。而电话那头，凌霄长叹了一口气，出神地看着远方。

3

LISA餐厅里，黄灿和海外归来的摄影师雷欧相谈甚欢。她充分发挥了女人的魅力，在谈笑间与雷欧达成口头协议，让他做杂志下一期的摄影师，但也因为过度饮酒而头晕目眩。就在雷欧在桌子底下用脚轻触她脚背的时候，她突然发现桌上的人都躲躲闪闪地往其他桌子上看。她顺着他们的目光望去，然后酒醒了一半。她清楚地看到凌霄——她的丈夫，正和一个身材火辣的美女坐在一起。

她依稀记得那个美女叫李玫，是一家报社的记者，今年才三十岁，却嫁给了六十岁的香港富商。她的豪放作风许多人都有所耳闻，更是传媒圈里的笑柄。黄灿曾听凌霄谈起她让他给设计别墅的事情，却没想到他们居然会在私底下有接触，只觉得被人当众扇了一个响亮的耳光。

"干杯。"她继续笑着说。

"黄灿，尝尝这里的小牛排，味道很不错。"

"谢谢你的好意，但我只吃蔬菜喝酸奶。"

她妩媚地笑着，脚回勾了雷欧一下。

一个小时后，终于到了离开的时间了。雷欧暗示今天晚上他只有一个人，而黄灿装作没听懂，笑着打太极。当雷欧离开的时候，亲她面颊时顺便舔了一下她的耳垂，黄灿浑身一颤，但只是勾起嘴角瞥了他一眼，笑容极其妩媚。雷欧离开后，她的笑容顿时消失不见。她让同事先离开，然后挺直了胸膛走到了凌霄面前。就算极力控制，但她的脸色实在是很难看。

看到黄灿到来，凌霄不为所动。黄灿举起手，但手又软软垂下。她微笑着说："好巧，在这里见面了。两位用餐愉快，这顿算我请。"

"凌霄，这位是……"李玫笑吟吟地问。

"我的妻子，魅力杂志的主编。"

"你是黄灿小姐吧，我们应该见过。我叫李玫……"

"我知道，您可是大名鼎鼎的'李太太'。关于怎么勾引男人您一定有很多见解，不知道您有没有空接受一下采访，向广大读者传授经验？"

黄灿脸上满是嘲讽的笑容，而李玫愣住了，一句话都说不出来。黄灿紧咬嘴唇，往门口走去，经过凌霄身边的时候，只听见凌霄说："今天是我们的结婚纪念日，我居然奢求你记得，真是愚蠢……谢谢你给我上了一课。"

"什么……结婚纪念日怎么了，结婚纪念日就能让我当众丢脸吗！你让我以后怎么做人！"黄灿一愣。

"黄灿，我以为你会担心我们的婚姻，但你担心的只是你的面子。呵，你永远是那么自私，永远只在乎你自己。"凌霄摇头。

"凌霄，你有什么资格说我？"黄灿冷冷地说。

"黄灿，我对自己说，给我们最后一次机会，但这只证明了我的愚蠢。我想，也许我们需要暂时分开一阵子。"

"凌霄，你要为了她和我离婚？"黄灿惊异地问。

凌霄刚想说什么，但黄灿快速地说："好，如你所愿。我早就想说这句话了。你明天就会收到我的律师函。"

黄灿说着，头也不回地走开，直到进了车子才落下泪来。她打电话给律师交代离婚的有关事宜，确认离婚协议书第二天就能寄到凌霄手里，然后挂断电话。她发泄般飞快地开着车子，脑海中浮现的全是凌霄的身影。她不住地安慰自己这段婚姻早就该结束了，但泪水还是弥漫了眼睛。就在这时，有个小孩突然出现，她慌忙之中猛打方向盘，然后车子撞到了迎面而来的货车……

血，顺着她的额头慢慢流淌了下来。

第一章 谁偷走了我的十年

她记忆中的身体是偏瘦削的，谁能告诉她胸前那两坨东西是什么！好吧，胸大是好事，可为什么腹部上有赘肉，为什么皮肤变得又干又涩？脸上倒是没了讨厌的青春痘，取而代之的是细纹，简直成了一个不折不扣的老女人！难道她被诅咒了，一下子丢失了十年的时光？

1

"黄灿，加油！"

"黄灿快跑啊！"

耳边响起的是同学们的加油声，黄灿用尽全身力气迈着步子，已经喘不过气来。她觉得每一次迈步都好像踩在刀刃上一样，动作突然变得极慢，四周的景物模糊不清，而终点似乎遥不可及。加油声虚无缥缈地响起，她紧咬嘴唇，用尽所有的力气朝那根红带子冲了过去，然后软软地倒在了地上。

"黄灿，醒醒！"

"黄灿！"

然后，她睁开了眼睛。

这里好像是病房，因为满眼全是白色，还有穿着白色制服的医生、护士在走来走去。她不记得自己是怎么到这里来的，努力回想，然后终于想起昨天在一千米决赛上晕倒的事情。

天，就在全校面前晕倒了吗？真是太丢脸了啊！

黄灿想着，捂住了脸，在床上翻滚了起来。她一看钟，发现已经是中午十一点了，一下子着急起来。

糟了，迟到了！

虽然对于爸爸妈妈不在医院陪她感到很奇怪，但她还是急忙往外冲，在医院门口和一个女人撞了个满怀。她急忙把那人扶起，口中道歉，而那女人一把抓住了她的手："主编，你醒了？"

"你喊我什么？你是谁？"

"主编你是不是麻药还没过？可今天的会议非常重要，你能不能坚持一下?"

"开会?"

黄灿疑惑地重复着这个女人的话,觉得她虽然长得还算漂亮,但脑子是坏的,真可惜。就在黄灿懵懂之际,那个女人忍不住了。她抓住黄灿的手把她往车上拖,黄灿拼命挣扎,口中叫道:"救命啊,有人要拐卖!妈!"

虽然极力挣扎,但她还是被女人抓进了车里。黄灿吓得脸色雪白,紧张地说:"我家没有钱,你们是不是绑架错人了?我什么也不会干,你们把我卖到山区里也卖不出钱来的!"

"主编,没时间回家换衣服了,你就穿这件衣服吧。今天的会议议程和化妆品都在你旁边。唉,以前我妈开刀后脑子也乱了一阵子,真希望你的麻药药效早点过去。"

女人说着,把一件黑色衣服扔了过来,黄灿愣愣地看着这件风衣,一时之间不知道她到底要做什么。她再一次尝试解释:"你认错人了。"

"要喝水吗?"她问。

黄灿和她怎么都沟通不了,郁闷极了。她见座椅上有个包,打算偷偷找手机来报警,但摸来摸去都没摸到。正在这时,车子一个急转弯,她手里的东西一下子就掉在了地上,而她急忙捂住嘴,不让自己发出声。她捡起落在座椅上的镜子,匆匆一瞥,然后愣住了。

"这不是我!"她大声叫着。

镜子里的那个女人尖尖的脸蛋,有着长长的卷发,却绝对不是自己的模样。黄灿惶恐地摸着自己的卷发,拼命拉扯,好像这样就能露出自己原来的短发似的。她鼓足勇气再次看着镜子,发现镜子里的那个女人和自己居然有着8成的相似度,只是皮肤稍微有些松弛,脸上贴着一个创可贴,面色也不太好罢了。她顺着脸颊往下看,伸手摸向胸前,一下子愣住了。

我居然有胸了?难道我梦游的时候做了丰胸手术?这到底是怎么回事?

"主编,你是哪里不舒服吗?"

"你说,我的胸是真的吗?"她艰难地问。

"主编!"美女好像听到了什么不该听的话,一下子捂住了嘴巴。

"你为什么喊我主编,你到底是谁?"

"唉,现在的麻药有这么厉害了吗?你叫黄灿,是《魅力》杂志的主编,我是你的助理,我叫麦琪。新一期的杂志就在你手边,你可以看看。"女人慢慢说。

黄灿下意识地拿起杂志,在封面上看到了自己的大名,还没来得及细看文章,车突然停了。那个女人打开车门,把衣服披在黄灿身上,然后给她穿上高跟鞋。她说:"主编,我们走吧。"

"你真的认错人了。"黄灿苦着脸说。

"你必须跟我走,不然等你清醒以后会杀了我。"麦琪严肃地说。

黄灿呆呆地跟着麦琪上了电梯,来到了一个装修得很像别墅的办公室。所有人都站起身,和她打招呼,可她一个人都不认识。她们来到会议室的时候里面已经坐满人了,为首的位子上坐着一个留着大胡子的中年男子。见到黄灿,他站了起来,伸出手,而黄灿的脚一崴,险些重重摔倒在地。

"这该死的高跟鞋!"她暗暗想着。

"灿灿,我希望你的身体已经恢复了健康。"男人深情地说。

他叫丹尼尔,是公司的总经理,也是黄灿的直属领导,但公司实际运作时还是黄灿说了算。要是其他人,可能不会喜欢像黄灿这样性格强硬的下属,更不喜欢被人占据了决定权,但他并不介意。用他的话说,所有员工就像他的孩子一样,他怎么会忍心责骂?可是没规矩不成方圆,只有麻烦黄灿来做这个恶人了。

黄灿呆呆地看着他。

"丹尼尔,主编的麻药药效还没过,现在脑子……有点不清醒。"

"这当然没关系,我的小可怜身上还有伤就要来开会,我怎么会怪她?宝贝,你快坐下。"

丹尼尔说着,把黄灿按在了椅子上,然后站起身。所有人都拿出笔记本，黄灿面前也出现了一本，还多了一杯咖啡。麦琪对她眨眨眼睛，而黄灿轻声说："谢谢。"

"不……不客气。"麦琪吓了一大跳，笑容凝固了。

"各位亲爱的同事，我的孩子们，有谁来猜猜我们上一期的销量排名是多少。一个惊人的数字，一个鼓舞人心的数字！是的，十五。在同类杂志里，我们排名比上个月又跌了五个名次。"

丹尼尔说着，没有一个人敢说话，黄灿也觉得这气氛实在是太压抑了。丹尼尔环视四周，继续说："谁能告诉我这到底是为什么！因为我们的员工不优秀吗？不，你们都是资深媒体人了；是因为市场不好吗？不，其他杂志照样销量很好；那只有因为管理者管理不善了。"

"丹尼尔，不是这样！"

"是啊，怎么会和你有关系！"

大家七嘴八舌说着，丹尼尔痛心地说："我相信大家的实力，但这样的成绩我要怎么和大老板交代？唉，要是下一期再这样，我只能引咎辞职，离开大家。"

丹尼尔说着，热泪盈眶。黄灿眼睁睁地看着这样五大三粗的男人居然从口袋里拿出手绢，用力擦了擦眼睛，惊愕地张大了嘴巴。丹尼尔注意到黄灿正在看他，而黄灿急忙移开目光，掩饰地喝了口咖啡，然后一下子喷了出来。

好苦！她郁闷地想，剧烈咳嗽起来。

"灿灿，你有什么见解吗？"丹尼尔问。

黄灿张大嘴巴看着他，不知道该如何回答。

"亲爱的，你伤到喉咙了？"

黄灿立马点头。

"可怜的小东西，那少说点话。"丹尼尔温柔地说。

2

于是，整个会议期间黄灿没有说任何话。会后，她打算偷偷溜走，但丹尼尔把她"抓"到了办公室。丹尼尔背对着她,一边问她车祸的情况,一边在做些什么。她不知道为什么很害怕这个中年大叔,不住地悄悄后退,一直退到了门口。就在她后背贴着门的时候,丹尼尔回过头,诧异地说:"怎么站得那么远,你不喝我新煮的咖啡吗?"

"不喝。"她说。

"好吧,多喝咖啡确实对身体不好。今天的会议你有什么想说的,在这里都说了吧。"

黄灿不知道该说什么,只能呆呆地笑着。

"我知道你在嘲笑我没用,但这些孩子们都还年轻,我真的做不到对他们太严苛,这些事他们知道也不好——唉,大老板发话了,说下一期的杂志还没起色的话就要停刊。你知道的,她不缺这个钱,但她受不了这样的失败。亲爱的,过几天自然美的老总要来,你一定要把他拿下!这样下期还能出刊,不然我们直接就能打包走人了。"

丹尼尔说着,用力拍了一下黄灿的肩膀,黄灿险些被他打倒在地。也许是她的脸色实在太难看,他关切地问:"你只住了一天医院就出院是不是太早了?身体不好的话多住几天,我给你假。"

"啊……"

黄灿正好开口,突然响起了激烈的音乐声。她茫然看着四周,丹尼尔好心提醒:"你的手机响了。"

手机?

她见音乐声果然是从包里传来的,急忙去掏,但怎么也摸不到。她生怕这电话是爸妈打来的,情急之下把包一倒,所有东西都掉了出来。她捡起手机,尝试了很久才接通,电话那头的声音有点熟悉,还很焦急:"黄灿,你在哪里?"

"我在……"

"她在公司,没有和其他男人约会。"丹尼尔大声说,然后对她挤挤眼睛。

"不要走,我来接你。"

电话一下子挂断了。黄灿看着来电显示,只见来电人写的是"李子涵",眼圈一下子就红了。她匆忙收拾好皮包,在丹尼尔惊讶的眼神中冲了出去。

原来,我不是孤单一人。

李子涵,你还在,这真是太好了。

她在楼下焦急地等着,不住地看着来来往往的自行车,但等了很久都没看到李子涵的身影。后来,她听到了喇叭声,诧异地回过头,只见车窗里探出一个头来。一个和李子涵长得一模一样,却成熟了许多的人对她喊:"黄灿,快过来啊,这里不能停车!"

听到那个熟悉的声音,黄灿犹豫了一下,然后朝李子涵的车子跑了过去。坐在车子的后座,黄灿只觉得紧张无比。她哆嗦着开口:"你……是不是李子涵?"

"黄灿,我们只是两年不见,又不是十年,你至于连我长什么样都不记得了吗?"

"你真的是李子涵!你快告诉我这是怎么了,我的头发怎么突然变得那么长,他们又说我是什么主编,我们明明都是学生啊!还有你的车子是哪里来的,你偷你爸的吗?这一切都是愚人节的玩笑对不对!"

"你胡说什么……"

李子涵突然停了车。他看着黄灿,神情严肃:"你说我们是学生?"

"是啊,你怎么了?"

"黄灿你告诉我,今年是哪一年?"

"2003年啊。李子涵,你到底怎么了?"

"可今年是2013年。"

"啊!"黄灿一声尖叫。

3

"啊!这个老女人不是我!我今年没有二十七岁,我没有!"

当黄丽丽赶到医院的时候,只听到惊天动地的叫声,而那声音似乎好像是她姐姐发出的。她愣了一下，从窗口往里看，然后见到了一个声嘶力竭的女人和满地的玻璃碎片。她嚼着口香糖，走了进去，不耐烦地问："找我干吗？"

"你是黄丽丽？"李子涵问。

"是啊。"

"你姐姐出了车祸。"

"哦，看起来没死啊。"黄丽丽满不在乎地说。

黄丽丽穿着超短裙，画着烟熏妆，耳朵上戴着亮晶晶的耳环，简直不像是高中生。就算是姐姐受伤，她看起来也是毫不在意的样子。她不耐烦地问李子涵："你找我来做什么？"

"凌霄的手机为什么不开机？"

"姐夫在出差啊。"

"什么时候回来？"

"就这几天吧。你到底为什么把我叫到这鬼地方？"

"黄灿，你认识这个姑娘吗？"

李子涵不再理会黄丽丽。黄灿上下打量着这个陌生的姑娘，目光让黄丽丽毛骨悚然，打了个冷战。后来，黄灿摇头："看起来有点眼熟，但我不认识她。"

"哼，我也不认识你！"黄丽丽愤怒地说。

"黄丽丽，出来下。"

李子涵一把拉过黄丽丽，把她拉到门口。黄丽丽拍掉他的手，一脸嫌弃地说："这位大叔，你都那么大年纪了还要泡高中生，你要不要脸啊！"

"我哪里年纪大！我也是八O后！你没发现我的皮肤还是很好的，连细纹都没有吗？我的身材也没走样！"李子涵只觉得心口被插了一刀，怒了。他郁闷地推推眼镜："算了，不和你说这个。黄丽丽，你姐姐出了点问题。"

"我看出来了。是不是她的公司终于倒闭了，然后她如愿以偿地成了神经病？"

"不是。她好像以为自己是十七岁。"

黄丽丽的脸上终于有了变化。她说:"十七岁?和我一样?这不可能!"

"她昨天发生了车祸,今天早上才醒。"

"不可能,她肯定在骗人。"黄丽丽说。

"好好照顾她。这是我的名片,我二十四小时开机。"李子涵把名片递给了黄丽丽。

他长叹了一口气。

李子涵开车送黄灿和黄丽丽回家,一路上黄灿都没有说话。她看起来非常紧张。后来,她瞪大眼睛看着装修得就好像宫殿一样的家,手足无措,简直不敢相信自己的眼睛。李子涵要离开,而黄灿一把抓住了他的衣袖。李子涵拍拍她的手,说:"黄灿,这是你家,你安心住下,很快就会想起以前的事情。有事打电话给我,我把我的号码设置成快速拨号了,你长按1就可以。"

李子涵说着,向黄灿演示了一番,黄灿好奇地看着自己的手机,觉得这个东西真是太有趣了。后来,她恋恋不舍地看着李子涵的车子开走了,拘谨地在房中站着,手脚都不知道该往哪里放。黄丽丽不耐烦地说:"已经很晚了,睡觉去吧。"

她说着,就上了楼,而黄灿想喊她又闭上了嘴。

"我还不知道我睡在哪里。"她轻声说。

黄灿上楼后,把每一间房间都推开,细细打量。这些房间都布置得十分雅致,非常漂亮,可是她一点印象都没有。当她推开一扇黑色的房门时,里面传来一声尖叫。黄丽丽用手捂住胸口,愤怒地看着她,她忙道歉:"对不起,我不知道你在这里……"

"你进来不会敲门吗!黄灿,你到底想怎么样!"

"我想知道我可以睡在哪里。"

"我带你去。"黄丽丽盯着黄灿看,然后缓缓笑了。

她飞快地换上了睡衣,带着黄灿往前走,推开一扇大房间的房门。她说:"这就是你的房间。"

"谢谢。那个,爸爸妈妈的房间……"

黄丽丽没理她,把门重重关上,而黄灿下半句话噎住了。她长叹一口气,小心地坐在床上,然后望着飘着雨的窗外。

"真希望是在做梦。"她轻声说。

4

"大家辛苦了,回去好好休息。"

"凌工再见。"

"凌工路上小心哦。"

机场,一个穿着黑色西装的男子和大家告别。他个子很高,身体修长,清俊的面容上是掩饰不住的疲惫。出租车来了,他先让女同事们上车,然后才坐上车去。出租车师傅十分健谈,问他:"小伙子,今天飞机晚点了两个小时,你们可累坏了吧?"

"还可以。"

"小伙子要去哪里?"

"威尼斯花园。"

"那里可是别墅区啊!小伙子你做什么的?"

"建筑。"

"哟,那可是高薪工作啊!你结婚没,我侄女大学刚毕业,又聪明又漂亮……"

"我结婚了。"他说。

"那太可惜了!你那么晚回家,太太一定要等得着急了吧,哈哈。"

凌霄看着窗外的雨,没有回答他。

走进家门前,凌霄很认真地擦拭掉鞋上的污泥,活动了下僵硬的身体。换拖鞋的时候,他的目光在鞋柜里的红色高跟鞋上停留了一会儿,然后换上了灰色的棉布拖鞋。他先把东西都放进了书房,然后去浴室洗了一个澡,最后走进了房间。他舒服地躺在大床上,闭上了眼睛。

没过多久，黄灿醒了过来。

在半梦半醒间，她依稀觉得有谁走进了房间，好像还听到了什么声音。她觉得这应该是自己的错觉，再次闭上了眼睛，而她又听到了有人翻身的声音。她猛然睁眼，想告诉自己又有错觉了，但一只手臂就这样搂住了她。她悲伤地看着这只手臂，然后尖叫了起来。

"啊！"

怎么会有人睡在我床上！

凌霄一下子醒了过来。

在朦胧的月光中，他看到自己的妻子居然躺在床上，而且正在放声尖叫，就好像见到了什么怪物似的。他很不理解她为什么会到他的房间，更不理解她为什么要尖叫，正要不耐烦地打断她，尖叫声停止了。然后，他听到自己的妻子说："爸，你走错房间了吧！"

爸……她又搞什么！凌霄一下子打开了灯。

黄灿的眼睛过了一会儿才适应光亮，看见一个上身裸体的陌生男人居然在自己身边，又尖叫了起来。凌霄一把捂住她的嘴："已经三点了，不要扰民。啊！"

他没想到黄灿居然会咬他，一下子松了手，而黄灿极其迅速地站起身来。她刚下地，就抓起手边的东西丢他，然后喊："妈，家里进贼了！爸，你快来啊！"

"黄灿你搞什么！"凌霄真的生气了。

"你让不让人睡了！"

黄丽丽也冲了进来。黄灿见到妹妹，急忙快步走了过去，挡在她面前，以防这个陌生人对妹妹不轨。可是，黄丽丽的一句话把她打入了地狱："姐夫，你怎么回来了？"

"姐、姐夫？"黄灿石化了。她回过头，惊恐地看着凌霄，身体在颤抖。凌霄皱起了眉："丽丽，这到底是怎么回事！"

"医生说她失忆了，谁知道是不是装的。"

失忆？

凌霄皱着眉看着一脸惊恐的黄灿，而黄灿已经尖叫着跑下楼。她拿出手机，给李子涵打电话，一下子就哭了出来："李子涵你快来，我要见你！现在！"

凌晨四点，李子涵来到黄灿家里。

就算是半夜被人从被窝里揪起来，但他看起来还是神采奕奕，反而是所有人当中脸色最好的一个。黄灿见到李子涵就急忙躲在了他身后，李子涵安抚地拍拍她的肩膀，然后对凌霄说："好久不见啊，凌霄。"

"李子涵，你认识他？"黄灿轻声问。

"你也认识他啊。"

"我？"

黄灿不信，从李子涵身后探出头来，然后迅速缩了回去。她皱着眉对李子涵说："他长得是有点眼熟。"

"他是凌霄，以前坐你前面。"

"凌霄？"

"是啊，你和他三年前结的婚。"

"这不可能。"黄灿喃喃地说。

不，这不可能！她只是一个高中生，怎么可能结婚，而且是和凌霄？

这一定是在做梦，一定是……

黄灿想着，用手捂住了脸。她闭上了眼睛，希望再次睁开的时候，梦会醒来。凌霄看出黄灿的不对劲，一把揪住了李子涵的衣领："李子涵，这到底是怎么回事！"

"你老婆昨天出了车祸，现在处于失忆的状态。"

"车祸？"凌霄浑身一颤。

"是，足足昏迷了一晚上才清醒。"

"为什么不通知我？"

"我今天给你打过电话，但你关机。至于手术那天，有护士问她要通知哪位家属，她说她没有家属。现在，可不可以把手放下？"

凌霄沉默了，松了手。过了半晌，他问："她的情况怎么样？"

"从CT结果来看，脑部有受损，但她的智力上不存在明显的缺陷。

她昨天是出了车祸被送到医院的，可能是撞击后的短暂失忆，顺利的话几天到几个星期之内就会恢复。我不是急诊室的医生，今天只听说有个病人被人带出医院，后来才知道那人是黄灿，第一时间就去找她。我是她的朋友尚且如此，作为她的丈夫，你合格吗？"

没有家属……我在你心里一点地位都没有吗，黄灿！

凌霄只觉得心好像被大锤重击，疼得彻骨。他是多想质问黄灿到底为什么受了那么大的伤害也不愿意和他说，但看着黄灿懵懂的双眼又不知道怎么说出口。他问："这是真的吗？"

"你觉得我会无聊到拿这个骗你？"

"顺利的话几天到几个星期就能恢复记忆，要是不顺利会怎么样？"

"那就说不准了。也许是几个月，也许是几年，也许时间更长。多和她说一些以前的事情，这对她恢复记忆有帮助。"

凌霄是个聪明人，听到这儿就没再问下去。他用一种特别复杂的目光看着黄灿，几乎无法把她和那个冷漠又强势的妻子联系起来。

现在的她只是一个孩子……可她是真的失忆了吗？

凌霄并没有说出自己的疑问，朝黄灿走去。他看着那个用手捂住脸，不肯抬头起来的黄灿，居然有了一种不知道该怎么办的感觉。他还是不敢相信黄灿有了这样的巨变，沉默半晌后问："黄灿，听说你昨天出了车祸，你有没有事？"

黄灿还是把头埋在臂弯里，不理他。

"黄灿？"

凌霄走到黄灿身边，犹豫了下，然后轻轻拍拍她的背部，而黄灿好像被蛇咬了一样飞快地往外躲闪。她用一种特别厌恶的目光看着凌霄，这样的眼神让凌霄有一种说不出的郁闷。他走上前去，想要抓住黄灿的手臂，但黄灿反手就给了他一巴掌。安静的客厅里，这声音格外响亮，黄灿害怕地说："别碰我，我不认识你。"

"黄灿，我是凌霄。上高中的时候我坐在你前面，你还在我背后画了个猪头，你不记得了？"凌霄忍住怒气。

"凌霄……汤圆？你真的是汤圆？"

凌霄僵硬着点头。

"长得好像是有点像，但又不全像。"

黄灿记忆中的凌霄是一个虽然沉默却青春洋溢的少年，眼前的男人却有了岁月的痕迹，眸色愈深，让人看不到底。他们的容貌是相似的，可气质简直迥异，她不敢相信两者其实是一人。

"因为我已经二十七岁了，黄灿。你也二十七岁了。"

"不要说，我不要听！"

黄灿又捂住了耳朵。李子涵叹了一口气，问她："黄灿，要是不习惯的话，要不要住到我那儿去？"

"当然不行。"凌霄想也不想。

"黄灿？"

黄灿抬起头，她的脸上已经满是泪水。她慢慢朝凌霄走了过去，艰难地问："凌霄，我们真的结婚了？"

"是的。"

"黄灿，暂时住我家吧。"李子涵说。

"谢谢，但是……我想我还是该住在自己家里。"黄灿说。

李子涵，我没想到我们到底还是没走到一起。

既然无缘……那还是不要见了吧。黄灿悲伤地想。

5

李子涵走了以后，房间一下子安静了下来。黄灿和凌霄分别坐在沙发的一边，两个人都没有说话。黄灿悄悄打量凌霄，想起他们上学期间的敌对关系，觉得头痛万分。她真的不知道自己怎么会嫁给这样的男人。凌霄站起身，递给黄灿一盒纸巾，黄灿低声说"谢谢"。她试探地问："汤圆，你能跟我说说我以前的事情吗？"

"你想知道什么？"

"我考上了什么大学？"

"复旦大学。你在复旦念中文系,毕业后在魅力杂志担任美容编辑。你现在是杂志社的副主编。"

太好了。黄灿眼睛一亮。然后,她问:"爸爸妈妈住在这里吗?"

"他们住在……原来的房子里。"

"为什么有这么大的房子也不喊他们来?你不想和他们一起住,对吗?"

"不是我。"

"什么?"

"我的意思是,他们不想和我们一起住。"

"也是哦。爸爸喜欢养鸽子,这里怎么养,是不能一起住。我要去看我爸妈。"

"他们出国旅行去了,要过阵子才回来。"

"什么!他们出去玩居然不带我!"

"你不是小孩子了。"

"真是太过分了。"

黄灿气鼓鼓地说。然后,她再一次问:"我们真的结婚了?"

"这个问题你已经问了很多遍了。要看照片吗?"

"谢谢。"黄灿点头。

于是,凌霄去抽屉里拿婚纱照的影集。在凌霄拿照片期间,黄灿见到书架里有很多本《魅力》杂志,好奇翻开,果然在杂志上看见了自己的大名。她发现自己现在是专栏作家,写的文章有《我眼中的冯大刚》《如何在最短时间内甩了令人生厌的男友》《到底是真爱无敌还是金钱无价》……看到自己的名字成了铅字,看着杂志上那个风情优雅的头像,黄灿忍不住摸摸自己的脸,觉得这一切真是太神奇了。

"找到了。"

凌霄的声音突然响起,她急忙把杂志放回书架上,然后接过了相册。她看着相册里穿着婚纱、笑靥如花的自己,再看看身边那个男人,郁闷地叹了一口气。凌霄问:"想起什么没有?"

"没有。凌霄,我记得你和林菲谈恋爱,后来你们怎么分手了?"

"林菲是谁?"

"你连林菲都不记得了!她是我们的班花啊!你们前几天还在车棚里打KISS!"

看着黄灿涨红的小脸,凌霄突然不知道她介意的是林菲,还是他把林菲忘记这件事。他不记得自己已经有多久没在妻子的脸上看到那么生动的表情了,盯着黄灿看,一时间忘记了言语。黄灿又问了他一遍,他说:"林菲,好像是有这么一个人。"

"转眼就把人家忘了,你还真是……"黄灿不住地摇头。

"黄灿,不是转眼,是十年。"凌霄说。他的眼神有点悲伤。

黄灿突然觉得一切实在是太不可置信了。

上学的时候,她总觉得时间很慢很慢。她无数次看手表,但时间好像停滞不动一样,一节课怎么也上不完。十年的时间该是多么漫长,为什么却好像只是弹指一挥间?

黄灿沉默了。过了很久,她说:"汤圆,我们怎么会在一起的?"

"我们上的是一所大学,后来慢慢走到了一起。要不要看看我们的婚礼视频?"

凌霄说着,找出了一盘DVD,播给黄灿看,而黄灿又露出了一副好像看到什么恶心东西的神情。她用嫌弃的眼神看着电视里那个笑得就好像傻瓜一样的"自己",看到"黄灿"居然主动亲吻凌霄的时候捂住了眼睛。她猛地站起身,问:"洗手间在哪里?"

"我带你去。你怎么了?"

"好恶心,我就要吐了……"

当黄灿从洗手间出来的时候,发现凌霄的脸色有点难看。黄灿知道,如果她和凌霄真的是夫妻的话,她的反应肯定有点伤害到了凌霄,但她一想到自己的白马王子居然是凌霄就觉得恶心无比。她记忆中的凌霄是一个不爱学习、只会打架又沉默寡言的混蛋男生,而她居然和这样的人结了婚……

她喜欢的是像李子涵那样性格开朗的男人啊!就算他们认识那么久,就算他们无话不谈,可到头来还只是朋友吗?

黄灿想着，只觉得苦涩无比。她见凌霄心情不好，小心翼翼地换了话题："你……你现在做什么工作？"

"我是建筑师。"

"啊，真是想不到。"黄灿喃喃地说。

她实在无法把爱打架的男生和衣冠楚楚的建筑师联系到一起，更别提凌霄以前的数学成绩简直是差得惊人。她摇摇头，说："你平时只穿运动服，连校服的西装都不肯穿，现在居然穿着西装……实在太奇怪了。"

"是吗？"凌霄茫然地问。

"是啊！你还因为不肯穿校服和老师吵起来，你都不记得了吗？"

"很久以前的事情了，我不记得了。"

"可我觉得好像就在昨天。我还在学校，还和大家一起上课，然后今天就……"

黄灿看着自己涂着红色指甲油的手掌，厌恶地皱了眉。凌霄的心里突然有一种说不出的感觉，问她："要吃点东西吗？"

"不了，我不饿，就是有点困。凌霄，请问我可以去睡觉吗？"她小心翼翼地问。

"当然可以。"

凌霄说着，带黄灿到了他们的房间。黄灿一看到双人床就立马走了出来。她实在无法接受自己和一个陌生人同床共枕。她期期艾艾地说："这是你的房间吗？"

"是我们的房间。"凌霄说。

他没告诉黄灿的是，她已经有两年没踏足这个房间了。

"我……我还是回自己家睡觉吧。"黄灿惊恐地说。

"不行。"凌霄立即说。

"为什么？"

"你都结婚了，住回娘家的话会被邻居说闲话的。你还有一个自己的房间，你今晚就睡那里吧。"

"不，我还是想回家睡。"黄灿坚持地说。

"听话。"

"我不要住在这里,我不要!我要回家!"

双人房带给黄灿无法言喻的恐惧,她现在只想逃,快点离开这个地方。她往门口跑去,凌霄一把抓住她的胳膊。黄灿拼命挣扎,凌霄叹口气:"黄灿,你不要那么激动,我不会吃了你。你是对这个家陌生,还是对我陌生?如果是前者,住一阵子就好了;如果是后者,我会让你慢慢熟悉。"

"我不要熟悉!我根本不喜欢你,我们怎么会结婚!走开,我不要看到你!"

伪装的平静终于被撕碎,黄灿跪在地上,号啕大哭。她觉得今天的经历就好像一场噩梦,她真希望自己能快点醒来。凌霄一开始冷漠地看着她,可后来没想到她的哭泣居然没完没了,终于叹气。他走上前,递给黄灿纸巾,冷静地问:"你想怎么样?"

"我……我想回家!我还要离婚,我不要和你在一起!"

"我说了,你爸妈出国了,现在回去不适合。而且,我也不想让别人说闲话。"

"我要回家,我要离婚!"

"今天先住下,以后再说好吗?"

"我要回家,我要离婚!"

无论凌霄说什么,黄灿只重复一句话,凌霄真是无奈至极。他摇摇头,问:"你真的要离婚?"

"对!"

"好,我答应你,但不是现在。"

黄灿愣住了。

"从今天开始,如果一百天后你还是这个想法,我会和你签订离婚协议。但是,时间没到之前,你提出这样的要求我也不会听。"

"为什么?"

"黄灿,婚姻并不是儿戏,我们都需要慎重考虑。如果你还是想离开,我不会阻止你,但我觉得我们需要给大家一个机会。你放心,我说的话绝对会做到，我也不会对你怎么样。在这段时间，就让我们像朋友，甚至像陌生人那样相处，好吗？"

不知道为什么，这样冷静的凌霄让黄灿觉得陌生，也有些害怕。她知道，这是凌霄的底线，于是艰难地点了点头。凌霄神色放松下来："我带你去你的房间。"

凌霄说着，带黄灿去了真正属于她的房间。黄灿看着那硕大无比的房间，惊讶得都说不出话来，然后被满房间的黑白色雷到了。她看着除了衣柜和电视外几乎没有多余装饰的房间，不可置信地问："这是……我的房间？"

"嗯。你的衣服都在衣柜里，想洗澡的话房间里就有卫生间。你先休息吧，有什么事情可以叫我。"

凌霄说着，走出了房间，而她一个箭步冲到了衣柜前，然后捂住了嘴巴。

天啊，怎么会有这么多的衣服！

她出神地看着面前分门别类，和小山一样多的衣服以及各式各样的鞋子，还有数不清的高级内衣和睡衣，揉了揉眼睛。她突然觉得二十七岁也不错，至少在她十七岁的时候是绝对不可能拥有这么多的衣服的。可是，请问这个只有两条丝带的是什么东西？

黄灿想着，嫌弃地把丁字裤丢到了衣柜的最里层。她觉得自己的手指都要烂掉了。

"简直没一件能穿的。"她郁闷地说。

她找了半天，最后找出了一件红色的丝质睡衣，在胸前比画了下，打算洗好澡就换上它。

客厅里，凌霄默默地把相册放回抽屉，手指却不受控制地停留在了那张婚纱照上。照片上的黄灿笑得就像个孩子，而到底从什么时候开始，他们走到了这一步？但他却没想到，居然会再次看到黄灿的笑容。那么天真，那么真挚，就好像以前一样。

他闭上了眼睛。

"姐夫，她是真的失忆了还是又要搞什么？"

就在凌霄沉思的时候，黄丽丽来了。凌霄疲惫地睁开眼睛，说："大脑受损，是真的失忆了。她现在就和17岁一样。"

"你不觉得她是在骗人吗？她好像和医生很熟的样子。"

"应该不会。"

"十七岁那不是和我一样大？好恶心。"

黄丽丽龇牙咧嘴地说，而凌霄无奈地摇摇头。他说："她现在谁都不认识，心里肯定不好受，你对她态度好一点。"

"那你们不离婚了吗？"

凌霄沉默了一下，然后低声说："我不管你是怎么知道的，但这是我和你姐的私事，这些不是你该问的。我们要离婚的事情不要让她知道。还有，我说你们父母去外国度假了，你也不要说漏嘴了。"

"爸妈只是离婚罢了，这有什么？姐夫，说谎可不好，你打算骗她一辈子吗？"

"不用一辈子，也许只需要几个月，也许只需要几个星期。上次知道父母离婚的消息后她几天没吃饭，这样的痛苦没必要再来一遍。"

"姐夫，你对我姐真好。可是她……"

"不要再说了。"

"啊！"

就在凌霄和黄丽丽说话的时候，突然听到了黄灿的尖叫声，急忙朝她的房间冲去。房间里没人，他一下子推开浴室的门，然后把黄灿看了个精光。黄灿先是呆呆看着他，然后突然抓起肥皂和沐浴露朝他丢去，怒吼："出去，你这个臭流氓！"

"我是听到你的声音才上来的！"

"出去！"

一瓶沐浴露结结实实砸在了凌霄的脸上，凌霄只好怒气冲冲地走了出去。他觉得自己的眼睛就要被这个暴力女给砸瞎了。五分钟后，黄灿穿着睡衣又裹着浴巾从浴室走了出来，见凌霄还在自己的房间，一下子就翻了脸。她说："死汤圆，你快出去！你这个臭流氓！"

"你浑身上下都被我看过，我需要流氓吗？"

"流氓,你还说!"

黄灿的脸红得就要烧起来了,又想抓起东西往凌霄身上砸,但是手头什么都没有。她又把浴巾拉上了一点,不让凌霄占她的便宜。凌霄问:"刚才到底出什么事了?"

"没什么。"黄灿吞吞吐吐地说。

她才不会告诉凌霄自己是被身体吓到了。

她记忆中的身体是偏瘦削的,谁能告诉她胸前那两坨东西是什么!好吧,胸大是好事,可为什么腹部上有赘肉,为什么皮肤变得又干又涩?脸上倒是没了讨厌的青春痘,取而代之的是细纹,简直成了一个不折不扣的老女人!难道她被诅咒了,一下子丢失了十年的时光?

成为这样的老女人,就算有再多的漂亮衣服又有什么用!

黄灿想着,深深叹了一口气,觉得一切都索然无味起来。她说:"汤圆,我好希望这一切都只是一场梦。醒来后我发现自己在课堂上睡着了,同桌在推我,而老师在恶狠狠地瞪着我。大家会笑,我会有数不清的作业……"

黄灿说不下去了。她觉得自己就要哭出来了。凌霄叹了一口气,但只是淡淡地说:"别瞎想了。"

"凌霄,你真的是我的丈夫?"

"嗯。"

"那我车祸醒来了以后为什么没见到你?"

面对黄灿明亮的眼眸,凌霄突然不知道该怎么回答。他只能说:"睡吧,黄灿。明天一切都会好了。"

第二章 有谁比我更讨厌

凌霄的声音十分低沉，与上学时期的清亮男声相比有了很大的区别，要不是他们的轮廓还是一样的话，黄灿真的不敢相信他们两个会是同一个人。以前的凌霄只会和她吵架，只会瞧不起她，才不会那么温柔地和她说话，更不会热牛奶给她喝。大家都变了啊。

1

今天实在发生了太多事情，黄灿以为自己会睡不着，但她的头一沾到枕头就睡了过去，醒来的时候已经是早上七点了。她尖叫一声，掀起被子就往外跑去，跑到卧室门口才反应过来自己已经二十七岁了，不用起那么早上学，更不会迟到。她站在门口发呆的时候，凌霄正好也出门。他一句话都没说，往楼下走去，黄灿紧跟在他身后。然后，她看到了满满一桌的早饭。

"好多菜啊，呵呵。汤圆，不会都是你做的吧？"黄灿讨好地问。

"不是姐夫做的还是你做的啊？"黄丽丽阴阳怪气地说。

"丽丽。"

"切，谁知道她是不是故意装的。"

黄丽丽轻声说，拿了个肉包吃，而黄灿不知道为什么觉得有点怕她。她记忆中的黄丽丽还是那个只会跟在她屁股后面的小姑娘，一转眼，她都那么大了，而她却老了。她看见黄丽丽的耳朵上有一闪一闪的东西，定睛一看，然后惊叫道："你打了耳洞？"

"要你管！"

黄丽丽急忙用头发把耳朵遮住，对黄灿怒吼。黄灿愣了一下，然后怯生生地说："我不是管你，只想问你疼不疼。"

"切，好像你没打过一样。"黄丽丽翻着白眼。

"吃饭。"凌霄说。

说来也奇怪，凌霄只是淡淡说了一句，黄丽丽就闭了嘴，只是表情看起来还有些心有不甘。黄灿惊讶地摸摸自己的耳垂，发现果然有两个小洞，一下子愣住了。她很怕疼，虽然李琳一直怂恿她偷偷打耳洞，但她从没敢尝试，怎么长大后就全变了？

"我什么时候打了耳洞？"她问。

"我怎么知道！"黄丽丽没好气地说。

黄丽丽脸上是明晃晃的敌意，这样的气氛让黄灿感到压抑至极，她简直无法把这个叛逆的女孩和那个总是跟在她身后、甜甜地叫她"姐姐"的人联系在一起。她强忍住眼中的酸涩，一言不发地低头吃饭，而此时凌霄的电话响了。凌霄接了电话，皱起了眉，对黄灿说："公司有事我必须去一趟，我会尽早回来的。等我回来后我们再一起去医院。"

"你去忙吧，不要管我。"黄灿忙说。

"你待在家里不要出去，我最多半天就能回来。"

"知道了。"

"我的手机号码你那里面有，有事情打电话给我。记得不要出门。"

凌霄说着，把黄灿的手机递给了黄灿。黄灿好奇地接过，发现手机是黑屏，但她也没有去问凌霄。凌霄继续说："你今天就不要去上班了，我已经帮你请了假。"

凌霄说完，和黄丽丽一起离开了家门。他们一走，黄灿立马开始研究手机怎么用，但折腾了半天手机还是黑屏。她意兴阑珊，想看会儿电视，但又不会打开数字机顶盒，看到的都是雪花。她想找几本书看，没想到她卧室里的都是全英文的工具书。她不甘心，连衣柜里都找了，还是没找到好看的书籍，却在衣柜的角落里发现一个大盒子。她好奇地打开，然后捂住了嘴。

这是手工做的房子。

虽然这房子还是半成品状态，但她能想象出它建好后的美丽。她好奇地摸摸瓦片、开开大门，真不知道是谁会有这个闲情逸致做这么复杂的东西。

难道是……是我做的？等凌霄回来问问他吧。黄灿想着。

黄灿摆弄了一会儿小房子又觉得无趣了，蹑手蹑脚走到了黄丽丽的房间。虽然她没在书桌上发现任何想要的东西，但她轻车熟路地把手伸到床底下，果然找到了许多被隐藏起来的"宝藏"：漫画书、CD、口红、乐谱……咦，这个是什么？一次性的洗发水吗？

黄灿拿出避孕套，好奇地看着，然后放了回去。她翻到了几本漫画书，高兴地拿回房间，打算好好看一会儿，不过翻开以后囧到了——怎么一开头就是男人在亲男人啊！这到底是什么东西！

黄灿吓了一跳，把漫画书丢到一边，化妆台上的什么液体一下子洒了出来。黄灿急忙上前扶起瓶子，但就算这样，漫画书还是被弄脏了，封面上男人的关键部位多了一些黏黏的东西。她拿纸巾拼命擦，但怎么也擦不干净。她喃喃自语："丽丽一定会发现的，一定会骂我，怎么办怎么办……不对，我是她姐姐，应该没事的吧……"

黄灿说着，把漫画书悄悄放回了原位，复原了一切。虽然凌霄走前已经给她准备好了饭菜，只要在微波炉里热一下就可以，但她一点吃饭的心情都没有，满脑子想的就是她闯了祸该怎么办。她觉得这个华丽的家庭简直不能待下去了。她是那么想念她的父母、同学，那么那么地想念。

她决定去找李琳。

李琳是她最好的朋友，大家都说她们就和连体婴儿似的一刻不能分离。李琳学习不好，个性比较强势，经常和校外的成年人厮混在一起，但这并不影响她们的友谊。所以，她遇到烦恼时第一个想到的就是李琳，就连爸妈都要往后站。

不知道李琳现在是什么样？

黄灿想着，坐到了电话机前。她很庆幸她还知道李琳的手机号码，拨电话号码时她的手都有些抖。电话接通后，电话那头传来熟悉的声音，黄灿几乎要控制不住自己的情绪。她连珠炮般地说："我是黄灿啊，黄灿！你根本不会知道我发生了什么事！我……"

黄灿正说着，但电话突然传来了"嘟嘟"的忙音声，李琳居然把电话挂断了。她以为李琳不小心按错了什么，就好像以前那样，急忙回拨了过去。这一次，过了很久李琳才接。她说："黄灿，我真没想到你还有脸找我。"

"李琳，你说什么啊……"

"反正我就是小三和贱货,你那么纯洁高贵还找我做什么呢?别打我电话了,和你说话我都觉得恶心!"

李琳说着,把电话一下子就挂掉了,黄灿拿着电话呆若木鸡。她不知道自己做错了什么,李琳居然会这样对她,而她再打电话过去的时候李琳已经不接了。她又打了几个电话给其他同学,但所有人都挂断了她的电话,好像都听不到她的声音似的。黄灿发呆了半晌,突然站起身。

对了,想知道发生什么事情可以问李子涵!就算全世界都抛弃了我,他也不会。

黄灿想着,就去换衣服准备出门。衣柜里老气的衣服她简直看不下去,幸好在阳台上看到了一套可爱的粉色内衣以及几条短裙。她急忙换上,然后冲出了门。

由于能穿的衣服实在太少,黄灿决定先去买几身可以穿的衣服,然后去见李子涵。她拿着银行卡去自动取款机,输了自己的生日,没想到这真的是密码。她目瞪口呆地数着存款后面的"0",捂住嘴巴,不让自己叫出声。

那么多钱……她真的成有钱人了!想买什么就买什么的有钱人!

头晕目眩后,黄灿决定直奔商场。

她昂首挺胸地直奔以前想买却买不起的少女装柜台,一口气拿了好几件T恤和短裙。营业员热情地问:"是送人的吗?小姑娘多大了?"

"不,我自己穿。"黄灿生气地说。

看着镜子里的自己,黄灿满意地转圈。付了账,又买了几双平跟鞋,她再次拦了出租车:"叔叔,去第一人民医院,谢谢。"

"叔叔……我有那么老吗?我今年才二十三岁!"秃头出租车司机哀伤地说。

2

医院永远是人来人往,比商场还要热闹几分。黄灿挂了号,没想到前面还有五个病人,她只好坐在椅子上乖乖等着。

前面的病人出来后，她推开门，李子涵愕然地看着她，然后笑了："你怎么来了？"

"我挂了你的号。"黄灿扬了扬手里的挂号单。

李子涵打开她的病例，公事公办地说："今天怎么样，有没有头晕想呕吐的症状？"

"没有。"

"记忆力方面呢？"

"记性不错，记得昨天的晚饭。可大学里的事情我还是想不起来。"

"你记忆中的最后一幕是什么？"

"我在跑一千米，然后晕倒了。"

"还是这个。"李子涵说，他挑挑眉毛，"怎么今天一个人过来？而且我们的预约时间是下午四点。"

"我……想见你了。"

李子涵笑了。他摘下眼镜，揉揉鼻梁说："黄灿，你真让我感动。"

黄灿看着李子涵。

李子涵换下了T恤和牛仔裤，穿着医生的白大褂，比以前少了几分青涩，多了几分岁月沉淀下的温和与内敛，却和以前没有太大的差别。不像凌霄……

黄灿想到自己居然和经常吵架的凌霄结了婚，心中一沉，口里都泛苦。就在这时，李子涵递给她一杯水。她接过了水，问："李子涵，我想不起来了，但你能告诉我，我到底做了什么才让李琳那么生气吗？"

"你和李琳联系了？"

"嗯。你和李琳关系不错，你知道原因吗？"

黄灿满怀希望地看着李子涵，李子涵沉默半晌后说："抱歉，毕业后我们联系少了很多，你的很多事情我也不太清楚。"

"什么？这不可能！"黄灿说。

"这是事实。"

"可我们从上幼儿园就一起玩了！我们怎么会不联系，这不可能！"

望着黄灿难看的脸色，李子涵的心莫名一颤。他说："如果不是因为这件事的话……我真的不知道我们是不是还会联系。黄灿，我一定要告诉你，无论发生什么事，你一直是我最重要的朋友。最重要的。"

"那我们为什么会不联系？"黄灿问。她的眼睛开始泛酸。

"因为你谈了恋爱，重色轻友了，哈哈。这没什么，很正常。"

李子涵哈哈笑着，拍拍黄灿的肩膀。他的手是那么温暖，让黄灿眷恋。黄灿想到自己结了婚，心里比刀割还难过，脱口而出："那你知道我为什么和凌霄结婚吗？我怎么可能会喜欢他！"

"爱情是没有理由的。"

"就好像所有女人都喜欢你一样。你十七岁的时候是这样，二十七岁的时候还是这样。"黄灿轻声说。

看着黄灿，李子涵觉得她真是憔悴得令人心疼。他记忆中的是高中时期活泼开朗的黄灿，是工作以后成熟优雅的黄灿，却从没见过她这样脆弱的样子。几乎是下意识的，他笑着说："没关系，你的记忆总会恢复的。不开心的时候可以来找我啊，凌霄欺负你的话要告诉我，我会找这小子算账。"

"可你刚刚还说我们绝交了！"

"我只是说我们联系少，没说我们绝交啊。"

"那你为什么不联系我！"

"我……好吧，我错了。我改，一定改！晚上请你吃饭怎么样？"

这时，李子涵的手机响了。他接通电话，然后问黄灿："你出来没告诉凌霄？"

"啊？"

"他找你都快找疯了。"

3

当凌霄赶到的时候，黄灿正在李子涵的办公室听他讲自己在大学里的事情，神情是那么专注。凌霄看到这一幕，心里极其不舒服，火气也控制不住了。他一把抓住黄灿的手,说:"回家。"

"凌霄,你抓疼我了。"

"我早和你说过不要出门,我以为你失踪了!你出门为什么不带手机!我都险些报警!回家!"

凌霄的手劲很大,黄灿的手腕被凌霄抓得生疼,她强忍着不让自己落泪,但眼前已经开始模糊了。虽然这是他们夫妻的私事,但李子涵到底看不下去了,说:"凌霄,你做什么呢?我还在黄灿跟前你就这样,动用暴力你是不是男人啊!"

"关你什么事?"

"我是她最好的朋友。"

"是吗?可我是她的丈夫。"

凌霄挑衅地看着李子涵,李子涵眯起了眼睛,而黄灿居然觉得松了一口气——是,这才是真正的凌霄,这才是他!她突然知道该怎么和凌霄相处了。她用力挣脱开,愤怒地说:"混蛋,你别碰我!你是那个黄灿的丈夫,不是我的,我不承认你!都十几年过去了,我以为你会变,可你还是和以前一样小气又暴力,我真是瞎了眼才会和你结婚!"

"黄灿,你想怎么样?"凌霄冷冷地问。

"我不回去,我要妈妈、妈妈……我不要做老女人……我情愿每天做作业……你还对我凶……"

黄灿说着说着,捂着脸哭了起来,凌霄一下子就愣住了,而李子涵捂住了额头。

自从得知自己父母离婚的事情后痛哭一场后,凌霄再也没见妻子哭过,而她的泪水让他莫名其妙觉得心虚起来。他觉得自己就好像少年一样手足无措。他想说什么的时候,李子涵已经抢先递给黄灿一张纸巾。

黄灿接过纸巾继续抽泣,泪水就好像开了闸门的水龙头一样,居然就没有停止的时候。李子涵轻轻拍打黄灿的后背,而凌霄被她哭得心烦意乱的,但他怎么能对一个心理年龄只有17岁的小姑娘发火?他只能耐着性子,柔声说:"刚才我的语气不好,对不起。"

黄灿继续哭,不理他。

"不要哭了行吗？你突然就不见了……我希望你对自己负责，你也该理解我的心情。"

"凌霄，她现在十七岁。你指望十七岁的女孩懂什么责任？"李子涵反问。

李子涵咄咄逼人，而凌霄只能叹气。他说："好，就算我错了。回家吧。"

"我不要回家，我要爸爸妈妈！"

"黄灿，你别闹了！装小孩就能逃避问题吗！"

凌霄突然大声吼道，黄灿被吓得一句话都说不出来。她和凌霄对视，泪水逐渐弥漫了眼眶，但她居然忍住，硬是没哭。她委屈的神情让凌霄突然相信了李子涵的话。

骄傲的黄灿绝对不会为了他而这样。离婚对她而言，只是解脱罢了，她怎么会为了这个放弃自尊？

"凌霄，我是医生，我有专业素养。你要是不信任我，可以带她去其他医院检查。现在，你出去。黄灿是我的朋友，我会照顾她。"

黄灿的心剧烈跳动起来。

她下意识要答应，但突然看到了凌霄手上的戒指，戒指的光泽刺痛了她的眼睛。她摸摸自己空荡荡的手指，犹豫很久，但还是笑着说："李子涵，谢谢，但是不用了……凌霄他只是……只是……反正也没什么。"

"黄灿……"

"你说好今天晚上请我吃饭的呢。"黄灿极力装出高兴的神色。

"改天行吗？"

"不许赖。"

"保证不赖。"

"勾手指！"

黄灿硬逼着李子涵和她勾了勾手指。凌霄站起身，对李子涵说："你是对的。"

"哦？"

"如果她没失忆，绝对不会帮我说话……现在，我要和她离开了。

黄灿，你也不想你爸妈回来找不到你吧。"

凌霄说着，往外走去，黄灿慢慢跟在他身后。出门前，李子涵说："凌霄，让她多接触人，这样有助于恢复她的记忆。"

凌霄没有回答。

回家后，凌霄问她今天为什么没带手机，她不肯回答，而凌霄却懂了。

"你不会用手机？"

"我会打电话。可今天不知道为什么屏幕是黑的，怎么都按不了。"

黄灿说着，心虚地把头撇到一边。她以为凌霄会教她，但凌霄只是扔了一本说明书给她。

"你看看就会了。"他说。

黄灿对他的背影吐吐舌头。

当天完全黑下来，黄丽丽回来了。黄灿为了等她回家后开饭，已经饥肠辘辘了。

"丽丽，你回来了啊。"黄灿主动和妹妹打招呼。

"嗯。"

黄丽丽看都没看黄灿一眼就回了房间，而黄灿只好一个人专心研究手机怎么使用。就在她觉得自己已经研究得七七八八的时候，黄丽丽突然一阵风似的从楼上冲了下来，手里拿的就是被她弄脏的那本漫画书。黄灿心里一个咯噔，而黄丽丽指着她的鼻子骂了起来："你又动我的东西！我说过你再动我的东西我就离家出走！"

"我没动啊。"黄灿硬着头皮装傻。

"除了你还有谁那么无聊！而且这封面上的不是乳液是什么！还有，我的内衣是不是被你拿了！"

"啊，那内衣不是我的吗？不，我的意思是你为什么怪我，这些事说不定是凌霄做的啊。"

"你怎么那么无耻啊！姐夫要我的内衣干吗，做眼罩吗？你敢做不敢认！"

"好，就是我做的，怎么样！你是想打架吗！"

黄灿没想到自己会被以前那个小不点这样劈头盖脸地骂着，也终于火了。她双手叉腰,恶狠狠地盯着黄丽丽,这下轮到黄丽丽愣了。她眼见一向优雅的大姐居然和个不良少女一样,终于相信她是真的失忆了。她不愿退缩,说:"好,打就打!你打得过我才怪!"

"闭嘴!"

就在姐妹俩摩拳擦掌就要打架的时候,凌霄出来了,一手一个硬生生把她们分开。他问黄灿到底发生了什么事,黄丽丽想说话,但黄灿抢先一步更委屈地说:"我把她的书弄脏了,她就这么骂我!最多我买一本赔给她就是了!"

"我这书可是日本原版的,你有吗你!"

"我可以找李琳……"

黄灿下意识想说李琳有姑姑在日本,然后想起自己和李琳绝交了,下句话就噎住了。黄丽丽冷笑:"你在毕业典礼上说李琳姐是贱货小三,李琳姐早就和你绝交了,她才不会理你!"

"丽丽你闭嘴!"

"你所有的同学、朋友都被你得罪光了,没有任何人喜欢你,你也没任何朋友!你就是一个只知道钱的可怜虫!所有人都希望你去死!"

黄丽丽不管凌霄的阻止,把心里想说的话都说出来了,而黄灿一下子愣住了。她简直不敢相信自己的耳朵。她呆呆地看着凌霄,问:"这就是事情的真相,对吗?我真的那么讨人厌?"

凌霄没有回答。

"我懂了。"黄灿轻声说。

4

黄灿倦倦地回到房间,躺在床上,眼睛直直地看着天花板。今天实在发生太多事情了,她的脑子早就乱成了一锅粥,而她真的无法相信自己在二十七岁的时候会落下一个众叛亲离的下场。她的朋友都和她绝交了,她的妹妹看她就好像看仇人,丈夫是最讨厌的家伙……这样的日子要怎么过下去!

敲门声突然响了起来。

黄灿懒得去开门，把头埋在了被子里，等她露出脑袋的时候发现凌霄就坐在她床边。她没好气地说："我没请你进来。"

"可是我敲了门了。"

黄灿撇撇嘴。

"想喝点什么？"

"牛奶。要加糖。"

"好。"

凌霄说着，走了出去。他记得黄灿一向是爱喝咖啡的，而且为了保持身材只喝不加牛奶和糖的黑咖啡，现在居然要喝牛奶……还真是孩子气。他给黄灿热了牛奶，加了很多糖，黄灿果然全喝光了。热牛奶下肚，她倦倦地说："我真的不知道我会那么招人讨厌，感觉就好像做梦一样。凌霄，我为什么会变成这样？"

"人总是会变的。走的每条路都是有原因的，只要自己不后悔就好。"

凌霄的声音十分低沉，与上学时期的清亮男声相比有了很大的区别，要不是他们的轮廓还是一样的话，黄灿真的不敢相信他们两个会是同一个人。以前的凌霄只会和她吵架，只会瞧不起她，才不会那么温柔地和她说话，更不会热牛奶给她喝。

大家都变了啊。

"凌霄，我记得上高一的时候你坐在我后面，上课的时候不听讲，就爱睡觉。有一天你可能睡迷糊了，水笔在我的白裙子上画了好长一条，回家怎么洗都洗不掉，害得我被妈妈骂了很久。"

"我后来赔钱给你，你又不要。"

"哼，谁要你的钱啊！还有，女生没人肯跑一千米，你就向李子涵说我耐力好，不打招呼就把我的名字写上去了，害得我第二年运动会还要跑！"

"你和我吵架的时候可是中气十足，当然耐力好了。"

"你还故意拿篮球砸我的脸！"

"你的脸面积太大了，想砸不准都不行……你怎么不说你故意把我的文具盒藏在女厕所的事情？"

有些事情凌霄已经淡忘了,但现在又全部记了起来。他们你一言我一语地聊着,居然不知不觉间聊了很久。后来,凌霄说:"丽丽现在是叛逆期,就喜欢和人对着来,她的话你不要放在心上。"

"真是讨厌的叛逆期。我也有叛逆期啊,可我就没故意惹爸爸妈妈生气!汤圆,明天我想去上班,可以吗?"

"你不用去上班,在家里休息就好。"

"可是在家真的很无聊!我喜欢杂志社的工作,而且说不定我会想起什么来呢。"

凌霄想起李子涵的话,心动了。可是,犹豫只是一瞬间,他立马拒绝:"可是你现在什么都不懂,怎么工作?"

"我会少说话,不会让他们发现的。杂志社的工作也不会太难,学个几天不就会了吗?上次开会他们就什么也没发现!凌霄,你让我待在家里的话我肯定要到处乱跑,到时候你又找我,这样多麻烦啊,你说对不对?"

其实,这几天麦琪已经打了好几个电话来家里问黄灿的情况,杂志社也因为她不在而乱成一团,连大老板都介入了。他压下这些消息没有告诉黄灿,但现在突然觉得让她去上班也是一个不错的选择——至少这样她就不会乱跑了。就算把工作搞砸了,最多不做就是了,只是等她恢复记忆后会不会恨不得杀了他?

凌霄想着,露出了微笑:"行,明天我送你上班。不过你失忆的事情不能告诉任何人,也不能让他们看出来什么。你能做到吗?"

"当然能做到!你真是太好了!"

黄灿高兴地笑了起来,一把抱住了凌霄,然后讪讪松手,满脸通红。凌霄也没想到黄灿对他居然会有这样亲密的举动,一下子站起身。他觉得自己简直是落荒而逃。

第三章 你的名字,我的咒语

黄灿是第一次进这样的娱乐场所，看着表演钢管舞的女人、穿着丁字裤的男人，还有走来走去的兔女郎们，一下子就傻了眼。雷欧把她按到了座位上，只见黄灿一直盯着某个健壮的男人，忍不住满怀醋意地问："想要吗？"

1

因为要上班的关系，黄灿紧张得一晚上都没睡好，醒来的时候看到镜子里的自己都吓了一大跳——她从没见过这样深的黑眼圈！就算没有工作经验，但她也觉得这样的状态实在是太糟糕了。

我怎么变得那么老、那么难看？

她郁闷地捂着脸，然后突然发现了桌子上的化妆品，灵机一动。她把昂贵的粉底液、粉饼好像不要钱那样直往脸上抹，然后涂了鲜红色的嘴唇，觉得镜子里的自己真是美呆了。她千挑万选，穿上粉色的套装和粉色的高跟鞋下楼，走到一楼的时候还险些摔倒。凌霄眼疾手快地扶住了她，她有点不好意思："这鞋跟太高了，好难走。"

"你的打扮……"

"是不是很正式？我早就想穿这样的套装了，还真蛮好看的。"

黄灿高兴地转了一个圈，又险些摔倒，看得凌霄又是心惊胆战。他的嘴唇动了动，可他什么都没说。

到了公司门口，黄灿看着高高的大楼，咽下口水，只觉得头晕目眩。这时，凌霄说："你的工作地点在顶楼，办公室是最里面一间。他们都知道你出车祸了，但是没人知道你失忆的事情，这件事……"

"知道了，这件事一个人都不要告诉，也不能被任何人看出来！你都说了有十遍了，还真是年纪大了记性不好了。"

我不和小姑娘计较！

凌霄这样催眠着自己，长叹一口气。他觉得自己真是放心不下这个心理年龄只有十七岁的小妻子。

"我走了啦，再见哦！"

黄灿用台湾腔说着，跳下车，对凌霄挥手，凌霄突然有了一种送女儿去上学的感觉——这样的感觉真是太可怕了。

由于黄灿今天穿的鞋子是她大学刚毕业时买的粗跟鞋，不是她后来所偏爱的细高跟，所以脚步声和以前不同，前台小姐莲花自然也没听到。当她一边听着歌一边扭动身体的时候，只见一个粉红色的身影从身边走了过去，那人依稀仿佛好像是……主编？

"啊！"

莲花吓得站了起来，下意识按了警报，但为时已晚。黄灿站在公司的走廊里，茫然地听着凄厉的警报声，听到一大帮人在喊什么"黄世仁"来了，心想这杂志社怎么弄得和话剧社似的，也太有意思了。

黄世仁？哈，那有没有喜儿？她想着。

当大家终于发现她就站在附近的时候，警报声正好结束，而公司里顿时一片寂静。所有的人都在看她那异于常人的装扮。

"糟了，被'黄世仁'听到我在说她坏话！她会不会把我开除？我的房贷还没还完！"广告部的李俊想。

"她看起来很平静但是一定在生气！算了，她要是骂我的话我就辞职，爱干不干！"家居部的丽莎想。

"'黄世仁'怎么穿成这样，妆容也和鬼一样？啊，难道这是下一季的流行？看来要回去把压箱底的衣服拿出来了！我要做全公司除了她之外最时髦的那个。"摄影师威廉想。

"主编好。"

所有人的脑子都在飞快旋转的时候，实习生小林怯生生地向黄灿问好，而大家如梦初醒，集体向黄灿问好。他们的声音实在是太大了，吓得黄灿步子都不会迈了，一个趔趄险些摔倒。她想起凌霄说过不能让任何人发现她的不对劲，对他们僵硬地点头，石化般地咧嘴一笑。看到这个勉强至极的笑容，所有人都打了个寒战。黄灿强忍住心中的恐惧，慢慢朝着办公室走去，坐在豪华的座椅上，才终于松懈了。

"吓死人了，怎么那么多人和我说话啊！不过，看来他们还挺喜欢我的。丽丽那丫头果然是骗我。"

黄灿想着，心情顿时很好，但接下来的事情让她的心情急速跌到谷底。她的桌子上有三台座机，每台都一刻不停地响着，她到后来只能同时接听，简直想把电话机摔地上。

为什么会有那么多的人打电话给她！一会儿问她采访的事情，一会儿问她嘉宾耍脾气不肯来要不要换人，一会儿问她服装赞助商那边出了岔子要怎么办……

"我怎么知道！爱怎么办怎么办！"

黄灿终于按捺不住，怒气冲冲挂断了电话，烦躁地抓起了头发。这时，门外响起了敲门声，她急忙整理下头发然后端正坐好。黄灿只见上次抓她来开会的麦琪走了进来，她的手里端着咖啡杯，神情极为恭敬："主编，这是您的咖啡，刚煮好，不加奶和糖。"

"咖啡啊……"

黄灿熬夜学习的时候已经受够了咖啡的味道了，她看到咖啡就想吐。她的表情被麦琪理解成不满意，她忙说："主编，因为您今天来得比较早，水温是没达到85度……我错了，我以后不会再犯了！"

她在说什么啊！

黄灿迷惑地看着麦琪，而她的不动声色让麦琪越发恐惧。就在麦琪被巨大的精神压力弄得就要跪地求饶的时候，黄灿的声音传来："请问能给我一杯牛奶吗？"

"啊？牛奶？不，主编，我的意思是，您想要什么品牌、什么温度的牛奶？"

"随便，什么都行。"

"好的主编，请稍等。"

麦琪说着，轻轻关上了门，然后被同事包围住了。大家都问她今天黄灿的心情好不好，麦琪淡然地说："我今天给她冲咖啡的时候水温没达到，以为只有一度她不会察觉，没想到她没喝就看出来了。"

"呀，这个巫婆的法力越来越高深了。"

"亲爱的，那她有没有把你怎么样？"威廉关心地问。

"她说不喝咖啡，要喝牛奶。"

"呵，不是吧。"

"晕，她不是每天都要喝十几杯咖啡的吗，怎么会喝牛奶？"

"还不是故意难为我们家麦琪？麦琪，我好同情你。"

"大家今天小心点吧。"

麦琪说着，去茶水间给黄灿拿牛奶。她知道今天已经得罪黄灿了，干脆随便拿了一盒牛奶温了一下就给黄灿送了过去。她以为黄灿会借机发火，甚至把牛奶泼她脸上，但黄灿接过了牛奶，居然对她笑了一下，说："谢谢。"

麦琪觉得她昨天一定喝多了酒，然后出现幻觉了。

"主编，没别的吩咐的话我就走了。"

"拜拜。"黄灿对她挥手。

……

麦琪云里雾里地走了出去，只觉得黄灿好像变了一个人，这种感觉实在太奇怪了。她去前台拿快递，顺便给了莲花一块巧克力。莲花接了过去，感激地说："谢谢麦琪姐。"

"和我还客气什么？"

"'黄世仁'今天心情怎么样？"

"老样子咯。"麦琪轻笑。

"哪有。唉，要是麦琪姐是主编就好了。"

"又瞎说，这话被她听到了我可怎么办。对了，把要给主编签字的文件都给我吧。"

"麦琪姐你真是太好了！"

2

一上午，黄灿都在烦躁不安中度过。她面前的文件简直堆积成了小山，大家都等着她的意见，而她只是倨傲地翻着，一句话也不敢说。她的沉默让众人更加恐惧。有一次，她实在逃不过去了，被迫在几个封面中随手指了一个，而来人却高兴地说："主编，你实在太有眼光了！我就知道您会选这个!"

这是什么情况?

黄灿呆呆地想着,愣是没想明白。后来,又来了一大帮人让她选衣服、选饰品,她又是随手一指,而他们都欢呼雀跃地离去了。黄灿用力靠在舒服的椅子上,突然觉得做主编也不是很难。

"主编,您的午饭。"

麦琪进去的时候黄灿正在打游戏。她一抬头看到了麦琪,吓得鼠标都摔到了地上。她急忙去捡,讪讪笑着:"手滑了,呵呵。"

"主编,这是给您签字的文件,还有今天的午饭。"麦琪强压住疑问,平静地说。

"文件……哦,文件……放这里吧。"

黄灿干巴巴地说道,生怕自己露出什么马脚来。她道了谢,接过饭盒,把每口菜都吃干净,酸奶也喝光,饱得打了个嗝。麦琪来收饭盒的时候真的吓到了,一出办公室就拼命揉眼睛,说:"产生幻觉了,我今天怎么总是产生幻觉……"

"麦琪你在干什么啊!"莲花问。

"我压力太大,产生幻觉了。"麦琪呆呆地说。

"啊?"

"你看见这饭盒了吗?"麦琪问。

"当然看见了啊。"

"这饭盒里有饭吗?"

"没有啊。"

"她中午只喝酸奶,绝对不会吃这些热量高的垃圾食品。你和我一样产生幻觉了。我建议你去看看心理医生。"

麦琪说着,然后离开,而莲花茫然地说:"什么啊……看来和'黄世仁'在一起久了还真的会成变态。"

吃过午饭后,黄灿开始不住地打哈欠,怎么也忍不住铺天盖地的睡意。她一边托着脑袋,一边看电脑,眼睛时不时闭上一会儿,但又强迫自己睁开。后来,她到底忍受不住,迷迷糊糊就睡着了,头猛地撞到了显示屏上，发出一声巨响。就在这时，麦琪正好进来。她目睹了全过程。麦琪张大嘴，心想自己的病越来越严重了，居然又出现幻觉了，而黄灿反应飞快。她急忙装作严肃的神情："什么事？"

"主编，会议时间到了。"

"知道了——等等，我们一起去会议室。"

黄灿说着，急忙起身。她走到门口，又折回去拿了笔记本和钢笔。她也觉得挺不好意思的，装作不经意地理理头发，而当她进会议室的时候所有人都到了。

"主编好！"

面对问好声，黄灿已经没有第一次听到时的恐惧，但还是非常不习惯。她见只有一张最大、最宽敞的位子空着，悄悄观察众人表情，一咬牙走过去坐下，而他们果然没露出惊讶的神情，看来她赌对了。黄灿心情极好，换了个舒服的姿势，然后听到麦琪说："主编，选题会还是从美容部开始吗？"

"嗯。"黄灿点头。

"我先来说一下我的计划。因为下一期的主题定为'那一年的十七岁'，美容方面我打算盘点20世纪90年代流行的妆容与服饰，让读者有一种回到从前的感觉。"

"理财方面我还是按照老计划刊登读者来信，为四十岁左右的成熟女性提供理财方案。"

"明星访谈可以找杨蜜，她最近拍的《那些青春不再来》和我们的主题很符合。"

……

大家七嘴八舌地说着，黄灿听了半天终于懂了——他们在聊下一期要写什么啊！她的沉默让众人摸不着头脑，而冒犯"黄世仁"的事情当然是麦琪做的了。麦琪试着提醒："主编，您的意见……"

"下一期的主题是……'那一年的十七岁'。"她一边看面前的方案一边说，"可我觉得，你们说得和青春一点关系都没有。"

她的话音刚落，全场一片寂静。大家心里都在第一万次咒骂黄灿，因为他们知道她轻飘飘一句话会让他们半个月的构思都白费了。

既然什么都是她说了算的话,那还让他们想干吗!

面对寂静,黄灿有点不知所措了。她不明白大家为什么突然不说话,都直直地看着她。她紧咬嘴唇,然后轻声说:"十七岁的女孩需要的不是怎么化妆,而是更喜欢便宜却漂亮的小饰品。理财方面的话,大家都拿着父母的钱,能不花光就不错了,所以说怎么样省钱,不乱花才更加合理吧。还有,杨蜜十七岁时还没红呢,喜欢的明星绝对是赵薇啊。至于恋爱方面,可以写一下暗恋的故事……"

黄灿说着,所有人都保持着沉默,但他们不得不承认黄灿的理解与体会比他们要好得多。是啊,十七岁的时候想的绝对不是该用什么大牌化妆品,路边的一个发卡就能让人快乐一学期,而那个站在篮球架旁的少年会多么令人怀念……

"那我下一期就按照主编说的,写关于暗恋的故事吧。小饰品的推荐我可以夹在里面。"

"我觉得写怎么存零花钱还是挺有趣的。"

……

大家都畅所欲言,气氛极为热烈,黄灿见他们都认同了自己的看法,终于松了一口气。经过这件事情后,她发现自己不懂的实在太多了,回家以后可真要好好补习专业知识才能不露马脚。

在忙碌的工作中,下班时间终于到了。下班前,黄灿打电话给凌霄,约他晚上一起去买书,凌霄犹豫了一下后还是答应了。她收拾好东西正要离开,麦琪进来了。她笑盈盈地说:"主编,今天晚上的餐厅已经订好了,我们可以出发了。"

"什么餐厅?"黄灿疑惑地问。

"今天要和雷欧确定拍摄计划啊,日程表我放在你桌子上了。"

"哦,对,我看见了。"

黄灿当然不会说她根本没看什么该死的日程表,装作了然的样子点头,和麦琪一起走出了办公室。她一路走,一路有人和她问好,她笑着对他们每一个人说"再见"。其他人的表情瞬间变得很奇怪,但她都没看到。

"主编今天怎么了？"

"不知道。她笑起来的样子真是比不笑更可怕。"

"是啊……"

黄灿听不到他们的议论，和麦琪一起进了电梯。麦琪的车子是粉红色的迷你宝马，车子里有一股香水味，这味道让她闻着有些恶心，可她什么都没说。麦琪笑着问："主编，你的车子什么时候能修好，我帮你去修理厂拿。"

"可能还要过几天吧。"黄灿说，突然也想见见自己的车子是什么样儿。

"主编，你今天的打扮非常复古。"

"谢谢。你也不错。"黄灿说。

"谢谢。"

然后她们就没什么话题了。黄灿无聊地翻着杂志，看着窗外，觉得这个车水马龙的城市和她记忆中的实在是太不一样。她的眼睛扫过一家咖啡厅，却没看见正在咖啡厅里正在和女人喝咖啡的凌霄。那个上次在LISA餐厅出现的女人今天穿着红色紧身裙，对凌霄娇笑："一直看手表做什么，是有约会吗？你有事的话我们可以下次谈哦。"

"没关系的。李太太，您对图纸有什么意见请告诉我，我可以为您修改。"

"我对图纸一点意见都没有，可我对你有意见。我说了多少次了，喊我的名字就好，你为什么就是不听？"

"抱歉，对客户采取尊称是公司的制度。"

"不是公司制度，是你自己的制度吧。刚才打电话给你的是你太太，对吗？我记得她上次误会了我们的关系，还要离婚，你们那么快就和好了？"李玫轻笑。

"您似乎对我的私事很感兴趣。"

"不是对你的私事感兴趣，而是对你感兴趣。我很懂事，你们有约会的话我们就下次再谈。不过我真的很好奇，那样骄横跋扈的女人到底有什么魅力让你这样？"

凌霄只是笑笑，没说话。

和李玫告别后，他开车到了书店的门口，然后在车里默默等着。他从夕阳下山等到华灯初上，最后发动车子，离开了书店。

"想不到你还会上当，凌霄。"他对自己说。

3

餐厅很远，黄灿和麦琪到达的时候都是晚上7点了。黄灿和麦琪走了进去，只见一个高大帅气的男人朝他们挥手。麦琪很熟络地和他打招呼，笑着说："雷欧，换了新香水？这味道真适合你。"

"谢谢夸奖。黄灿，你今天真特别。"

雷欧的眼睛里满满都是爱意，殷勤程度让黄灿忍不住打了个冷战。她觉得这个客户实在是太热情了。吃饭的时候，麦琪一直在说着和雷欧合作的事情，雷欧和她交谈，但眼睛还是盯着黄灿。黄灿一点没感觉到有个男人正对她献殷勤，拼命吃着美味佳肴——她实在是太饿了。

麦琪长袖善舞，雷欧终于签了下一期给杂志担任特邀摄影师的合同，黄灿也松了一口气。她的嘴角沾到了什么东西，雷欧拿手指擦擦她嘴角的油渍，笑着说："怎么那么不小心？"

"主编、雷欧，你们先聊，我有事就先回去了。"麦琪了然微笑。

"麦琪，你不要走啊！"

"再见，麦琪。"

麦琪借故离开了，黄灿心里很郁闷——她又没车，待会儿可怎么回家啊！麦琪走后，雷欧更放得开了。他的手搂住黄灿的肩膀，在她耳边轻声说："黄灿，时间还早，我们去喝两杯怎么样？"

"这是工作需要吗？"

"当然。"雷欧笑着说。

"可我爸不让我喝酒。"

"你真可爱。可亲爱的，你又不是没满18岁。"

也对。黄灿想。她觉得自己突然兴奋起来了。

"我们真的可以去酒吧吗?"

"走吧宝贝。"雷欧一把抓住了黄灿的手。

他们开车到了夜色酒吧。

黄灿是第一次进这样的娱乐场所,看着表演钢管舞的女人、穿着丁字裤的男人,还有走来走去的兔女郎们,一下子就傻了眼。雷欧把她按到了座位上,只见黄灿一直盯着某个健壮的男人,忍不住满怀醋意地问:"想要吗?"

"可以吗?"黄灿不可置信地问。

"当然。你是自由的。"

"谢谢!那我去了。"

也许是气氛的关系,黄灿大胆了许多。雷欧眼睁睁地看着她朝那个壮男走去,然后……越过他,去吧台拿了一杯满是火焰的鸡尾酒。她走过来后,兴奋地说:"好漂亮,我早就想喝了。晕,怎么有股肥皂的味道!"

黄灿苦着脸,鸡尾酒一下子喷了出来,喷到了雷欧的衬衫上。她急忙去擦拭,而雷欧抓住了她的手。

"黄灿,今天晚上去我那儿怎么样?我那儿有上等的法国红酒。"

"可我不喜欢喝酒。"

"我还有照片给你看。"雷欧暧昧地说。他的嘴巴都要贴到黄灿耳朵上了。

"那去你家是为了工作吗?"

"当然是为了工作。"雷欧说。

"好吧。"

黄灿觉得做主编实在是太麻烦了。

黄灿坐着雷欧的车到了他所住的旅馆。雷欧住的是喜来登的商务套房,房间布置得非常温馨,很有家庭的气息。雷欧开了红酒,递给黄灿一杯,黄灿摆手。雷欧也没勉强,坐在她的身边,和她一起看起了电视。他真的没想到黄灿居然会看《猫和老鼠》笑得前仰后合,伸出手想搂住她,而黄灿一个下俯,成功躲闪掉。雷欧又想抱她,她再次敏捷闪了过去。黄灿局促不安地站起来，为了转移雷欧的注意力，她说："你说给我看照片的，照片在哪里？"

"宝贝，你还真是性急。你先看照片，一会儿还有惊喜给你。"

雷欧说着，拿出了一个箱子，示意黄灿打开。黄灿只见这里面是世界各地的人物和风景，非常新奇，一张张翻着，然后捂住了脸。

天，怎么有那么多裸男、裸女的照片！这个变态！

黄灿心里骂着雷欧，但到底好奇男人的身体，透过指缝悄悄看，然后又迅速闭上眼睛。这时，雷欧出来了。他的下体只用浴巾缠着。黄灿目瞪口呆地看着他，他把浴巾一解，得意大笑："宝贝，是不是很惊喜？"

"惊喜……惊喜你个大头鬼！你这个流氓！"

黄灿猛地把他一推。雷欧以为她欲擒故纵，猛地抓住她的手臂，然后把她压倒在地。他要亲黄灿，黄灿拼命闪躲，随手抓起了床边的雕像，然后一拳打在了他的嘴上。他嗷的一叫，松开手，黄灿趁机跑了出去。

"真是太可怕了！这就是主编的工作？"她郁闷极了。

黄灿打车回家的时候已经是晚上十点多了。她进门后，只见凌霄正坐在沙发上，心一下子就虚了。她闻闻自己身上有没有酒味，然后先发制人地道歉："对不起，我回来晚了。"

凌霄错愕地回过头。

以前黄灿经常凌晨回家，从不和他说一句，他也习惯了，却没想到她今天居然会道歉。他沉默半晌，然后说："这是你的私生活，我不会干涉。"

"对不起。"

"我说过了，你没什么对不起我的。"

"凌霄，我不该十点以后回家。今天麦琪说要去陪客户吃饭，我就去了，我真的不知道会那么晚，对不起。"

黄灿真诚道歉，凌霄觉得自己也许真的该和她生气。他闻到了她身上的酒味，问："你去喝酒了？"

"喝了一点点。真的只有一点点。"

黄灿用手比画了一下，指间距只有一毫米。后来，在凌霄的眼神中，她讪讪地把指间距变成了两毫米。她问："你今天在书店那儿是不是等了我很久？"

"没多久。"他说。

"凌霄，我以后一定会打电话和你说，是我错了，我真的不会再犯了。你信我，好不好？"

黄灿抓住他的手臂不住地摇晃，凌霄觉得自己就要被晃散架了。

"好了，我相信你。"凌霄无奈地说。

"凌霄，你真好。"黄灿甜甜地说。

凌霄的手一颤。

他突然发现自己居然对黄灿生不起气来。他敏锐地感觉到有什么东西也许就要变了。

4

第二天上班的时候，麦琪很暧昧地问她昨天晚上感觉怎么样，黄灿没说雷欧的坏话，含糊地说还不错。她今天穿T恤和牛仔裤上班，没化妆，但看起来却是比之前要年轻许多，也让所有人都觉得主编的脑袋真的被门夹了。

杂志社的工作很忙，她从早上一直忙到下午1点，被报表包围了起来，只觉得头痛欲裂。她无法理解自己为什么会从事这样烦琐的工作，为什么什么事情都要她做决定。她一拍桌子，沉下脸说："什么都要我做决定，你们就没自己的想法吗？为什么连宴会上花的颜色都要问我！"

"主编，可平时我们都是请示您的意见啊。这次的宴会要请姿然堂的老总，丹尼尔说非常重要，我们必须听从您的指挥。"

"你们自己做决定，找到最优方案后再找我，就这样。"

黄灿说着，拿着包就走了出去，闻到户外的清新空气才觉得舒了一口气，整个人都活了过来。她也知道自己今天做了一件很任性的事情，很害怕凌霄知道后会嘲笑她的不成熟，更不知道该去哪里才好。

要么……去看看李子涵？

她到李子涵的办公室的时候，李子涵正在埋头写些什么，周围围着几个美貌女护士。她咳嗽一声，李子涵抬起头，见到她就丢下了笔，笑着问："你怎么来了？"

"上班太无聊了，就出来转转。你好悠闲啊。"她满怀醋意地说。

"我在给同事们看病。美女们，我先不招呼你们了，晚上请你们吃饭。"

"李医生，她是谁啊？"有人问。

"我的红颜知己。"

"哟，红颜啊！那你们……"

"别瞎说，人家是有老公的。"

"有老公管什么用啊！红颜知己、红颜知己，红着红着他们就黄了呗！"

"李医生是人家的蓝颜知己，蓝着蓝着她老公就绿了哦！"

"喂！"李子涵笑着阻止他们。

"李医生，我们晚上见，你不要赖账啊。"

"绝对不会。"李子涵严肃地说。

护士们知趣地走后，黄灿很不高兴地说："我看她们的脑子是有问题，怪不得来看脑科。李子涵，你怎么那么没节操，随便请人吃饭啊？你还欠我一顿饭呢，别想赖账。"

"我赖谁的都不会赖我家红颜知己的啊。走，哥带你吃好吃的去。"

李子涵说着，站起身，拖着黄灿就往外走。

李子涵开车左转右转的，带她到了一个很熟悉的地方。黄灿惊讶地看着校园，问："学校怎么成这个样子了？"

"这块地皮被开发商买下来了。两年前学生就搬去了新校区，这里也就荒废了。进去看看吧。"

"嗯。"

黄灿和李子涵一起走了进去。

这里的大楼、食堂、池塘、教室、松树都是记忆中的样子，只是耳边少了上课铃声和喧闹声，地上也满是枯叶，寂静得令人心酸。他们走到以前的教室里，黄灿第一时间去找自己的课桌，没想到真的被她找到了。她兴奋地说："李子涵，来看，这是我的桌子！桌子上的洞就是为了上课偷看漫画挖的！"

"呵呵，还真是你的桌子。"李子涵凑近一看。

"你找到你的桌子没？"

"没有。可能是被卖了，或者坏了吧。"

"真可惜。"

黄灿坐在了靠窗的位子上。午后的阳光照在她的脸上，她整个人就好像镀上了一层金色。她望着窗外的操场，耳边突然响起了声音。

"跟上，不要掉队！"

"哇，又进球了，好样的！"

"老师我真的跑不动了，我也'特殊情况'……"

"你个男的有特殊情况？快跟上去！"

高三的学生学习压力很大，体育课是他们唯一的放松了。男生一般会选择打篮球、踢足球，而女生就在一边看着他们，聊着心事，时不时笑成一团。可是，因为升学的压力，体育课总是被文化课占据，但老师会格外"民主"，问他们是想上体育还是数学。

"想上体育课的可以出去自由活动，不想上体育课的同学就在教室上数学课。有谁要去上体育课的，就站出来。"

"我！"

黄灿听不懂老师的言外之意，和一帮男生一起站了出来，引起了哄堂大笑，而李子涵笑得最起劲。她的脸一下子就红了。后来，她只能在众目睽睽下和男生一起走了出去。她哀怨地看着李琳，而李琳对她做着鬼脸。

"笨蛋！"李琳说。

到了操场上，男生们都在打篮球，黄灿就坐在一边的栏杆上默默看着。她正出神地看着李子涵，突然脑后一疼，一个篮球从她身边滚了过去。她疼得都要哭出来了，回头怒视那些打篮球的男生。大家都哈哈笑着，而凌霄对她喊："把球给我！"

"给你个大头鬼！"

黄灿喊着，拿起球朝他的脸砸去，却被凌霄稳稳接住了。凌霄一句"对不起"也不说，就又和大家打起球来，气得她牙痒痒。她大喊：

"凌霄，你都不道歉的吗！"

"那你想让我怎么样？"

"我要你道歉！"

"要不你也拿球打我一下？"

他说着，把球放到了黄灿手里，黄灿气得狠狠跺了一下脚，然后跑开了。她路过车库的时候见到凌霄那辆最拉风的红色吉安特，心中一动。她四处看看，没有人经过，急忙拔了那辆吉安特的气门芯。

放学后，她原想早点回家以免被发现，但老师偏偏留她做值日，做好以后学校都没几个人了。她在漫天的霞光中走进车库，突然见到两个人抱在一起，脸一下就红了。她躲在树后偷偷看，发现正在拥吻的两个人是凌霄和林菲。她心里暗骂他们不要脸，但身体好像不受控制一样，怎么也走不开。她伸出手捂住眼睛，然后从指缝里偷看他们，却与凌霄的视线撞个正着。凌霄一把放开林菲，而黄灿急忙冲到自行车前，骑上车子就跑。她骑得飞快，头发在风中肆意飘扬。回头一看，凌霄好像正蹲下身研究车子为什么不能动……

"黄灿！"凌霄大声喊，而她没有回头。

5

"黄灿。"

李子涵的声音把黄灿从回忆里拉了出来。她看着李子涵俊秀的面容，问："啊……什么事？"

"要不要下去转转？"

"好啊。"

黄灿和李子涵走下楼，到了操场。她看着破旧的栏杆和肮脏的跑道，想起以前运动会的盛况，叹了一口气，心里非常难过。她看到了跑道旁的那棵比记忆中粗壮了不少的松树，不动声色地走了过去，用余光去瞟，果然看到了三个小得不能再小的字。

LZH。

这是李子涵的名字缩写。这是她写的。

年轻的女孩总是耻于说出自己的心意。她们是天生的演员，可以在喜欢的男孩面前装作不在意的样子，可以和他们谈笑风生，但没有人知道她们嘴角露出的那缕微笑是为了谁，也没有人会知道她们能喜欢一个人喜欢到连他的名字都不能听到，都不敢写。

这个世界上最短的咒语，就是他的名字。

她和李子涵上幼儿园的时候就认识，一起上小学、初中、高中，是标准的青梅竹马。李子涵很受女孩的欢迎，对她也是极为照顾。黄灿还记得，有一天上体育课的时候她忘记带绳子了，而李子涵把他的塞给了她。大家都在锻炼，只有李子涵站在太阳下被罚站，而每当黄灿看他的时候，他都是满不在乎地一笑。后来，王萍和崔洁争着给他送水，而她就在松树下，拿发夹刻下了他的名字。

LZH。她写着。她的手指轻轻抚摸着这个名字，只觉得指尖都在发颤。

"黄灿，你在干吗啊？"

"没什么。"她急忙说，用后背挡住这个名字。

"下课我们去买奶茶喝吧。"

"好啊，李子涵。"她轻声说，笑容极其羞涩。

"你的名字，我的咒语。"她轻声说。

"你在说什么？"

黄灿勉强一笑："没什么。"

"想起什么没？"

"想起了以前的事情。那时候你经常打篮球，全校的女生都给你加油。"

"好像是有这么一回事。"

"还有人喊'樱木花道'呢。"

"是吗……我怎么不记得了。"

"你什么记性啊！以前最喜欢给你加油的就是王萍和崔洁了，她们可是每场必去。"

"王萍、崔洁……是谁？"

"你真的不记得了吗？王萍还给你写过情书，给你送过手工围巾，你还给我看过呢。"

"好像有这么一回事吧。家里倒是有一条很难看的围巾，我还以为是你送我的呢，呵呵。"

黄灿突然觉得很悲伤。

"李子涵，你怎么能忘记呢？她们那么喜欢你啊！你怎么会忘？"

"对不起，可是时间真的太久了……我也没想到我会忘记。"

风，拂过他们的面颊，黄灿出神地看着李子涵。他说得对，已经过去太久了。凌霄不记得林菲，李子涵不记得王萍和崔洁，那些女孩在他们生命里就好像掉入深潭的石子，激不起一点涟漪。

所以，我该庆幸他还记得我吗？

"你现在还打篮球吗？"黄灿问。

"现在哪有这个时间。黄灿，那你想起其他事情没？大学以后的？"

黄灿郁闷地摇摇头。

"没关系。"李子涵拍拍她的肩膀，"我们慢慢来。"

"嗯。"

"不要难过啊，小丫头。有些人是会随着时间而被淡忘，但我没忘记你啊。"李子涵笑嘻嘻地说。

"谁知道你是不是骗我的。"

"咕——噜——"

就在他们聊天的时候，黄灿的肚子突然叫了，她的脸一下子变得通红。她掩饰性地咳嗽了一下，李子涵大笑："你饿了？"

"没啊，才没有。"

"走吧，吃饭去。"

"不要，我真不饿。"

"我饿还不行？走吧。"

李子涵带黄灿来到学校附近的一家小店，黄灿惊奇发现这小店的老板和她记忆里的一模一样，而这里的炒面也和以前一样好吃。她大口吃着，不住地说："真好吃！李子涵，你也吃啊！"

"来来，尝尝我的炸花生。"

老板把炸花生放在他们的台子上。黄灿忙说："老板，我们没点这个。"

"我知道，这是送你们吃的。"

"老板你人真好。"黄灿感动极了。

"呵呵，你们以前是这儿的学生吧。"

"是啊，老板你怎么知道？"

"除了以前的学生，也不会有人到这里来了。再过几个月，学校就要被炸平了，我这店也开不下去咯。"

"什么？学校要被拆了？"

"是啊，这里以后就是商业街了。"

"是哪个公司敢来拆！这是我们的学校啊……"

黄灿说着，眼睛一酸，眼泪都要流下来了。李子涵轻轻说道："灿灿，城市要发展，这也是没办法的事情。就算再难过，也总要向前看。"

"你们聊，不打扰你们小两口！"

老板笑呵呵地又去门口晒太阳了。黄灿脸一红，说："这人真是胡说八道的。"

"开个玩笑罢了，这有什么？"李子涵也笑了。

黄灿的心顿时沉了下来。她吃着炒面，说："昨天运动会前，你说等我跑完一千米就带我去吃炒面。我们说好吃完炒面就去溜冰、打游戏机的。"

"我现在不是请你吃了？只是晚了十年罢了。"

听到李子涵的话，黄灿的眼泪一下子就掉了下来。她急忙擦擦眼睛，装作不在意的样子："李子涵，你能给我多讲一点以前的事情吗？运动会之后的事情。"

"当然可以。"

李子涵缓缓地说着她高中时期的趣事，黄灿哈哈大笑。她说："我家里有个手工的小房子，我最讨厌做手工了，怎么会买这样的东西？"

"应该是你大学里买的吧，那我可不知道。"

"我和凌霄是怎么会走到一起的？"

"你没问过他吗？"

"我不好意思问。"黄灿红着脸说。

"因为我们不在一所大学，具体我也不大清楚。但我记得你们是大三在一起的，暑假回来我们还一起吃了饭。"

"大三啊……我们在一起前发生什么事情没？"

"这样的事情你该去问凌霄。"

"李子涵，我真的很难想象我会和他在一起。我明明是那么讨厌他！"

黄灿说着，忍不住皱起了眉，李子涵微微摇头。他说："人总是会变的。就好像你，也从一个小丫头变成漂亮的职业女性了，凌霄当然也比以前成熟了很多。如果他不好，你也不会喜欢他，不是吗？"

"他现在是很温柔。"黄灿小声说。

可我喜欢的那个人是你。

黄灿心里想着，而这句话是怎么都不可能说出口的。她轻轻叹了一口气，李子涵笑了："小丫头怎么老叹气？"

"我都二十七岁了，哪里是小丫头？"黄灿也笑着说，"那你呢，你什么时候结婚的？嫂子也不带出来看看！"

"我还没有结婚。"

"那么差劲？"

"是我眼光高，谢谢。"

黄灿心里乐开了花。她故意说："杂志社有好多姑娘，要不要给你介绍一个？"

"哦，是什么类型的？"

"什么类型的都有。不过我记得你一直偏爱优雅成熟那款。"

黄灿说着，手紧紧捏拳，而李子涵只是轻轻一笑："还是你懂我。有的话就介绍给我，多谢啦。还有，凌霄对你不好就告诉我，我帮你揍他。"

"你怎么那么暴力啊！揍他的话会不会被发现？"她小声问。

"我会拿麻袋套住他的。"

"真是好主意。等我想揍他的时候一定找你。"

黄灿和李子涵严肃地讨论着怎么揍凌霄的话题，两个人又笑成一团。李子涵揉揉黄灿的头发："灿灿，你现在有了很好的工作，有了幸福的家庭，还比以前漂亮了，这是一件多好的事情。你以前不是总想长大吗，现在如愿以偿了还不高兴？不要老想着以前了，好好享受你的二十七岁吧。"

学校要被拆了、她长大了……这个世界什么都在变，她要做的只能是迎合世界。

"我会的。"黄灿轻声说。

从现在开始，我不会再害怕、迷茫。我也会努力向你所喜欢的成熟优雅的女性靠近，因为我已经二十七岁了。

虽然……我的二十七岁没有李子涵。

6

和李子涵分别后，已经是下午五点了。她不准备回公司，就一个人在路边慢慢晃悠，不知不觉居然走到了一个破旧的小公园。她坐在栏杆上，看着头顶上湛蓝的天空，只觉得舒服到了极点。她看着踢足球、打篮球的男生，好像看到了过去的自己一样。她出神地看着不远处的篮球场，突然看见有人跌倒在地，他们的声音也是那样清晰。

"沈亮你也太没用了吧，跑着跑着就会跌倒？"

"和你打球真是累死了！"

"不是，我、我……"

所有的人都在骂倒在地上的男生。他们骂完后就走了，居然没人想到把他拉起来。她看见小男生的膝盖部分都已经鲜红一片了，心中不忍，走上前说："喂，你受伤了，要不要去医院？"

"没关系。"沈亮低着头说。

"你这样很容易感染的，你也不想以后截肢了再也不能打篮球吧。"黄灿吓唬他。

"我不要去医院。"

看着沈亮倔强的模样，黄灿笑了。她打开包，拿出一张创可贴，给他贴在了膝盖上。感受着黄灿指尖的温柔，沈亮希望能和她多待一会儿。破天荒地，他自上幼儿园以来，第一次主动和异性搭话："我叫沈亮，姐姐你叫什么？"

"我叫黄灿。"

"黄灿姐好。"

"嗯，乖啦。你是什么学校的？"

"一中。"

"是吗，我妹妹也是一中的。你是几班的？"

"高三五班。"

"那和我妹妹一个班！"黄灿笑了。

"姐姐的妹妹是哪一位？"

"黄丽丽啊。她怎么样，学习好不好？"

"呵呵。"

沈亮没想到这个和善的大姐姐居然是黄丽丽的姐姐，笑容有点尴尬。他当然不敢说黄丽丽可是班级里的流氓头子，换了话题："姐姐，你是下班了过来的吗？"

"嗯，是啊……我可没翘班。"黄灿警惕地说。

"姐姐当然不会。"

沈亮乖乖地说，一双眼睛黑漆漆的，让黄灿想起了她以前养过的一只听话的小狗。她见到沈亮就特亲切，见他手里拿着篮球，忍不住问："你不打篮球吗？"

"打、打。"

"我和你一起打吧。"

"啊？"

"怎么，不相信我啊！"

黄灿故意装作生气的样子，抢过了沈亮手中的篮球，沈亮愣了一下，终于也走上前去。黄灿上高中的时候也打过篮球，以为自己现在还是以前那个女战士，却没想到她没跑几步就累得喘不过气来，倒是沈亮一投一个准。她目瞪口呆地看着在球场大放光芒的少年，手掌都拍红了。她一把抓住沈亮的肩膀，说："沈亮，你真是篮球天才！你简直该去NBA！"

"我哪有那么厉害。"沈亮不好意思地说。

"你肯定是篮球队的明星吧！说，是不是很多女生暗恋你？"

"没有！我，我只是个替补队员。"

"什么？你这水平还是替补，一中还真成NBA了啊！"

"我……我不行。"

"你哪里不行？"

"平时还可以，但是打比赛的时候我就……就会紧张。所以我一直是替补。"

"啊，这样啊。那你多练练就好了，你一定行的。"

黄灿的眼睛里满是信任，沈亮的心猛地一跳。他还是第一次遇到不会嘲笑他，会无条件信任他的女生，只觉得黄灿美丽得惊人。他觉得漫天都在飞舞着玫瑰花的花瓣，而他喜欢上她了。

年轻的时候，爱上一个人是那么容易。你会因为她认真读书的样子爱上她，会因为她微笑时的酒窝爱上她，会因为清澈温柔的嗓音爱上她……当然也会因为她眼中的信任而爱上她。没有对于条件的衡量，没有关于未来的畅想，爱上一个人是一件特单纯、特简单的事情，也是一件只属于自己、不需要对方知道的事情。

原来，爱上一个人真的只要一瞬间……

就在沈亮沉浸在自己少年之心中时，黄灿看看手机，发现时间不早了，准备回家。

"沈亮小朋友，很高兴认识你哦。我要回家了，再见。"她轻声说。

"黄灿姐再见。"

沈亮说着，目送黄灿去了公交车站，然后骑车离开。他的心里、满脑子里都是黄灿的笑容，连前面有棵树都没看到。

"啊！"

"咣！"

7

和沈亮告别后,黄灿回了家。她走进客厅,跟黄丽丽打了个招呼,但黄丽丽就好像没听到一样不理她。她把火气撒在了黄丽丽身上,问了黄丽丽最讨厌的话:"作业做完没?"

"关你什么事!"

黄丽丽果然生气了。她白了黄灿一眼,而黄灿的怒火已经到达了巅峰。她双手叉腰走了过去:"怎么和姐姐说话呢你!"

"我就这么说话,你想怎么样?"

"你再这样不讲礼貌试试!"

"哟,你现在知道管我了?晚了!我也没见你以身作则啊!"

黄丽丽说着,飞快地跑上了楼,而黄灿呆呆地看着凌霄,不知道黄丽丽这话到底是什么意思。对于这样的姐妹纷争凌霄已经习以为常了,他一边看报纸一边问:"一会儿给她送点菜上去?"

"她自己不吃关我们什么事?不管她。"

黄灿说着,等凌霄把饭菜端上来后果然坚决执行。她努力吃饭,然后把所有的剩饭剩菜倒掉,竟是真的一点儿也不给黄丽丽留下。她吃了一会儿,突然想起来自己带了炒面回来,急忙把炒面放在凌霄面前。凌霄眉毛一挑:"给我的?"

"是啊,我在学校那边的小店买的。"

"你去学校了?"

"嗯,今天李子涵带我去那儿,看看能不能想起点什么。"

"那你想起什么没有?"

"没有。你快吃啊,不然就冷了。"

在黄灿的催促下,凌霄吃了一口炒面。其实,自从上大学以后,他就很少吃这样的路边摊了,没想到这炒面的味道还真不坏。他眯起眼睛,想起以前打完篮球后和同学们一起喝可乐、吃炒面的事情,再看着特地给他带炒面回来的黄灿，突然觉得自己对妻子真的不算好。

就算她以前做了很多错事，但她现在懂服软，知道道歉，还想着给他东西，他应该知足。还有那个李子涵……

凌霄破天地荒主动和她说话："今天在单位怎么样？"

呀，忘记回单位了……

"比前几天好多了，至少他们说什么我听得懂。放心啦，我可是很努力的。"

黄灿说着，拍拍凌霄的肩膀，一副哥儿俩好的样子。看着她嬉皮笑脸的样子，凌霄无奈地说："想去哪里和我说，我会带你去。"

"啊？"

"李子涵要上班，你总是打扰他不方便。"

"可你的工作不是也很忙吗？"

"最近不忙。"凌霄撒谎。

"好，那我去哪里你可要陪我。"

黄灿说着，捧着书，拿着水果就要上楼，突然想起了什么，问："凌霄，你记得我是什么时候买的那个模型吗？"

"什么模型？"

"一个房子，有那么大。"黄灿比画了一下。

"你大二的时候买的，后来就没做下去，我还以为你把它丢了。"

"没丢，后来我在衣柜里把它找到了。"

黄灿说着，走到房中，从衣柜里拿出做了一半的小屋，然后看到了自己画的图纸。这小屋被她打造得非常梦幻，她甚至注明了每个房间是给谁住的，做了一半没完工真是太可惜了。

"加油，找回记忆就从这里开始吧。我一定会把你完成的。"黄灿轻声说，然后开始行动。

第四章 上高三的女魔头

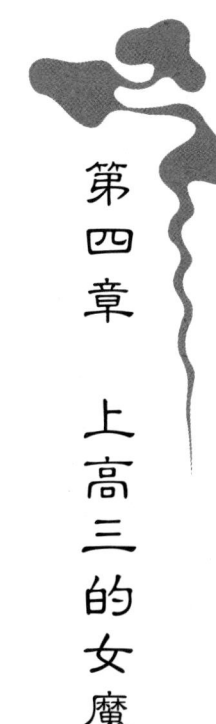

大堂里，满是西装革履的男士和穿着各色礼服的女人们，个个都散发着一种叫作"骄傲"和"高端"的不明物质。拿着香槟的侍者在他们中间穿梭，走到黄灿面前问她要不要来一杯，黄灿急忙摇头。她觉得自己和这里简直是格格不入。

1

"主编，我实在没法和威廉合作下去，他再这样毫无理由地诽谤我的造型，我要告他人身攻击！"

"你当我愿意和你这个没品位的人说话啊，看你一眼我都会短寿五年！"

黄灿的办公室里，有两个人正在吵架，他们一个是公司的造型师小美，另一个是摄影师威廉。黄灿看着威廉的紧身裤、不断上扬的兰花指，一时之间真是不能判断他到底是男是女。她的眼睛拼命盯着威廉的胸部，确定那里没有任何凸起，但他除了容貌和身材之外真是一个真真切切的女人啊！可她是女人的话又为什么要叫威廉？

"为什么看他会短寿？"黄灿忍不住问。

"人看到美好的事物就会心情好，心情好就长寿，看到难看的东西当然心情不好，当然折寿了啊。"威廉说。

"你说谁是难看的东西！"

"哦，我错了。原来你不是东西啊！主编，你看怎么办吧，反正有我没她，有她没我！"威廉说了狠话。

"行，主编你看今天到底让谁走人！再和这人不人鬼不鬼的娘娘腔在一起工作，我真的会疯！"

他们都大声说着，然后看着黄灿，等着黄灿的抉择。黄灿呆呆地看着他们，然后说："可我还不知道到底发生了什么事。"

于是，黄灿跟着他们到了摄影棚里。因为造型师和摄影师的争吵，模特都在站着聊天，拍摄也停了下来。威廉指着一个穿着校服、编着麻花辫的模特愤怒地说："这一期的主题是青春，主编你看这个模特哪里表现出青春了？简直就是黄瓜刷绿漆——装嫩！"

"你又不是女孩子，你怎么懂女孩子的青春是什么！"小美冷笑。

"青春并不是这样表面的东西，我要的不是这个！"

"等你变成女人了也许你就懂了。"

说着说着，他们又吵了起来，黄灿也觉得头痛万分。说实话，她觉得威廉是对的，因为那个模特只是披了一层学生的皮罢了，无论是眼神还是手里那个篮球，看起来都只是道具，完全没有那种青春洋溢的感觉。她想着自己和同学们的装扮、心态，思考很久，然后说："要表现青春不一定要穿校服，因为学生都很讨厌穿校服，他们最喜欢穿的是T恤和牛仔裤。"

"对，牛仔裤！怪不得看着校服觉得那么奇怪！"威廉眼睛一亮。

"还有，学生要上课，哪有时间编辫子，很多人都是短发。而且女生也不爱打篮球，更爱和朋友在一起聊天。"

"短发造型，不用道具而是自然表现吗？"小美问。

"是啊，我认为是这样。小美，你可以重新做个新造型吗？"

"当然可以。"

虽然小美还是觉得自己是对的，但黄灿发话，她当然要执行。她按照黄灿给她的灵感，为模特做了一个短发造型，让她们穿最简单的T恤和牛仔裤，三三两两聚集在一起，时而大笑时而皱眉，自由发挥，而威廉眼睛一亮，不住地去捕捉照片。黄灿没想到自己的主意居然被采纳，松了一口气。小美看着威廉，脸色虽然比以前已经好了很多，但还是有些阴郁。黄灿看着小美，忍不住问："小美，你们经常吵架？"

"我们是不太合拍。"小美有点不好意思地说。她开始感觉到害怕了。

"有话好好说，吵架不能解决任何问题。我觉得威廉挺有趣的，你们吵起架来还真像夫妻。"

"主编！"小美被吓到了，"我们哪里像夫妻了！"

"不想被误会的话就不要吵架哦。晚上还要去酒会呢，你们还不早点结束，好好准备下？"

黄灿微微一笑，离开了摄影棚，而小美一直在思考主编到底是在讽刺她还是在恶心她。就在她发呆的时候,麦琪走了过来。她问:"小美,主编刚才来干什么?"

"指导我们拍照啊。"

"她什么事情都爱插手,真是辛苦你们了。"麦琪做出了一副"我懂"的样子。

"但她这次的主意还不坏。"小美轻声说。

"你说什么?"麦琪没听清。

"没什么。"小美微微一笑。

黄灿路过办公室的时候被丹尼尔叫了进去。丹尼尔递给她咖啡,她再次拒绝,丹尼尔看起来很疑惑:"怎么不喝咖啡了?"

"人总会有改变的嘛。"

"呵呵,不喝也好,咖啡喝多了伤身体。"丹尼尔说着,喝了一大口咖啡,"下一期内容进行得还顺利吧?"

"当然。"

"拍照的事情和雷欧谈妥没?"

"好了,已经签了合同。"

"宝贝,你真是太棒了。对了,晚上准备得怎么样了?"

"布置场地的人都过去了,应该没问题。"

"这次宴会很重要,一定要让广告客户看到我们杂志社的实力,这样才会给我们投广告,我们也才有版面做一些好的专题。这年头,杂志成本太高,不靠广告不行啊。"丹尼尔感慨地说。

"我们的方案很完美,他们一定会喜欢的。"黄灿想了想,说。

丹尼尔笑了:"当然,我的宝贝一向是最完美的。我很期待你晚上的装扮。"

2

下班后,黄灿去商场逛了一圈,一鼓作气给自己买了好多化妆品。路过内衣专柜的时候,她满脸通红,但还是忍不住走了进去,买了好几身可爱类型的内衣。到家后,她突然想起自己已经二十七岁了,不该那么幼稚,于是拿着内衣到了黄丽丽的房间。她把内衣袋丢给黄丽丽,然后说:"发票都在袋子里,你不喜欢的话就去退了吧。"

"你怎么想到买内衣给我?"

黄丽丽看看袋子,奇怪地问。她很想不接受这份礼物,但姐姐这次选的内衣还都不赖,简直让她不忍推辞。

"上次不是穿了你的了吗?我赔给你。"

黄灿说着,然后关上了门。

回到房间,她从衣柜找了一身黑色蕾丝内衣,穿上丁字裤,发现镜子里的自己很美,但丁字裤怎么穿怎么别扭。她一直喜欢像奥黛丽·赫本那样成熟优雅的女人,所以选了一条黑底白点的裙子,意外发现自己看起来还算不错。她不会化妆,只能拜托黄丽丽给她上网打印了一叠教程,但还是不知道该怎么下手。后来,黄丽丽实在看不下去了,说:"我帮你吧。"

"你会化妆?"

"当然,五年前我就偷用你的口红了,就算是我给你的回礼吧。你想化个什么样的妆容?"

"今天晚上我要出席杂志社的晚会。"

"那就是晚宴妆咯。没问题!"

黄丽丽说着,用力抓过来黄灿的头。黄丽丽一边看一边说:"肤色暗黄,有痘痘和色斑,毛孔粗大,眉毛也很久没修了……"

"黄丽丽,你能不能不把我的皮肤说成这样?"黄灿气愤地说。

"可你的皮肤确实不好嘛。"

"我以前的皮肤可比你好多了。"黄灿不服气。

"可你现在老了啊。不要动,我给你化了!"

姐妹俩又吵了起来,而黄灿最后到底还是认了输。黄丽丽认为晚宴就要浓艳,所以黄灿的妆容特别艳丽,白白的脸、鲜红的嘴,看起来有些吓人。黄灿怀疑地问:"这样行吗?"

"当然行了,你看杂志上的模特不都是这样画的吗?"

"那倒也是。你会盘头发吗?我要把头发也弄成赫本那样。"

"没问题!"

黄丽丽说着,拿出了一个卷发棒,开始给黄灿烫头发。烫刘海的时候,她一动不敢动,一直盯着卷发棒,生怕它会在自己的脸上烫个印记。当头发烫好后,她舒了一口气,竟是大汗淋漓。最后,黄灿对镜子里盘着头发、妆容浓艳的自己感到分外满意。黄丽丽拿了一串珍珠项链给她,她戴上后又感觉整个人富贵了几分。她高兴地说:"丽丽,看不出你还挺行的,谢谢你啊。"

"切。"黄丽丽白了黄灿一眼。

"你真牛!我回来的时候要不要给你带点吃的?"

"我要吃烧烤。"

"没问题!"

黄灿用力抱了黄丽丽一下,高高兴兴出去了。她走后,黄丽丽的脸上也忍不住露出了笑容。

黄灿准备打车去酒店,但不知道为什么等了很久都没等到车,只好坐公交前去。公交车上人很多,她被挤得站都站不稳了,下车的时候衣服都被汗打湿了。她擦擦汗,整理一下把人勒得发慌的丁字裤,深吸一口气朝酒店走去,然后一下子愣住了。

她从来没看到过这么多人。

大堂里,满是西装革履的男士和穿着各色礼服的女人们,个个都散发着一种叫作"骄傲"和"高端"的不明物质。拿着香槟的侍者在他们中间穿梭,走到黄灿面前时问她要不要来一杯,黄灿急忙摇头。她觉得自己和这里简直是格格不入。这时,她见到了麦琪和丹尼尔,急忙朝他们走去。

丹尼尔穿着黑色西服,俊朗帅气,而麦琪黑色的礼服显得身材玲珑有致,卷发也恰到好处,更别提脖子上那亮晶晶的钻石项链了。她突然觉得自己的装扮有点傻。麦琪得体地笑着说:"主编,你的衣服真不错,是模仿赫本吧?"

"是的。"

"头发也很有趣。灿灿,你真是太美了。"丹尼尔说。

"嘿嘿。"黄灿害羞地提了提裙子。

台上表演着劲歌热舞,他们就在台下聊天。这时,有一个老者走了进来,顿时被大家包围。丹尼尔轻声说:"这就是姿然堂的王会长,也是商业协会的会长。走吧,亲爱的,我们去和他打招呼。"

黄灿和麦琪一起站起了身。丹尼尔摇摇头,对麦琪说:"麦琪,你在这里招呼其他客人,我和黄灿过去就好。"

"好的。"麦琪微笑着说,手用力捏着酒杯。

黄灿和丹尼尔一起到了王会长的面前。丹尼尔殷勤地说:"王会长,您能出席这次晚宴真是我们的荣幸。您有什么需求可以直接和我联系,这是我的名片。"

丹尼尔说着,把名片递给王会长,他的秘书接了名片,而王会长只是倨傲地点点头。丹尼尔极为尴尬,立马推销黄灿:"我给您介绍下,这是我们的主编黄灿。"

"啊,王爷爷好……"

黄灿胆战心惊地和王会长打招呼,她的称呼让丹尼尔的笑容僵住了。王会长也愣住了,说:"你喊我什么?王爷爷?"

"我、我……"

王会长的不怒自威让黄灿害怕,也让她极为后悔。她一双大眼睛眨啊眨的,一下子就有雾气浮了起来。王会长看着她小姑娘那样的神色忍不住笑了起来。他说:"我的年纪是比你大很多,你喊我爷爷没错。你叫黄灿?"

"嗯!"黄灿用力点头。

"给我介绍一下你们杂志社吧。"

"果然灿灿出马就没有攻不下的山头!她是最棒的!"丹尼尔满意地想。

在黄灿结结巴巴向王会长——王大山介绍杂志社之际,不知道为什么,人慢慢少了,场面极其冷清,丹尼尔看了心中极为急躁。他走上台前,对主持人耳语几句,主持人语调激昂地号召大家上台互动,但依然没有任何人走到台前。黄灿正去拿水果，丹尼尔焦急地看着黄灿，说："宝贝，你唱歌很好听，要不给大家表演一下？"

"不，我可不行！"黄灿急忙说。

让她在那么多人面前唱歌还不如杀了她。

"主编，去吧，我们给你加油。"麦琪鼓励她。

"不……"

黄灿急忙拒绝，但还是被他们生生推到了台上。丹尼尔满怀期待地看着黄灿，因为他这个下属每次都会给他带来惊喜。

"啊哈，有一位美丽的女士愿意为我们表演。不知道您要演唱什么歌曲？"

"风中有朵雨做的云……不行记不住歌词了；我爱洗澡……不行太幼稚……"

黄灿轻声说，然后很悲剧地发现自己紧张到歌词都记不住了。主持人期待地看着她，所有人都看着她，她一咬牙，怯怯开唱："红星闪闪放光彩，红星灿灿暖胸怀。红星是咱工农的心，党的光辉照万代……"

喧嚣的晚宴一下子安静了下来，所有人都惊愕地看着黄灿。黄灿头皮发麻，但只好接着往下唱："红星是咱工农的心，党的光辉照万代……"

更糟糕的是，她觉得裙子里的丁字裤就要掉下来了。

寂静的大厅里，除了音乐声外，唯一能听到的就是黄灿的声音。她的声音很低，仔细听的话还会听出一丝颤抖。众人的注视让黄灿感到恐惧，她闭上眼睛，脑海中突然浮现出军训时大家一起唱军歌的场景。他们大声唱着、大声笑着，就这样挥洒着肆意的青春。

不要把现在当成晚会，当成在军训不就好了吗？你一定行的，黄灿！

黄灿把台下的观众想象成她的同班同学，只觉得勇气瞬间便回到了她的身上。她的声音越来越清亮，脸上露出的是最自然的微笑，她似乎见到了同学们青春的笑靥。她不知道，人群的表情从震惊、轻视慢慢变成了深思与欣赏。后来，有人轻声跟着她一起唱，再后来，居然变成了大合唱。当一曲结束的时候，她睁开眼睛，第一个看到的就是激动万分的丹尼尔。她唱完了，但宾客们都没唱完，他们在乐师的演奏下唱着其他红歌，还有人抢到台前领唱。

"灿灿，你太棒了！"

走到台前，丹尼尔激动地拿出了手绢擦拭眼睛。虽然不明白为什么一首歌会引起这样大的反响，但看到大家都兴致勃勃的样子，黄灿也觉得特别有成就感。她发现连古板的王大山都在唱歌，示意丹尼尔去看，丹尼尔高兴地说："听说王会长以前当过兵，所以他对红歌很有感触。灿灿，你真是天才！"

"主编你实在太厉害了。"麦琪也说。

他们的赞美让黄灿觉得自己高兴得就要飘起来了。

因为这段插曲，晚宴的气氛热烈了许多。黄灿跟在丹尼尔身后，和他一起向各个客户问好，也悄悄记下了每位客户的名字以及问好的礼仪。在向王大山问好的时候，王大山一改刚才的冷漠，问黄灿："现在的年轻人都喜欢流行歌曲，你怎么会想到唱红歌？"

"因为喜欢啊。小时候爷爷就教我唱红歌，我会唱儿歌的时候就会唱红歌了呢。我爷爷以前可是新四军，打过淮海战役呢。"黄灿笑着说。

"是吗，我父亲也参战过。你爷爷是哪个团的？"

黄灿与王大山攀谈了起来，意外发现她的爷爷居然和王大山父亲是一个团的——只是不在一个连。他们一下子就拉近了距离。黄灿对王大山绘声绘色说着爷爷的固执与倔脾气，讲到好玩的地方连王大山都忍不住笑了。后来，王大山主动对黄灿说："丫头，过几天把杂志社的广告方案给我们公司的宣传部看一下。你们的实力与理念都还不错，要是合适的话，姿然堂考虑在杂志方面和你们合作。"

"谢谢王总！"黄灿眼睛一亮，猛地鞠躬，"我们一定会好好努力的！"

不远处，丹尼尔又开始拿手绢擦拭眼睛了。

3

晚宴结束，黄灿回到家的时候已经是晚上十一点了。她喝了很多酒，只觉得每一步都好像踩在棉花上一样，整个人都要飘起来了。丹尼尔和麦琪都说她醉了，但她觉得自己没醉。为了证明，她执意要走直线给他们看，但他们不听她的，把她抓上了车。

"我说了我没醉，你们怎么就不相信，真讨厌！今天王爷爷说我唱歌好听，我给你们唱首歌吧！我爱洗澡，皮肤好好，嗷嗷嗷嗷……"

黄灿大声唱歌，丹尼尔和麦琪互视一眼，不约而同叹了一口气。黄灿酒量一向很好，虽然今天喝得稍微多了一点，但他们怎么也没想到黄灿会醉成这个样子。丹尼尔说："麦琪，那辛苦你把灿灿送回去了。"

"放心吧，丹尼尔。"

麦琪开车送黄灿回家，车里的钢琴曲根本遮盖不了黄灿的歌声。她从后视镜里看着把脸贴在镜子上看窗外的黄灿，看着她都要咧到耳朵的嘴角，再想起她近期的反常，心里突然有了一种大胆的猜测。这时，黄灿突然说："我答应给丽丽买烧烤的，麦琪你带我去烧烤摊好不好？"

烧烤？黄灿绝对不会吃这样的垃圾食品。要么她不是黄灿，要么……

"没问题。"麦琪眯起眼睛。

"我要吃烤鸡翅、烤馒头片儿、烤茄子……"

黄灿掰着手指在数自己待会儿要吃多少东西，麦琪确认了她的猜测。为了保险起见，她说："主编，王勇前几天打电话过来，希望你再给他一次机会。"

"王勇是谁啊？"

"主编不记得了吗？就是前几天辞职走人的那个啊。"

"你好烦！我要吃烧烤！吃烧烤！"

"好好，我们去买烧烤。"麦琪说着，嘴角露出了一丝微笑。

烧烤摊在城东，非常热闹，但因为人来人往，这里的环境也非常差。麦琪拎着裙子下了车，嫌弃地捂住了鼻子，觉得这里简直没办法迈开步子。她去烧烤摊给黄灿买了几根肉串，发动车子，然后从后视镜里用嫌弃的目光看黄灿满嘴流油地把它们都吃完，觉得自己就要吐了。

杂志社的女人都是纸片人，黄灿更是说过超过一百斤的女人就不用来上班这样的话，而她现在居然在这样肮脏的环境里吃垃圾食品……

如果言语会骗人的话，那行动绝对不会。她就算有阴谋，也绝对不会牺牲到吃垃圾食品的地步。

麦琪看着黄灿，嘴角的笑容更盛。她温柔地问："主编，这烧烤味道怎么样？"

"很好吃！"黄灿用手抹抹嘴。

麦琪眼睁睁看着黄灿油滋滋的手就这样抹在了她雪白的座椅上，然后在臀部抓了几抓，极力克制住想掐死她的冲动。到家后，黄灿对麦琪远去的背影不住地挥手："谢谢你送我回家，再见！"

然后，她推开房门。

硕大的房间里一片漆黑，显得冷冷清清。她在黑暗中被什么东西绊了一跤，险些摔倒，膝盖部位一片红肿。她气恼地把高跟鞋随手一丢，然后摸索着上楼，觉得这楼梯怎么也走不完。当她终于到二楼的时候，看到的又是一片漆黑。她突然有点难过。

以前，就算放学再晚，爸爸妈妈也会准备好饭菜等她。吃饭的时候，她会挑食，妈妈会责骂，爸爸会护着她，还有个小妹妹会和她抢吃的。他们的房子虽然不大，但满是温暖，不像现在这样冷清……后来，一切都不一样了。

黄灿想着，突然在黑暗中看到了一缕光。那光芒，就好像是黑暗海面上的一盏明灯，让她下意识朝着那缕光走去。

房间的那头，凌霄正在上网查资料。其实，他今天的工作已经做完了，这资料可以明天再查，他也说不清自己为什么难得有空闲时间还不早点休息。当他听到楼下开门的声音时，竟是不自觉地松了一口气，然后又听到了有什么东西摔在地上的声音，最后一切趋于安静。他听到了门被推开的声音，回过头，见到的是站在门口的黄灿。他忍不住问："怎么了？"

"凌霄？"黄灿说。

"有事吗？"

"凌霄！"

黄灿不说话，只是喊他的名字，凌霄知道她是喝醉了。黄灿喝醉后会比以前亢奋十倍这一点他早就知道，没想到会再次看到她失态。她的脸泛红，眼睛亮得惊人，笑嘻嘻的，不住地喊他的名字。凌霄看到她手里的烧烤，皱了眉："怎么把那么油腻的东西往家里带？"

"我答应给丽丽带夜宵的！啊，丽丽在哪里，我去给她！"

"你这样怎么走路……放在这里，我带给她吧。我送你回房。"

"凌霄，我和你说啊，今天的晚会可好玩了，你不知道我有多能干！嘿嘿，我上台去唱歌，后来大家一起唱了呢！我唱给你听啊！红星闪闪放光彩，红星灿灿暖胸怀。红星是咱工农的心，党的光辉照万代。红星是咱工农的心，党的光辉照万代！"

黄灿一边唱，一边摆姿势，唱到最后一句的时候猛地一甩头发，又险些跌倒。凌霄急忙扶住了她，黄灿猛地一拍凌霄的肩膀："我唱得好不好听！"

"好听。黄灿，不早了，你该睡觉了。"

"我不要！我已经二十七岁了，不需要十点以前睡觉！凌霄，你说我唱得好不好听！"

"我说了很好听了。"

"那你为什么不鼓掌！"

黄灿对凌霄怒目而视，抓住凌霄的手强迫他鼓掌，凌霄真是好气又好笑。他知道和醉鬼没办法讲道理，抓住黄灿的手就要把她送到房间里去，但黄灿突然一声尖叫："凌霄，你在听什么歌，好熟悉……叫，叫……"

"《MY LOVE》。"

"真好听！凌霄，我们跳舞吧！"

"什么？"

"晚会最好玩的就是跳舞，可今天丹尼尔带着我一会儿和这个人说话，一会儿和那个人说话，我都没时间跳！我都白打扮了！凌霄，我们跳嘛，反正老师教过啊。"

黄灿说着，一手抓住了凌霄的肩膀，一手把凌霄的手放在她的腰上。凌霄愕然地看着这个主动送入怀中的女人,反应过来之前,手已经不受控制地搂住了她的腰。黄灿的身上有着迷人的味道,她的眼神实在太清澈,凌霄觉得自己的心跳突然加速。黄灿带着他跌跌撞撞地舞蹈,凌霄抓住她的手:"不是这样跳的。你搂着我的脖子就行。"

黄灿听话地搂住了他的脖子,而凌霄的手缓缓环上了她的腰。在音乐声中,他们慢慢起舞。黄灿闭着眼睛,而凌霄一直在看黄灿。他觉得,他好像错过了什么很重要的东西。他把黄灿搂在了怀里,黄灿的头正好搁在了他的肩膀上。凌霄用轻不可闻的声音说:"其实,你这样也不错。"

黄灿没有回答,因为她已经睡着了。

当凌霄小心翼翼地把黄灿送去房间的时候,黄丽丽正好出门。她揉揉眼睛,简直不敢相信自己看到的,想说什么,但凌霄示意她噤声。

"你姐睡了,小心点。"他轻声说,"她给你带了烧烤,在我房间里,你自己去拿吧。"

"哦。"

黄丽丽愣愣地看着姐夫把姐姐抱回房间,觉得姐夫看姐姐的眼神透露着她已经很久未见的温柔。她走进凌霄的房间,拿了烧烤,摸着烧烤的余温,轻声说:"我都没抱希望,你居然没忘……黄灿,你变得太奇怪了。"

第五章 记忆是最残忍的东西

这一秒的黑暗就好像一个世纪那么长。黄灿闭上了眼睛，眼前浮现出李子涵挡在她面前，为她挡住一棍的场景。她再次睁开眼睛，却见凌霄皱着眉捂住了肩膀。他的脸色苍白得可怕。那帮人纷纷围住了凌霄，凌霄艰难应对，身上挨了许多拳。可就算这样，他也把黄灿保护在身后，没有放开黄灿的手。

1

酒醉的后遗症在第二天完全显现。

当闹钟响起的时候，黄灿猛地起身，匆忙穿上衣服，然后才发现今天是礼拜天，可以不用上班。精神放松以后，她只觉得浑身酥软，下楼梯的时候都险些摔倒，连拧开矿泉水瓶子的力气都没有。

凌霄正坐在客厅的沙发上看报纸，见她拧不开瓶盖就走上前去帮她，黄灿急忙道谢。她依稀记得昨天好像拉着凌霄做了什么，偷偷观察凌霄的神色，想从他脸上看出什么端倪。凌霄装作不知道黄灿的心事，慢悠悠地吃着早餐，看她到底能忍到什么时候。黄灿的忍耐力比他想象的还要差，在他喝第二口白粥的时候，她就问："凌霄，我昨天……是不是对你做了什么？"

凌霄的粥险些喷了出来。他放下勺子，问："什么叫做了什么？"

"我依稀记得好像拉着你做了什么，但具体记不清了。我是不是喝醉了？"

"你觉得呢？"

"应该没喝醉，只是有点亢奋，还有点记忆缺失。"

"嗯，很好，你给酒醉下了一个新的定义。"

"原来这就是喝醉下了啊……头很晕，一点力气也没有，喝酒一点不好玩。"

"那你以后少喝点。"

"哦……今天是礼拜天，你怎么起那么早，你有事吗？"

"没事，只是习惯早起罢了。"

"哦。"

黄灿撇撇嘴，不再问下去。她终于盼来了休息，但真的休息了又觉得没事情做很无聊。凌霄犹豫了一下，问："我要出去锻炼，要不要一起？"

"好啊！"黄灿两眼放光。

黄灿飞快换了一身运动服，和凌霄一起出了门。他们住在湖边，凌霄一贯的运动路线是绕湖慢跑一周，今天也是如此。一开始，黄灿还能遥遥领先，得意地对凌霄吐舌头，但没跑多久她就气喘吁吁，连迈步的力气都没有了。凌霄停下来等她，问她有没有事，她一边喘粗气一边说："没事……怎么、怎么那么累……为什么你那么轻松……"

"我天天锻炼，耐力当然会好一点。"

"我也跑、跑一千米，经常练习……"

"你说的都是十年前的事情了，毕业以后你就从来没运动过。"

"不、不可、能。"

"呵呵，还跑吗？"

"当然跑。"黄灿咬牙说。

就算凌霄有意识地放慢了速度，黄灿还是跟得非常艰难。她的脸涨得通红，呼吸的频率越来越快，但就算这样她也决不放弃。当一圈终于跑完的时候，黄灿连走路的力气都没了，要靠凌霄搀扶才能回家。她很不好意思，只能嘴硬："昨天喝多了，今天都跑不动了。"

"当然是这样。"凌霄说。

看着凌霄的笑靥，黄灿心虚了起来。

2

他们跑完步，刚踏进家门就听到了震耳欲聋的音乐，他俩面无表情地互视一眼，然后很默契地一起装作没听到。凌霄回房画图纸去了，而黄灿洗完澡后疲惫地躺在床上，觉得自己连根手指都不想动。

她想睡个回笼觉，但黄丽丽的音乐吵得她怎么也睡不着。她在床上翻来覆去，后来终于忍不住跳下了床，在黄丽丽门口敲门。一开始，她敲得还很轻柔，可后来她都砸门了，黄丽丽还是没出现。她猛地把门推开，惊愕地发现黄丽丽手里拿着一把吉他，面前摆着几张乐谱。

"你是在听音乐还是在练吉他？"她惊讶地问。

"黄灿，你又不敲门就进来！"黄丽丽愤怒地说。

"你音乐那么大声，没听到我敲门又不是我的责任。你在练吉他吗？"

"没有，随便玩玩。"

"那这乐谱是什么？"

"看看不行啊！"

"练就练，有什么不好意思的啊！我也会弹吉他哦。"

"骗人。"

"还不信啊，我弹给你听。"

黄丽丽呆呆地看着黄灿坐在她的床上，听着黄灿的手下居然流淌着动人的音乐。伴随音乐，黄灿轻轻唱着她最喜欢的Beyond的《海阔天空》：

今天我寒夜里看雪飘过
怀着冷却了的心窝飘远方
风雨里追赶雾里分不清影踪
天空海阔你与我可会变

多少次迎着冷眼与嘲笑
从没有放弃过心中的理想
一刹那恍惚若有所失的感觉
不知不觉已变淡心里爱

原谅我这一生不羁放纵爱自由
也会怕有一天会跌倒
背弃了理想谁人都可以

哪会怕有一天只你共我
……

黄灿的声音不再是少女的清脆,而是多了一分成熟与韵味,唱起这首歌反而格外动听。黄丽丽呆呆地看着姐姐,突然觉得她根本就不了解这个和她朝夕相处了十七年的女人。她努力回想,记得姐姐在高中时期好像是练过一阵子乐器,但后来为什么不练了?明明弹得那么好啊……

黄灿轻声吟唱,黄丽丽看着她,而站在门口默默看着这一幕的凌霄却想起了高中时期的生活。

那时候,Beyond乐队在学生中是最受欢迎的组合。他们省吃俭用买磁带、光盘,上课的时候偷偷听,甚至有人不小心哼唱出来,结果被老师拿粉笔头砸了脸。黄灿也很痴迷这个乐队,他经常看到她上课的时候偷偷写歌词,一写就是一本。

后来,他有一次无意发现黄灿放学后没有回家,而是要去什么地方,按捺不住好奇心跟了过去,却没想到她居然进了一家琴行。他看到她很熟络地和大家打招呼,然后居然拿起了吉他。她弹得很不流畅,但他还是听出了这是他最喜欢的《海阔天空》。他看着那个穿着白色连衣裙,扎着马尾辫,发丝在阳光下散发着金光的少女,呆住了,这一幕在他心里久久不能忘怀。

可他后来还是忘记了。要不是她重新弹奏起了吉他,他简直不会想起自己当初那纷乱的心情。

忘记,这是多么可怕、多么残忍的东西。

凌霄想着,闭上了眼睛,而当他再次睁开的时候已经恢复如初。黄丽丽也觉得姐姐唱得很好听,不确定地问:"你唱的是什么歌啊,好耳熟啊。"

"是《海阔天空》啊。你连这个都不知道吗?"

"哦,是老歌了啊,我不爱听那么历史久远的歌。我们现在流行的阿黛尔的英文歌,你会唱吗?"

黄灿摇头。

"你真落伍。"黄丽丽鄙视地说。

"切，中国的老歌才是经典你懂不懂！你吉他弹得不好，要不要我教你？"

"就你那水平？"

"不学算了。"

"我就让你显摆下好了。"

黄灿和黄丽丽又吵了起来，但她们居然坐到了一起开始研究怎么弹吉他，真让凌霄哭笑不得。他悄悄关上房门，把时间留给了这对姐妹。

"女人的事情就让女人自己解决吧。"凌霄想。

他回到书房，拉开抽屉找资料的时候见到了一个信封，里面是一张离婚协议书。收到它的场景好像就在眼前，而后黄灿就出了事……他呆站许久，叹了一口气，把协议书小心地放在了保险箱里。

如果可能的话，他希望这份协议书再也不要出现了。

3

晚上，黄灿和凌霄一起去超市大采购。当黄灿走到超市门口的时候，觉得呼吸都要停滞了。她简直无法相信这里居然这么大，而且什么都卖！她直奔零食区，把所有喜欢的零食都装到了手推车里，手推车一下子就变得和小山一样。比起囊中羞涩的十七岁来说，想买什么就能买什么的二十七岁实在是太美好了。

从超市出来后，黄灿还不想回家，凌霄就陪着黄灿在夜市闲逛。黄灿就好像喜欢亮晶晶的东西的龙一样，看到什么都要摸一下，到后来小饰品、帽子、工艺品居然买了一箩筐。凌霄跟在黄灿身后，看着她那灿烂的笑靥，也不自觉地微笑了起来。

黄灿，我不知道你什么时候会恢复记忆，也不知道这样的快乐会持续多久。可是，我会珍惜这些天以来的所有回忆。

"凌霄，这顶帽子很适合你！"

黄灿兴奋地把帽子戴在了凌霄的头上，觉得凌霄戴这个假冒的耐克实在帅呆了。凌霄看着镜子里那顶墨绿色，上面还印着"SB"两个硕大字母的帽子，脸色一下子变得和帽子一个颜色。他抑制住掐死黄灿的冲动，摘了帽子就往前走，而黄灿在后面大叫："不喜欢绿色吗，还有别的颜色哦！红色吧，你戴红色很合适！要么蓝色？"

凌霄不理她，只觉得这辈子的脸都要被黄灿丢光了。他走进小巷子开车的时候，见到了两个斜靠在墙壁上的醉汉，从他们身前走过的时候闻到了一股刺鼻的酒味，他忍不住皱了眉。黄灿跟在他身后，路过醉汉的时候她却被其中一个人一把抓住了手臂。她尖叫一声，用力甩开，那人踉跄着走到她面前："黄灿？"

"你是谁？"

"哟，你不认识我了，还真是贵人多忘事啊！黄灿，我是被你开除的王勇！看到我现在的样子你是不是很满意！"

王勇的眼睛血红，对黄灿怒目而视，恐惧弥漫在黄灿心头。就在她愣神之际，凌霄上前，把她的手臂从王勇手中拽了出来。他拉着黄灿就往前走，但王勇和另外一个醉汉挡住了他们的去路。王勇说："黄灿，以前我怕你，现在我可不怕你！"

"我真的不认识你啊！请告诉我到底对你做了什么天怒人怨的事情了！"黄灿觉得自己要哭了。

"黄灿，你毁了我的人生！你去死！"

王勇说着，挥起拳头就往黄灿脸上砸去。黄灿瞪大眼睛看着，却见凌霄握住了王勇的拳头，然后，王勇的脸上挨了重重一拳，整个人都飞了起来。黄灿惊讶地看着这条华丽的抛物线，看着一脸肃穆的凌霄，觉得自己的手脚开始发软。

凌霄的脸上是她前所未见的犀利与凝重，好像与黑暗融为一体，他轻轻活动手腕的声音在寂静的夜晚显得格外响亮。看着这样的凌霄，黄灿的心突然猛烈跳动起来。

她想起了自己经常会做的一个梦。

每个女孩都希望自己是受到万千宠爱、有英俊王子保护的公主，黄灿也不例外。有无数次，她看着窗外做白日梦，想象自己被一帮小流氓调戏，而她的王子出现了，打败了所有坏人，最后拉着她的手一起走向了未来。

　　她心中那个穿着洁白制服、英俊潇洒的王子当然是李子涵。每当她想象李子涵站在她身前，为她挡住一切风雨的时候都会脸红，想象和李子涵手拉手离开的时候更是觉得呼吸都困难了。她真的没想到她的白日梦会有朝一日成为现实，可救她的不是王子，而是魔王。

　　就在黄灿胡思乱想之际，王勇突然大吼一声，立刻，从一家小店里蹿出来七八个不穿上衣的男人。他们的手里都拿着啤酒瓶子。凌霄没想到会这样，对黄灿喊："快跑！"

　　黄灿愣住了。

　　就在这时，激战开始了。凌霄是打架好手，却没想到会是这样的局面。

　　阴沟里翻船了。

　　王勇那边人多，个个手里有武器，而凌霄只有一个人外加一个累赘，身边又没有任何武器。上学的时候他是打架的高手，深知这样的情形下硬拼就是送死，他虚晃一招，然后抓着黄灿的手就往前跑。黄灿气喘吁吁地跑着，眼前突然闪过了许多画面。不知道为什么，她总觉得这一幕好像以前发生过一样。

　　她的眼前，是两个正在急速奔跑的穿着校服的少男少女。少女是扎着马尾辫的黄灿，而少年是李子涵，他们身后是一帮拿着棍子的小混混。年少的黄灿喘着粗气奔跑着，看着牢牢抓住自己手的那个人。她见那个人一会儿是凌霄，一会儿是李子涵，而她的装束也是一会儿穿着T恤和牛仔裤，一会儿穿着校服……

　　说不清楚是回忆还是幻觉，黄灿只觉得头痛欲裂。她听到了什么声音，下意识回头一看，看到一根棍子狠狠朝自己砸来。

　　黄灿闭上了眼睛。

　　这一秒的黑暗就好像一个世纪那么长。黄灿闭上了眼睛，眼前浮现出李子涵挡在她面前，为她挡住一棍的场景。她再次睁开眼睛，却见凌霄皱着眉捂住了肩膀。他的脸色苍白得可怕。那帮人纷纷围住了凌霄，凌霄艰难应对，身上挨了许多拳。可就算这样，他也把黄灿保护在身后，没有放开黄灿的手。

这个傻瓜……

看着凌霄，泪水逐渐弥漫了黄灿的眼眶。

为什么这样？她和凌霄只是同学关系罢了，还经常吵架，她真的不明白凌霄为什么会为她挡那一下，更不明白凌霄为什么直到现在还不肯放开她的手。

这，就是被保护的感觉吗？除了李子涵之外，凌霄也会保护她吗？

"凌霄，你放手！"黄灿大声说。

凌霄紧紧抓着黄灿的手臂，没有放。

"我不会丢下你不管，遇到危险的时候我永远在你的身边。"

"你不放手我怎么去喊人，快放啊笨蛋！"

凌霄愣愣地松开了手，黄灿一溜烟地跑了出去，边跑边喊："来人啊，救命啊！救命啊，杀人啦！"

凌霄呆呆地看着黄灿绝尘而去的身影。如果现在国家长跑队的教练在场的话，一定会哭着喊着求黄灿去国家队，让她以二十七岁的高龄代表国家冲击奥运冠军。黄灿一直跑到了夜市，大喊救命，有人好奇地看着她，但是没有人搭理她。后来，她一咬牙，大喊："救命啊，富二代聚众斗殴啊！欺负小市民啊！"

"在哪里？"

"那边！"

于是，黄灿带着几十个人的队伍浩浩荡荡跑了过去。面对呆若木鸡的王勇，黄灿露出了狰狞的笑容。

4

李子涵在急诊室看到黄灿的时候，黄灿正拿盐水瓶子敲一个男人的头。王勇一边哀号一边东躲西藏，护士们都在阻止黄灿，但黄灿的手还是毫不留情地往王勇头上敲。她一边敲一边怒骂："我根本不认识你，你居然敢打我？你还躲！还躲！"

黄灿是真的生气了。

她本来高高兴兴地和凌霄逛街，没想到居然遇到了他们这群小流氓，凌霄还受了伤！虽然医生说凌霄只是皮外伤，但这也是因为她而受的，看到凌霄的样子她别提有多难受。王勇拼命闪躲，口中喊道："黄灿你这个疯婆子，你居然说不认识我？你毁了我你知不知道！"

"我怎么毁了你了，你倒是说说看！"

"住手，你这个没人性的疯子！"

就在她拿着盐水瓶，追着王勇满屋子跑的时候，她看到了李子涵。几乎是瞬间，她一只手把盐水瓶藏到身后，一只手整理头发，脸上露出了甜美的微笑："呀，好巧！你怎么来了？"

"是啊，能在我工作的地方和你偶遇，真是很巧。"李子涵饶有意味地说。

"你怎么还没下班？"

"我今天值班。这位先生，你已经构成了聚众斗殴罪，你这情况起码要关上十天半个月的。我是你的话，现在就不会再闹了，而是好好想一下面对警察时该说什么。"

"警察……"

听到这个词，王勇的酒一下子醒了。他看着对自己怒目而视的黄灿，再看着一旁的医生和护士，痛苦地抱住了头。他悲哀地号叫："失业了还要进监狱，我的老婆和孩子可怎么办啊……天啊，我该怎么活下去啊！"

黄灿愣愣地看着这个悲痛欲绝的五大三粗的男人，而李子涵拍拍她的肩膀："走吧，我们去看看凌霄。辛苦你了，小丽。"

李子涵说着，一把夺过黄灿手里的盐水瓶，交给了一个满脸通红的小护士。凌霄走后，小丽呆呆地把脸贴在盐水瓶上，而这个盐水瓶很快被无数护士抢走。

"我的盐水……"小丽欲哭无泪。

在李子涵的陪伴下，黄灿来到了急诊室门口。她突然不敢进去了，因为她不敢看鲜血淋漓的场面。她觉得自己的手脚都开始发凉。她的眼前突然又闪过以前某人为她挡住棍棒的场景，痛苦地捂住了头。李子涵好像在对她说什么，但她什么都听不清。这时，有人抓住了她的手。黄灿艰难地抬起头，看到了凌霄，也瞬间返回了现实。她勉强一笑："凌霄，你没事吧？"

"只是小伤罢了，没事。倒是你的脸色怎么那么难看？"

"我、我好像……想起了什么。"

"你想起什么了？"李子涵紧张地问。

"李子涵，我们以前是不是也被小流氓追杀过，你带着我跑开了？这记忆在我脑子里，可是很乱……"

黄灿捂着头，痛苦万分地说，总觉得失去的记忆就在眼前，触手可及，可她怎么也抓不住。李子涵叹了一口气，脸上满是失望："黄灿，你能想起点什么我很高兴……可是很抱歉，这样的事情没发生过。"

"可我真的记得是你啊！今天凌霄拉着我跑的时候，我一下子就想起来了！"

"可能是你太想找回回忆，后来产生幻觉了。没关系，我认为这是好现象。"

李子涵说着，拍拍黄灿的肩膀，黄灿只觉得苦涩至极。她看到静静地站在一旁的凌霄，忙走上前去关心凌霄的伤势，她的手触碰到凌霄的衣角，却被凌霄挡了下来。她小心翼翼地问："凌霄，你……"

"我没事。现在伤口已经处理好了，我要回去了。你回不回？"

"我当然要回去啊。"黄灿觉得凌霄的问题非常奇怪。

"那走吧。"

凌霄说着，率先走出了门，黄灿急忙跟上。路过李子涵身边的时候，她轻声问李子涵："凌霄是不是生气了？"

"没有，他怎么会对你生气？"

"可他看起来有点奇怪。"

"男人也有那几天，你不能搞性别歧视。快去吧，他在等你了。"

"我走了。"

黄灿急忙跟在凌霄身后往外走。经过王勇身边的时候,王勇突然站起身朝他们走了过去,吓得她一下子蹿到凌霄身后。凌霄的身体微微前倾,厉声问:"你要做什么?"

"主编,我今天喝多了酒冒犯了您,我错了,我真的错了!我求你放我一马,也放我的哥们儿一马!我们都是有家有口的人,可不能进去啊!"

王勇说着,居然朝黄灿跪了下去,黄灿惊讶地一句话都说不出来。王勇太了解黄灿睚眦必报的个性了,虽然明知他的道歉不会有任何结果,但他还是想要做最后的努力。他不住地哀求,黄灿忍不住低声问凌霄:"他为什么要求我?"

"他不想进监狱。"

"不想进监狱的话,他不该求你吗?"

"这就要问他了。"

"凌霄,要不……就算了吧。他也怪可怜的,而且也被你揍得很惨。"

凌霄的伤在右臂,而王勇的伤都在脸上,姹紫嫣红地格外醒目。凌霄没想到黄灿会求情,眯起眼睛,然后说:"你真的要我放过他?"

"我知道他是很过分……不过谁都会犯错的,教训一下也就得了。"

"好,我放弃起诉。"

凌霄一下子就答应了,而黄灿愣住了。反应过来后,她走到王勇面前,不自在地说:"好了,我们不会告你的,你起来了,跪着多难看!"

"主编你是骗人的吧。"王勇不信。

"不信算了,我来打110……"

黄灿故意拿出手机拨号码,这下王勇麻利地站了起来。他问:"主编,你真的不骗人?"

"你再不信我,我可就改主意了啊。"

"谢谢主编!我一定记着你的好,回家就把你的照片供起来,我做鬼也不会忘了你的!"

"喂,我还没死呢,谁要你供我照片啊!你把钱包拿出来。"

王勇习惯了服从,下意识把钱包给了黄灿。黄灿见里面只有几百块钱，撇撇嘴，给他留了一百，剩下的都拿在了手上。她说："药费你已经出了，这就算精神损失费，你服不服？"

"服、服。"

"以后不要喝酒了，下次你发酒疯可不会遇到像我这么好说话的人了。"

黄灿没好气地说，白了他一眼，转身就走。她走到门口的时候，王勇叫住了她。她愕然回过头，只听王勇说："说实话，我真的没想过你会放过我……虽然你炒了我鱿鱼，让我的生活一团糟，但我也不是没有错……总之，今天的事情是我不对，谢谢你，主编。"

我真的认识你？

黄灿在心里暗暗疑惑，但什么也没有说，只是对王勇点点头，然后走了出去。

因为凌霄手臂受伤不能开车的关系，他们打车回家，但直到凌霄进了房间，还是没和黄灿说一句话。黄灿忍不住问凌霄那个王勇和她到底是什么关系，但凌霄一下子就把门关上，她呆呆地站在凌霄门口倒像一个傻瓜。

"搞什么啊……算了，不和受伤的人计较。"

黄灿撇撇嘴，对着凌霄的房门虚虚踢了一下，然后回房间睡觉去了。

这一晚上，她一直在做梦。

她梦见自己重回学校，置身于同学中。当最后一堂课终于上完后，大家打打闹闹、三三两两地回家，她和李琳也一起朝着校门口走去。李琳问她要不要去尝尝巷子里的章鱼小丸子，她急忙点头，和李琳一起朝着巷子深处走去。小丸子出锅后，她先拿了一盒，李琳和她抢着吃，两个人都被烫得说不出话来。就在两个人抢得兴起的时候，李琳的动作突然停滞。她顺着李琳的目光看去，突然看见了好几个人朝他们跑来。李琳把小丸子一丢，大喊："快跑啊，黄灿！"

"他们是谁啊，我们为什么跑？"

"他们是大周的人，被他们抓住就惨了！快跑！"

黄灿根本没搞清楚发生了什么事，就被李琳拉着跑了起来。她们跑得飞快，书包在她们背后欢乐地跳跃，而后面那帮人杀气腾腾追了过来。她跑得没李琳快，慢慢地就落在了后面，而那帮家伙可没有放过她的意思。黄灿听到了风声，回过头，却看见一只手握住了朝她打来的木棒。那个人的容颜在阳光下看不清，但她却永远记得那种绝境逢生的异样心境。

"你是谁？"她轻声问，"是李子涵吗？"

对方不答。而就在这时，另外一根棒子朝她狠狠打来……

"啊！"

黄灿睁开了眼睛，已经满身都是汗水。她看看墙上的钟，发现现在才早上六点。阳光从窗帘里微微透了进来，她走到窗边，猛地拉开窗帘，然后坐在了梳妆台前。有那么一瞬间，镜子里的她似乎是记忆中的少女的容颜。可是，随着阳光变得愈加强烈，镜中的容颜越来越清晰，岁月的痕迹也越来越明显。她伸出手，轻轻抚摸着镜中那个已经青春不再的面容，然后猛地拉上了窗帘。

昏暗的房间中，她蜷缩成一团，已经是泪流满面。

5

虽然一个人在房间里痛哭出声，但当她走下楼的时候除了眼睛有点浮肿外，一点儿也看不出哭过的痕迹。她出门去买早饭，和卖早点的阿姨笑着聊天，回到家把早饭摆放得整整齐齐。当黄丽丽走下楼梯的时候，她简直不敢相信自己的眼睛。

"黄灿她疯了吧。"黄丽丽轻声说。

"丽丽，来吃早饭！"

黄灿热情招呼黄丽丽，把她按到了桌前。黄丽丽匆忙吃了片面包就想走，但黄灿不放："你的粥还没喝完呢。"

"来不及了！"

黄丽丽咬着面包就跑了。黄灿看着满满一桌的饭菜，终于明白她以前不吃饭就跑出去的时候，爸爸妈妈是什么心情了，也明白了平时准备这一切的凌霄的心情。她看看空荡荡的楼梯，犹豫了一下，把早饭放在了保温盒里，然后悄悄进了凌霄的房间。她看着熟睡的好像孩子一样的凌霄，看着他略显杂乱的头发，忍不住伸出手，给他抚平了发丝。她想起昨天晚上的惊心动魄，再看着凌霄，心里真说不出是一种什么样的滋味。

"凌霄……"

她轻声喊着凌霄的名字，也不知道要说什么好，最终轻轻一叹。她把早饭放在了凌霄的床头，然后起身离去。她不知道，她走后，熟睡的凌霄睁开了眼睛。他看着床头还温热的早饭，回忆着黄灿抚摸自己的感觉，然后再次闭上了眼睛。

因为凌霄受伤的关系，黄灿只能一个人搭乘地铁去公司，出地铁的时候已经是蓬头垢面的了。电梯来了，她用力挤进了电梯，站在最角落的地方。然后，她看见衣着光鲜的麦琪缓缓走了进来。她偷偷打量着麦琪精致的卷发、妩媚的面容和凸显身材的连衣裙，再看看镜子里乱七八糟的自己，心里莫名有些酸溜溜的。电梯到达后，她匆忙挤了出去，这时麦琪才发现她。麦琪用手捂住嘴，生生扼住惊叫，笑着说："主编，早上好。"

"好、好。"黄灿一边用手梳理头发一边说。

"主编，需要梳子吗？我这有。"

"不用了。"

"今天还是喝牛奶吗？"

"啊，是啊。谢谢。"

黄灿匆匆说着，进了办公室，然后急忙对着小镜子整理一下仪表。她觉得和麦琪比起来，自己就是一个土鳖。麦琪刚到座位上打开电脑，手机就响了，她一见来电人，眼睛顿时一亮。可是，她等电话响了快一分钟才接通电话，懒懒地问："打电话给我做什么啊，我不是说过不要再找我了吗？"

"可是我忘不了你啊，宝贝。"

"一点小事都做不好，我才不和没能力的男人交往。"

"宝贝，你不要生气，你要的消息我已经打探出来了！"

"是吗？"麦琪一边说一边走到了窗边。

"医院不许泄露病人的资料你也知道的，那个李子涵的口风又紧，我可是花了很大功夫才从小护士那里打听到的。"

"哦。"

"你猜得没错，那个黄灿确实是出了事了。除了车祸外，她的大脑也受到了损伤。"

"是什么程度的损伤呢？"

"简单来说，就是失忆。她的记忆停留在十七岁了，之后的事情一件都不记得了。"

"这个消息准吗？"

"那当然，我办事你还不放心吗？这样的情况很罕见，就连李子涵都束手无策。"

"那她什么时候会恢复？"

"这可就说不准了。很有可能一辈子都缺失这一段的记忆。宝贝，我们老说她做什么，不如我们晚上去看电影？我……"

电话那头还在喋喋不休地说着，而麦琪已经挂断了电话。她走进洗手间，锁上门，然后抑制不住地笑出声来。她看着镜中的自己，轻声说："你的机会来了。你会把她踩到脚下，全世界都会是你的，麦琪。"

6

"主编，您的牛奶。"

"放桌子上吧，谢谢。"

麦琪笑容满面地递给黄灿牛奶。黄灿正对着一堆报表发愁，只是对麦琪点点头，就继续看起"天书"来。麦琪看看日程表，对黄灿说："主编，今天下午两点约了摄影师雷欧，您看……"

"那个混蛋？"

黄灿一想到雷欧想占自己便宜的事，下意识吼了起来，然后急忙捂住了嘴巴。她虽然不再说话，但脸上还是一副愤愤的神情，好像他们见面还不如杀了她似的。麦琪问:"主编,您下午还有个茶话会,和雷欧那儿冲突了。要不,我去茶话会,您去雷欧那儿?"

"茶话会?"

"嗯,一下午在别墅里吃吃喝喝,是有些无聊。"

在别墅吃吃喝喝无聊个屁!这可比面对这些报表好多了!

黄灿想着,眼睛一下子就亮了起来。她轻咳一声,轻声说:"既然冲突……那我去茶话会,你去见雷欧好了。"

"主编,这样不好吧。"麦琪摆出为难的样子,"虽然您的命令我一定要听,可是雷欧那儿……"

"麦琪,你就帮帮我吧。我给你带蛋糕吃啊。"

黄灿笑嘻嘻地说,不住哀求,后来麦琪只好"勉为其难"地答应了。黄灿觉得麦琪真是世界上最好的女人了。可是,她很快就发现自己的认识有误,因为麦琪问她:"主编,最近的事情实在太多了,行政类的文件要不要我替您批复一下?以前您出差的时候也是这样做的。"

"是吗?真的可以这样吗?"

"您的时间很宝贵,看一些重要文件就行了。主编放心,我们以前就是这样合作的,但您最近……"

"我最近只是突然很想自己亲手做……既然这样,那就按照以前的规矩办吧。"

"好的。"

"辛苦你了,麦琪。"

黄灿觉得自己错了。麦琪不是全世界最好的女人,简直是宇宙最好的女人!她就要爱上她了!

"主编,那我先出去了。"

麦琪捧着高高的文件,艰难地走回了办公桌,但脸上满是笑容。她看着黄灿窗明几净的办公室,轻声说:"真是蠢货。不过,这儿很快就是我的了。一切都是我的。"

第六章 爱情可以重来吗

凌霄说着，又故意按了几下黄灿的大包，痛得黄灿直求饶，但他就是不放手。后来，黄灿也火了。她知道凌霄怕痒，对准他的肋骨用力一挠，凌霄的身体果然为之一颤。黄灿找到了凌霄的弱点，别提有多高兴了，她整个人扑了上去，用力挠凌霄。凌霄又气又笑，用力抓住黄灿的手，而黄灿居然尝试用膝盖去碰他。两个人就这样在车里打成了一团，不知道路过的车子里的人一直在用异样的眼神看着他们："不是吧，光天化日之下，也太刺激了吧！"

1

吃过午饭后，黄灿下楼，司机果然在等她了。她没想到威廉和小美也出现在车上，暗暗猜测他们是不是也是去白吃白喝的，但她控制住自己，什么也没问。

威廉和小美的关系还是不太好，坐在副驾驶位子上的黄灿只觉得身后是两座冰山，简直都不用开冷气了。安静的环境里，黄灿煞费苦心地开始找话题："小美，你的发夹是哪里买的，很好看。"

"是吗？这是我做的。"小美受宠若惊地说。

"你会做发夹？"威廉不可置信。

"是啊，不信啊！"

"你看起来粗手粗脚的，真没想到。"

"你说什么啊！"

"我的项链也是我做的呢。"

"啊？你也做手工？"

"嗯。"

"我看看。哟，是挺精细的，颜色也很好看啊。这花你是怎么做的？"

"我和你说啊……"

小美和威廉都没想到对方居然也是手工爱好者，聊起来就没个完，倒是把黄灿抛之脑后了。黄灿看着窗外的风景，不知道为什么会想凌霄现在在做什么，忍不住打了个电话给他。凌霄过了很久才接通电话，喘气声有点重。

"凌霄，你干什么呢？怎么听起来很累的样子？"

"刚才出去跑了一会儿。"凌霄才不会承认为了接她的电话一下子赶了过来，面不改色地撒着谎。

"不是吧，你受伤了还出去跑步？你怎么这么不当心！"

"有什么事吗？"

"也没什么，就问问你中午吃饭了没有。我房间里有泡面、炒面和干拌面，你要吃的话随便拿。"

"嗯，知道了。"

"你今天还好吗？"

"不要紧，好了很多了。"

"无聊就去看电视，不要再出门了。你晚上要吃什么，我给你带啊。"

黄灿絮絮叨叨地说着，凌霄忍不住笑了起来。他真的没想到黄灿有这样话痨的那一面。莫名地，他的声音放软："晚上早点回家。"

"嗯，我一定早回来。"

挂断电话，黄灿舒了一口气——看来凌霄好像不生她的气了。她高兴地轻声哼着歌，威廉和小美互视一眼，都在对方眼中看到了疑惑。小美轻声说："她……最近真的很不对劲。"

"是啊，跟吃了兴奋剂似的。"

"你说是不是车祸，然后脑子就……"

"可能吧。"

"真可怜。"

"是啊，才二十七岁，怎么就……"

在小美和威廉同情的目光下，车终于到达了目的地——位于城郊的私人会所。推开爬满了爬山虎的欧式铁门，他们一起走进会所，穿着旗袍的服务生对他们殷勤微笑，黄灿只觉得空气中都弥漫着人民币的味儿，连迈步子都不会了。她胆战心惊地看着面前那个气质高雅的女人，再看威廉居然往外掏摄影装备，觉得站都站不稳了。她一把抓住威廉的袖子："干什么啊，不是喝茶吗，怎么搞那么大阵仗？"

"主编，今天做专访啊，你忘了？"

"专访？麦琪和我说茶话会啊。"

"茶话会的意思就是专访啊。还是您觉得这样说比较有意思，大家才叫开来的。"

小美惶恐地说，而黄灿比她更惶恐——天知道该怎么做专访！早知道今天下午是专访的话，她就看书了，而不是故意中午不吃饭等着下午这一顿好的！她欲哭无泪："专访谁啊？"

"LET亚太区的总裁，叫张岚。快去吧，主编。"

在威廉和小美一左一右的夹击下，黄灿以上刑场般的步子朝着那个中年女人走去。她慢慢坐好，然后对那个女人生硬地笑，过了很久才说："你好，我叫黄灿。"

"我知道，你是杂志社的当家名记。"张岚笑着说。

"名妓？"黄灿瞪大了眼睛看着张岚。

"抱歉……你懂我的意思。"

"张岚姐姐，我能问您一个问题吗？"

"可以啊。"

"您今年到底多大了？为什么您的黑眼圈比我的还浅？"

"啊……黄灿，你真可爱。"

张岚早就听说过黄灿的犀利，没想到黄灿居然和她公司里的小姑娘一样崇拜她，忍不住微笑了起来。黄灿根本没准备任何采访提纲，就好像聊天那样和张岚谈着，问得最多的就是怎样保养这样的话题，还认真记录了下来，让张岚突然有了一种莫大的满足。小美和威廉互视一眼，都不知道黄灿为什么会一改风格，甚至怀疑她的脑子是不是坏掉了。破天荒地，小美主动和威廉说话："主编是不是……"

她指了指自己的脑袋。

"别胡说，做好自己的本职工作就行。她一定……有计划吧。"

他们正低声聊着天，突然有人朝他们走了过来。那是一个穿着运动服的学生模样的人。张岚不动声色地往里面挪了一些,而那个"学生"朝着张岚走去,面红耳赤地说:"姐姐,很不好意思打扰您,但我的钱包掉了,没钱坐公交车回家了。你能给我两块钱吗?"

张岚定定地看着他。她几乎可以确定这个人是骗子,可是看着他青涩又害羞的模样还是决定给他钱——只是两块钱罢了,不算什么。她正准备掏钱包,黄灿阻止了她。她问:"你是哪所学校的?"

"我是九中的。"学生忙说。

"你高几了?"

"我高三。"

"噫吁嚱!危乎高哉!蜀道之难,难于上青天。"

黄灿突然说起了文言文,所有人都目瞪口呆地看着她,那个年轻人也愣住了。黄灿皱起了眉:"把下一句背出来啊。"

"你……你在说什么啊?"

"你不会连《蜀道难》都不会背吧?"

"姐姐,我只是想要两块钱的车费,你至于问那么清楚吗?"

"切,连最基本的都不会,你到底是从来不上课呢,还是根本就不是学生?你到底是哪个学校的?"

黄灿不住地问,而那个人眼见骗不到钱,转身就走。黄灿一把抓住了他,恶狠狠地说:"我最讨厌人说谎了!说,你为什么骗钱?"

"只是两块钱罢了,你不想给就不给!我的事情要你管!"

"你为什么要撒谎?"

"不要你管,放手!"

那个年轻人不住地挣扎,但黄灿力气极大,他又不敢真的动手,所以居然被黄灿制服了。所有人都看傻了眼,而黄灿得意地笑道:"小子,和我斗?说,你到底为什么骗钱,你为什么不去上学?"

"我喜欢上网,不喜欢上学不行啊!我干什么关你什么事!"

"还顶嘴!你这样对得起给你付学费的爸爸妈妈吗?你对得起你的老师吗?你知道有多少孩子想上学却上不起吗?"

"我就不喜欢上学,不行吗?"

"不喜欢上学那你喜欢什么?"

"我喜欢工作,我要赚钱!"

"乞讨就是赚钱?你的梦想就是做一个乞丐吗?"

"当然不是!"

"小子,珍惜上课的机会吧!你不知道有多少人羡慕你!"

黄灿劈头盖脸地骂着,说了快半小时,直到那人被烦得受不了,求爷爷告奶奶地发誓回去一定好好学习,绝对不出来招摇撞骗才住口。那年轻人走后,黄灿觉得口干舌燥,喝了一大杯水,张岚好奇地问:"只是两块钱罢了,你何必和他白费口舌的?还有,你是怎么知道他不是真正的学生?"

"因为学生没有敢进这样高档的场所的,他们只敢站在外面看。至于教训他……我也不知道我的话他能听进去多少,但他要是改好了,他爸妈一定会很高兴吧。他不是坏孩子,只是暂时处于叛逆期罢了,我不想他以后会因为今天没有好好学习而后悔。"

"说得好像你很了解孩子似的。"

"我当然……也还好吧,呵呵。"黄灿尴尬地一笑。

"我有个女儿,今年上高二,真让我头疼。"

"怎么了?"

"她的同学告诉我说她一直在追一个男生,可是那个男生不理她。唉,我真是头疼,现在的孩子怎么就那么早熟?"

"这肯定是污蔑!"黄灿尖叫。

张岚吓了一跳:"你说什么?"

"我说这肯定是恶毒的污蔑!你想啊,女孩子喜欢哪个男孩都是秘密,最多最多和闺蜜分享一下,不会主动、不会死皮赖脸地追,更不会告诉家长。所以这件事的真相肯定是那个男孩喜欢你女儿,告诉你消息的那个人表面上是你女儿的好同学,其实特别妒忌你女儿,就希望她倒霉。这样的人你以后理都不要理。你女儿知道你相信她,不相信自己的话,一定会很难过。"

"会是这样?"张岚疑惑地问。

"当然是!"黄灿一脸正气。

黄灿百分百确定的神情让张岚信了几分:"唉,怪不得她已经很久不和我说话了,总是说我烦。难道我关心她也有错吗?"

"比起家长的关心,她更需要空间和信任。这是她的事情,你让她自己解决吧,你只要信任她就好。"

"也许我该找她好好谈谈。"

"那当然,她肯定希望得到妈妈的信任。"

黄灿和张岚越聊越欢,时间也在不知不觉间流逝。张岚根本没想到自己会和黄灿聊那么久,一看时间已经不早了,又想到今天为了她的事情,黄灿都没问什么工作上的问题,有些内疚。为了补偿,她破天荒地告诉了黄灿一个消息:"我们公司下半年要推出新产品,迄今还没有任何媒体知道它的相关消息。你们杂志有没有兴趣做一个专题?"

"当然有兴趣了!"黄灿忙说。

当采访结束的时候,黄灿和张岚已经成了朋友。回去的路上,小美激动地说:"主编,你真是太厉害了!那个张岚可是出了名的难缠,居然会把这个消息告诉你,我们家要出独家了。主编,你都是计划好的吧!"

"那当然。"黄灿一愣,然后得意地大笑。

"你真是太厉害了!"

"哪有这么夸张。等等,我有电话进来。"

黄灿说着,忙接通了电话,是4S店通知她去取车。她想起麦琪的粉红色MINI,一下子激动了起来,忙让司机把车子开到4S店。大家走后,她怀着憧憬的心情来到自己的车前,然后一下子屏住了呼吸。

这是我的车?

这是我的车!

她面前的,是一辆红色的奔驰SLK。

比起麦琪的MINI,这辆车显得更大气,也更精致。她摸着光可鉴人的车身,不小心让手指印印在车身上,急忙哈了一口气,把手指印抹去。4S店的工作人员用一种惊异的眼神看着她,她急忙解释:"呵呵,很久不见了,怪想它的。"

"黄小姐真是爱车啊。您现在就能把它开走了哦。"

"谢谢。"

黄灿愉悦地说着,走到车前,帅气地开了车门,戴上了墨镜。她帅气地拿着车钥匙,然后愣住了——她不知道该怎么开车。她摸索了半天都没找到该在哪里插钥匙,犹豫半天,只能给凌霄打电话。她说:"凌霄,你到一下奔驰的4S店来。"

"有什么事?"

"我回不了家了。"黄灿欲哭无泪。

凌霄接到电话赶来后,黄灿就好像小尾巴一样讨好地跟在他身后。凌霄很无语地把钥匙插进了锁孔,发动车子,而黄灿几乎要鼓掌叫好了。她看得眼热,一直企图说服凌霄让她开车,但凌霄坚决不肯。她生气地说:"我27岁了,我有驾照,为什么不让我开车?"

"你是27岁,可你的心理年龄不是27岁。黄灿,你也不想它第二次进修理厂吧。"

"我会小心的。你让我开开嘛。"

"不行。"

"凌霄,你最好了!"

"不行。"

"凌霄!"

"不行。"

"我看你就叫'不行'算了,死木头!"

黄灿气得踹了凌霄一脚,气哼哼地看着窗外。眼见黄灿真的生气了,凌霄叹口气,问:"你真的想开车?"

黄灿偷偷瞥了他一眼,继续装生气,不说话。

看着黄灿高高噘着的小嘴,凌霄露出淡淡的微笑:"不要学算了。"

"我要,我要!"

一听说凌霄肯教她开车,黄灿顿时变了一个人。她满面笑容,亲昵地拉着凌霄的袖子说:"你教我嘛,不然一直挤地铁好麻烦的。凌霄,你最好了,你最好了……"

凌霄打了个寒战,没有理会黄灿,一个急转弯,把车子朝着湖边开去。他把车停在了湖边的一块开阔地,下车,让黄灿坐到驾驶的位子上。他细心地教黄灿怎么系安全带,怎么发动车,什么是油门,什么是刹车,然后让她尝试。

虽然刚才闹着要开车,但当黄灿真的握住方向盘的时候,觉得手都在抖。她紧咬嘴唇,闭上眼睛,用力一踩油门,然后手忙脚乱踩了刹车。她苦着脸说道:"不行,我害怕。"

"黄灿,你一向天不怕地不怕的,会怕开车?"

"这车子被我撞坏怎么办?"

"撞坏了买新的。"

"啊?凌霄……"黄灿觉得感动极了。

"当然是你出钱。"

"哼。"黄灿的脸一下子垮了下来。

"只管开,不要怕。有我看着呢。"

凌霄轻轻地拍拍黄灿的头。看着凌霄几乎说得上是温柔的笑容,黄灿觉得一下子有了莫大的勇气。

是啊,最多把车子撞坏罢了,有什么好怕的呢?

我黄灿从来不会害怕。

"准备好了,开始吧。"黄灿深吸一口气,然后说。

在凌霄的指导下,黄灿由一开始的懵懂莽撞,最终变得能比较熟练地开车了。他们在空地上不住地直行、转弯,每个转角都记录了他们的笑颜。两个小时后,黄灿自以为已经学会开车,开始骄傲自满起来,一边开车一边和凌霄聊天:"凌霄,已经过去一个多月了,我爸妈还没回来吗?他们也不给家里打个电话。"

凌霄一愣,看着窗外:"打过,当时你不在。"

"不可能,我一直在家啊。"

"那天你去和客户喝酒了。"

凌霄看她的眼神很犀利,黄灿顿时心虚了起来,不敢再问这个话题,而凌霄也悄悄松了一口气。他敲敲黄灿的脑袋:"不要说话,你专心开车。"

"我已经会开车了，你不要那么小心啦。凌霄，你去美国玩过吗？你说那里有什么好玩的？"

黄灿不住地说，不住地嘟囔爸爸妈妈出去玩也不带她有多过分，没看到前面有一棵大树。凌霄看着车子冲着大树撞了过去，急忙一把抓住了方向盘，朝相反的方向打去。他一脚踩下了刹车，车子猛然停下，黄灿的头不受控制地撞向了玻璃。她捂着头，觉得眼前一片金星，而额角的小包几乎以可以看见的速度生长。她郁闷地看着一脸阴沉的凌霄，问："刚才怎么了？你没事干吗动我的方向盘？"

"那你要我看着你和那棵树玉石俱焚吗？"

凌霄面无表情地指着后方那棵粗大的柳树，黄灿的冷汗一下子就下来了。她一边揉着额头一边问："不会吧……"

"你说呢？"

"对不起，我错了。"

黄灿从善如流，急忙道歉。她生怕凌霄不让她开车，凌霄果然说："你还是别学开车了。"

"不要啊！我以后保证不走神了，我保证！"

"开车太危险。"

"我不觉得危险啊。"

"你不危险，是行人危险。为了那些无辜的家庭，你就不要做女杀手了吧。"

"凌霄，我保证不会再犯了，真的。对了，刚才刹车那么猛你的伤口要不要紧？有没有再裂开？"

"没事，我还死不了。"

看着黄灿急切的样子，再看着她额角的那个大包，凌霄知道自己该摆出生气的姿态，但还是忍不住笑出声来。他伸出手，轻轻摸着黄灿的大包，问："痛吗？怎么会起这么大一个包？"

黄灿心中默默流泪，但还是嘴硬："不痛。"

"真的？"凌霄用力一按。

"好痛，你那么用力干什么啊！"

"是你说不痛的。"凌霄无辜地说。

"凌霄，你就是存心欺负我！你怎么那么坏啊！"

"哦，原来我在欺负你啊。"

凌霄说着，又故意按了几下黄灿的大包，痛得黄灿直求饶，但他就是不放手。后来，黄灿也火了。她知道凌霄怕痒，对准他的肋骨用力一挠，凌霄的身体果然为之一颤。黄灿找到了凌霄的弱点，别提有多高兴了，她整个人扑了上去，用力挠凌霄。凌霄又气又笑，用力抓住黄灿的手，而黄灿居然尝试用膝盖去碰他。两个人就这样在车里打成了一团，不知道路过的车子里的人一直用异样的眼神看着他们："不是吧，光天化日之下，也太刺激了吧！"

"唉，真是世风日下啊！"

十分钟后，黄灿终于没力气和凌霄闹了，严肃地提出"停战"协议。在打闹中，她的头发乱了，凌霄的衣领开了，两个人看起来都只是狼狈不已。可是，比起前段时间的冷漠而言，他们现在的眼睛是出奇的清澈与明亮。

黄灿要"停战"，但凌霄可不愿那么轻易放过她。他单手握住黄灿的双手，另外一只手拼命挠她。黄灿身体不断扭动，不住哀求："凌霄我错了，我再也不敢了，你就放了我吧！"

"你不是很喜欢挠痒痒吗？"

"我再也不敢了！"

"黄灿，我真是搞不懂你。明明自己也怕痒，却还来招惹我。你这样做对你有什么好处？"

"开心呗。"黄灿笑嘻嘻地说。

她的脸上挂着晶莹的汗珠，她的嘴唇水润粉嫩，她身上的淡淡香气让凌霄想起了他们的大学时光。那时，黄灿也是不顾一切挠他痒痒，他一碰她她就求饶，他一松手她就继续挑衅，活脱脱像一只骄傲又任性的猫。她力气小，凌霄一只手就能把她两只手都抓起来，而她那时候就和现在一样，用尽浑身解数继续不放手。他好笑又无奈，问黄灿为什么会喜欢这样"玉石俱焚"的游戏，她笑嘻嘻地说："因为我高兴。"

是，她一直是这样肆意妄为、不管不顾的性子。在大三之前……

凌霄想着，神情一黯，心里也说不清到底是什么滋味。他一松手，黄灿急忙挣脱开来，警惕地看着他："不许再闹了。"

"好，不闹了。"他并没有那个闲工夫和她闹。

"凌霄，我还是喜欢你这样子。"

2

安静的夜晚，近在咫尺的妻子突然这样说，凌霄忍不住眉心一动。她的声音，就好像最轻柔的羽毛，轻轻划过他干涸的心田。他艰涩地问："什么意思？"

"说实话，刚看到你的时候我真的很讨厌你，一想到要和你住在一起我都要疯了。后来，我发现你比以前温柔，容易相处了很多，觉得这样挺好的。再后来，我觉得还是你以前好……"

"是吗？"

"你以前虽然也不爱笑，但没有现在这种拒人千里之外的感觉……我也说不出来，反正觉得你现在好像对什么都不在乎似的。你虽然在笑，但你的眼睛是冷的。后来，你对我发脾气了，我觉得这样的相处反而舒服一点。嘿嘿，我觉得自己好贱啊。"

黄灿越说越觉得自己真是奇葩一枚，讪笑了起来。她说得很乱，但凌霄却听懂了。他轻轻叹了一声，抚摸着黄灿杂乱的发丝，说："黄灿，我其实很羡慕你。"

"啊？"

"你能一直这样，真的很好。至少你很快乐。"

"难道你不快乐吗？你那么有钱，还帅，你有什么不快乐的？"

"是啊，我……我有了那么多，我当然应该快乐。"

凌霄的声音轻不可闻。不知道为什么，黄灿突然觉得凌霄很寂寞。这种感觉只是一瞬间，凌霄很快神色如常。看着凌霄美好的侧脸，有句话几乎是脱口而出:"凌霄,我们是不是很相爱?"

凌霄的身体微微一颤。他注视着黄灿的眼睛,缓缓说:"当然。我们很相爱。"

"我们为什么……"

"想问我们为什么相爱对吗?黄灿,爱情是没有原因的。"

"那我现在不记得你了,你会不会很生气,很难过?"她小心翼翼地问。

"你现在很讨厌我?"

"当然不是。"黄灿急忙说。

她的心,被酸楚所填满。

作为凌霄的妻子,她现在对他是如此疏离,凌霄一定很难过,但他从来都不说。如果她能想起他们相爱的经历,他们当然能高高兴兴在一起,但如果她一辈子都不恢复记忆呢?就这样离开,是不是对爱情的背叛,对凌霄的不负责?爱情,真的可以重来吗?

"还学吗?"凌霄笑着拍拍她的头。

"学啊!我一定要学会!"黄灿忙说。

她是那么庆幸可以不用继续这个话题,悄悄松了一口气。

当华灯初上的时候,黄灿与凌霄终于踏上了归程。凌霄只觉得自己的嗓子都哑了,浑身就好像散了架一样,但黄灿居然不见一点倦色。她一点都不安分,在副驾驶的位子上东摸西摸,一会儿试试音响,一会儿玩玩车窗。后来,她的手碰到了开关,然后敞篷一下子就开了。她惊讶地看着漫天的星辰,觉得这车实在是太神奇了。她大笑:"凌霄,这车能看星星!呀,星星!"

她说着,居然站了起来,吓得凌霄急忙一只手抱住她的脚踝。黄灿解下了脖子上的围巾,张开双臂,让围巾在风中肆意飘扬。车里的广播在放着许巍的《蓝莲花》,而她跟着许巍一起歌唱:

没有什么能够阻挡

你对自由的向往

天马行空的生涯
你的心了无牵挂

穿过幽暗的岁月
也曾感到彷徨
当你低头的瞬间
才发觉脚下的路

心中那自由的世界
如此的清澈高远
盛开着永不凋零
蓝莲花
……

  黄灿唱得调不成调，但声音是那样清亮，脸上的笑容是那样灿烂，灿烂到让凌霄心颤。有不少人从车里探出头来看着黄灿，他们的目光有鄙夷，有惊奇，似乎不能理解一个成年女人为什么会好像疯子一样在路上歌唱。不管他们如何看待，黄灿浑然不觉，唱了一首又一首，而凌霄没有阻止她。他听着黄灿的歌声，看着星空，再看着前方的道路，露出了一丝淡淡的微笑。

  如果可以，他是那么希望黄灿的快乐能够延续下去。

3

  黄灿和凌霄都不知道，他们外出的时候，黄丽丽正和朋友们一起进行乐队排练。当乐手调试音响的时候，黄丽丽和其他人站在一边聊天。她穿着黑色紧身裙，化着烟熏妆，嘴唇也涂成了黑色，所有人都说她"美得无与伦比"。

  黄丽丽的男朋友——学校篮球队的主力球员小丁换下了球衫，穿着流行的紧身裤，在大家的起哄中和黄丽丽激吻，手也不安分地摸了过去。黄丽丽被他亲得满脸通红，但意识还清醒，狠狠地把小丁的手打掉，大家都哄笑起来。小丁也不生气，一把搂住了黄丽丽的腰："老婆，你发火的样子真是可爱。"

"切，那我每天'可爱'给你看？"黄丽丽给了他一个白眼。

"那可是你说的。"

小丁说着，在她腰上用力捏了一把，把她的头按在自己的胸口。黄丽丽依偎在男朋友胸前，感受着他身上的男子气息，脸上满是幸福的笑容。她的朋友和她开玩笑："丽丽啊，你们感情那么好，什么时候领证啊？"

"等到了法定结婚年龄我们就去结婚。"黄丽丽得意扬扬地说。

面对众人的调笑，小丁也很得意。他递给黄丽丽一根烟，黄丽丽地轻巧接过。她没有告诉大家其实她并不喜欢抽烟。她抽了一口烟，被浓烈的烟味呛了一下，咳嗽了几声。她觉得自己这样实在太丢脸了，正想掩饰，突然有人喊她上去唱歌。

"来了！"

黄丽丽顺势丢了烟头，走了上去。她清清嗓子，对身后的同学们点点头。然后，震耳欲聋的音乐响了起来。在音乐声中，黄丽丽声嘶力竭地唱着歌，其他人一边抽烟一边鼓掌，气氛要多热烈就有多热烈。可是，他们都没想到，门突然开了。

当黄灿和凌霄推开房门的时候，看到的是一幅诡异的场景。七八个少男少女都穿着最奇怪的衣服，在他们干净的房间里吞云吐雾，而他们的音乐要多刺耳就有多刺耳。他们的妹妹——黄丽丽，正站在他们家的餐桌上，拿着一根黄瓜当话筒，搔首弄姿地唱着歌。看着他们，黄灿觉得自己的下巴都要掉下来了。

音乐突然停止了。

黄丽丽没想到姐姐和姐夫居然一起到了家，诡异的是两个人的表情看起来还都不错。她过了一会儿才反应过来自己的小秘密就这样暴露在了姐姐面前，羞愧难当。她并不怕黄灿的怒火，可她是那么害怕黄灿让她在同学们面前失了面子。她企图挽回，慢慢咬了一口黄瓜，挤出微笑:"我们在聚餐。"

"哦。好好玩。"

黄灿说着,目不斜视地从他们当中走了过去,顺便拉住了企图说些什么的凌霄。她把凌霄拉到书房后,听到音乐又响起,面色平静地关上了门。她笑着说:"想不到丽丽真的很喜欢音乐,说不定她以后能成为歌手呢。"

"她和这帮家伙混在一起,还打扮成那样,还把我们家……你就这反应?"

"是啊,居然把家里弄得那么脏,晚上让她打扫干净!不过这话可不能当着她朋友的面说,小姑娘,总是好面子的。"

"她这样下去可是会考不上重点大学的。"凌霄提醒她。

"考不上就考不上呗,上普通大学也不错啊。反正,她能做自己喜欢的事情就好。"

凌霄没想到黄灿对于黄丽丽的事情居然那么淡然,简直不敢相信自己的耳朵,过了很久才一声长叹。他说:"黄灿,你现在可能觉得这样没什么,但过段时间你不会这么想。不管怎么说,大学是改变一个人命运的关键阶段。我是不会让丽丽这么胡闹下去的。"

"可她不会听你的啊。高三的时候你也放学不回家,留在学校踢球,那时候你怎么不想要好好学习?"

凌霄语塞了。他狠狠瞪了黄灿一眼,后者笑嘻嘻地拍拍他的肩膀:"她现在是叛逆期,我们越不让她做什么,她越做什么,你这样没用的啦。没有哪个学生想上学,被逼学习也没有好成绩。放手让她去玩吧,要是她想学的话大不了再上一年高中。"

"我希望你以后也会这样说,不要后悔。"

"我当然不会后悔。对了,凌霄你等等,我有点事要请教你。"

黄灿说着,离开了书房,从她房间里拿出了模型小屋。图纸上有些东西她看不懂,今天正好问问凌霄有没有建议。凌霄看着图纸,细心地和黄灿解释,黄灿只觉得醍醐灌顶。她笑嘻嘻地说:"想不到你还懂这个,真是多谢了。"

"我是建筑师，谢谢。"凌霄觉得很无语。

"是啊，是啊，大建筑师！你忙你的工作吧，我就在这里做，有不会的问你。"

凌霄还没说什么，黄灿就地坐下，凌霄再一次无语。黄灿在一旁做着手工，他在画图纸，不知道怎么回事总觉得无法集中精神。他先是以每十分钟一次的频率看她，后来改成五分钟一次，再后来是一看就是五分钟……

他看着她低垂的雪白的脖子，看着她专注工作的样子，看着她修长却动作笨拙的手，怎么也挪不开眼睛。黄灿正被小屋的装饰弄得晕头转向，抬起头，正好和凌霄对视。凌霄下意识地转过头去，然后意识到自己这样很蠢，强迫自己看着黄灿，平淡解释："下面音乐太吵，我集中不了精神。"

"那就别做了，明天再做呗。凌霄，这个门我怎么也弄不好，你来看看嘛。"

凌霄装作不耐烦的样子合上电脑，慢慢走到了黄灿身边。他告诉黄灿应该怎么弄，然后亲自示范了一下，轻松解决了黄灿的大难题。黄灿高兴得简直想要拥抱凌霄了，兴奋地说："凌霄，要不我们一起做？我想在爸妈回来前做好，给他们一个惊喜。"

"看我有没有时间了。"凌霄不想那么容易答应她。

"你肯定有时间对吗？"

面对黄灿灿烂的笑容，凌霄下意识地点头。他们都要去拿小门上的配饰，凌霄的手就这样抓住了黄灿的，两个人都愣了一下。黄灿的脸一下子红了，急忙抽出小手，凌霄也极力装作什么事都没发生的样子。他的掩饰功夫比黄灿要高明得多，黄灿没看到他平静外表下那颗狂跳不止的心，连他自己都不知道为什么会和少年一样，居然因为这样的接触就乱了心神。

而且，这明明是自己的妻子啊。

凌霄看着黄灿明明脸红却极力装作没事的样子，忍不住笑了起来。黄灿只觉得心事被人看破，恼羞成怒地问凌霄在笑什么，而凌霄只是摇头。他看着黄灿额头上已经小了不少的包，忍住笑意，又用力戳了它一下。黄灿果然跳了起来，对她怒目而视："凌霄你做什么！"

"开个玩笑。"

"我和你拼了。"

黄灿果然和以前一样的暴脾气，怒气冲冲地朝着凌霄扑了过去，凌霄没有闪躲，顺势把她用力搂在了怀里。

黄灿没想到会这样直直扑进一个男人的怀里，整个人都僵硬了，脑中一片空白。抬起头，看着凌霄黝黑的眼睛，她觉得自己的思绪仿佛被什么东西抽走了，只是呆呆地看着他。凌霄嘴角的弧度越来越大，而她终于反应过来，猛地一推凌霄，怒骂："色狼！"

"是你自己扑到我怀里的。"

"你怎么不躲开！色狼、色狼！"

黄灿愤怒地随手抓起模型房子，就要往凌霄身上丢，然后因为舍不得而生生放下。她走到凌霄书桌旁，把他桌上的厚重书籍往他身上砸去，然后猛地关上了房门，跑到了自己的房间。她关上门，用手捂着脸，觉得脸上的温度简直能煎鸡蛋了。凌霄在书房一边微笑一边摇头，躺在椅子上，轻声说："说不定，我们真的能重新来过。"

黄丽丽的同学们还算识趣，十点前都离开了。因为姐姐不干涉的关系，黄丽丽今天都不记得自己唱了多少首歌，嗓子都唱哑了。她给自己倒冰水喝的时候，黄灿从二楼飘然而至。黄丽丽看着满屋狼藉，心虚极了，而黄灿好像什么都没看到。她去客厅拿了巧克力，上楼前说："记得一会儿把房间打扫干净。"

"不是有钟点工吗，为什么我打扫？"黄丽丽看着屋子就觉得发怵。

"哦，那你的意思是你出钟点工的费用？"

"我还是学生，你好意思要我钱吗？"

"那你就自己打扫咯。"

"我要读书，哪有时间打扫啊。"

"你又不愿意打扫，又不愿意出钟点工钱，那你是打算找个田螺姑娘来给你做家务吗？"

"反正你也没事，你打扫下不好吗？"黄丽丽轻声说。

黄灿眯起了眼睛："丽丽，是你自己说要自由的，我给了你充分的自由。和自由相对应的就是要承担责任，连自己的衣服都不洗，房间都不整理，算什么独立？只享受权利，不承担义务，哪有这么好的事情！你不打扫也可以，到时候别喊朋友到家里来，别把房间弄乱就行了。"

"我打扫还不行吗？废话那么多。"

"嗯，我看好你哦。"

黄灿笑眯眯地说，拍拍黄丽丽的肩膀，然后上了楼。她吃了一块巧克力，闭上眼睛感受着巧克力的芬芳，然后对自己说："干活吧，黄灿！不要瞎想了，努力努力！"

她打开了笔记本，把今天的采访整理到文档里。她以为忙碌的工作会让自己忘记刚才的一幕，可是不知道为什么，凌霄的身影总是会在不经意中出现在她的脑海。她郁闷地挠着头发，猛地倒在了书桌上。

"凌霄……"她喃喃自语。

她第一次觉得自己的心好像乱了。

第七章　你不懂我的悲伤

天空下着雨,她好像感觉不到雨水似的,坐在潮湿的地上。雨水顺着她的发丝滑过她的面颊,她的脸色在月光的照射下显得苍白得几乎透明。看到她这样狼狈的样子,凌霄什么火气都没有了。他走到了黄灿面前,看着她,过了很久黄灿才反应过来。她慢慢抬起头,极力想笑,眼泪却流了下来:"凌霄,你怎么过来了?"

1

"主编,早上好!"

"早上好。"

黄灿一边打着哈欠一边往办公室走去,疲惫地和大家问好,觉得自己已经困倦到走路的时候都能睡着。她慢慢地坐在了座位上,等待电脑开机的时候忍不住在桌子上趴了一会,在似睡非睡的时候听到了脚步声。学生时期养成的良好习惯让她条件发射般坐直了身子,顺手拿过手边的杂志,装作阅读了起来,反应速度之快简直可以让科学家用来研究"人类在紧急情况下的潜意识反应"这个课题。麦琪端着一杯牛奶走了进来,看着黄灿难看的脸色,关切地问:"主编,您昨天没休息好吗?"

"嗯,睡晚了。"黄灿打着哈欠说。

"主编晚上还忙工作吗?"

"是啊,我好认真的!我还把昨天的采访写好了。"黄灿骄傲地说。

"主编真是辛苦了。其实,您不需要这样,文章的事情以前都是交给我的啊。"

"啊……是吗,我忙就忘记了,哈哈。"

麦琪认真地说:"主编,这次的文章您既然写好就交给我吧,我帮您盯着排版。以后,您看是不是还按照以往那样,让我来写?"

"啊,那就按照之前的惯例办吧。我的稿件怎么给你?"

"发我邮箱吧。"

"嗯,你收一下。"

黄灿有点失落,而麦琪的嘴角露出了一丝微笑。她走出去的时候贴心地关上了门，而黄灿一下子趴在了桌子上。就在她半梦半醒期间，电话突然响了。她吓了一大跳，面容狰狞地看着手机，但一看到来电人，瞬间把面容转为温柔和甜蜜。她清清嗓子，柔声说："喂？"

"黄灿，你干什么呢？"李子涵熟悉的声音传了过来。

"在上班啊，还能干吗？"

"我今天休息，有空出来吗？我想带你去见一个人。"

"有空啊，我就来。"

"好，二十分钟后你公司楼下见。"

黄灿没想到今天居然会和李子涵见面，她内心是那么愤恨自己今天穿得太普通，但眼下回家换衣服已经来不及了。她在办公室里翻箱倒柜，想看看有没有什么东西能补救，果然看到了一个精致的化妆箱。这个化妆箱在她眼里，无异于闪着光芒的宝藏。

黄灿不管自己还在办公室，对着镜子就化起妆来，路过她办公室的人都用很惊异的目光看着她。当约定时间到来后，她急忙往身上喷香水，然后风风火火冲出了公司。文员拿着文件准备给她审阅，险些被黄灿撞到，只能呆呆地看着她离去的身影。麦琪走到她身边，说："要签字的文件都给我吧，我会给主编签字的。"

"麦琪姐，辛苦你了。唉，你说主编这是怎么了，怎么和以前变了一个人似的？她这样下去，我们的工作可怎么办啊！"

"不是有我呢吗？"

麦琪说着，拿着文件回了办公室。她知道，自己距离想要的位子越来越近了。

"李子涵！"

楼下，黄灿对李子涵拼命招手，李子涵笑着把车停了下来。她轻车熟路地坐在了副驾驶的位子上，而李子涵这时打了个喷嚏。她关切地问："怎么了，你感冒了吗？"

"没，我身体很好。你今天用的是什么香水？"

"叫什么CHANNEL。好像是频道的意思。"

"那是CHANEL，香奈儿。"

"哦，反正我也不懂这个。味道还没SIX GOD好。"

"SIX GOD？"

"六神啊。国产品牌，全民最爱。"

"哈哈，有意思。"李子涵大笑。

"李子涵，你要带我去哪里？"

"怎么，怕我把你卖了？放心，绝对是好地方。"

李子涵一边说一边对黄灿挤眉弄眼，黄灿被他的情绪感染，开始想象李子涵到底要给她什么样的惊喜。是带她去吃烛光晚餐，还是去看演唱会，还是对她浪漫表白？真是越想越脸红！

因为期待太大的关系，当她看到李子涵把车开到一个小区门口的时候，有些微微的失落。她怎么看都不觉得这个小区里能突然蹦出一个乐队对她演奏"嫁给我吧"，忍不住问李子涵："这是哪里？"

"跟我走就知道了。这会对你恢复记忆有所帮助。"

李子涵执意不肯说，带着她在小区里东转西转，然后敲门。门过了很久才开，一个头发斑白的老太太探出头警惕地看着他们："你们找谁？"

"我找严老师。"

"你们是卖保险的吧。来晚了，我们保险都买好了。"

老太太说着，就要关门，李子涵急忙把门抵住。他忙说："我是严老师的学生，我叫李子涵，我们是来看望老师的。"

李子涵说着，晃晃手里的果篮，而老太太还是不肯开门。她说："上次也有个人说是我们老严的学生，可后来骗老严买了什么保健品，足足花了两千块！你们找他到底什么事？"

"老太婆，我学生来看我你挡着做什么！快进来！"

一个老头颤颤地走了过来，用力开门，李子涵还在愣神之际黄灿就敏捷地走了进去。她终于知道李子涵带她来做什么了。她看着苍老得已经认不出来的高中班主任，想起他以前教书时的铁血手腕，心里莫名有些难受。她说："严老师，我是黄灿，他是李子涵，您还记得我们吗？"

"李子涵啊，我记得，就是成绩不好但篮球打得很好的那一个！你是……"

"我是语文课代表。"

"哦。"严老师的表情明显说明他还没记起来。

"我也考过班级第三呢。"

"呵呵。"

"有男生欺负我,我直接把文具盒砸他脸上,后来他进了医院。"

"哦,你就是那个把男生打到医院去的黄灿啊!你好你好!"

严老师顿时记起黄灿来,与黄灿热情握手,而黄灿真是欲哭无泪。她没想到自己上学时的丰功伟绩都被老师忘记了,糗事却被记得清清楚楚,顿时捂住了脸。李子涵走上前去,毕恭毕敬地说:"严老师,您身体怎么样?"

"蛮好蛮好。"

"上个月才从医院出来,好什么啊。"

"老太婆,你闭嘴!我学生来看我,你别说一些有的没的!"

"他们不让你买保健品我就阿弥陀佛了。"

老太太尖酸地说着,然后猛地把门关上,严老师尴尬地说:"对不住,她最近心情不太好。"

"严老师,保健品到底是怎么回事?"

"有个以前的学生来看我,顺便带了点保健品。我不好意思白拿人家的,硬是要买,结果不知道怎么回事,吃了没几天就住院了。呵呵,也是赖我身体不好,和保健品没什么关系。"

"还说和保健品没关系呢,医生都说这个是三无产品,只有你会花两千块钱去买!"

老太太恶狠狠地说着,把水果重重放在桌子上然后离开,严老师的表情更尴尬了。黄灿没懂,还想继续问,但李子涵用眼神制止了他。李子涵笑着说:"老师,我们现在才打探到您的地址,来看望您,真的很羞愧。您是什么时候退休的,我们毕业之后又遇到了什么样的学生?"

"我和你们说啊……"

严老师一下子就打开了话匣子,滔滔不绝地说着他们上学时候的趣事,黄灿听得津津有味。她没想到以前那么严厉的老师现在居然变得那么亲民，觉得自己简直在做梦，便也没有一开始那么拘谨了。他们谈论得最多的就是李子涵，比如谁暗恋他，谁给他送情书之类的。他们说的很多事情李子涵自己都不记得了，他认真听着，然后笑着说："我都忘了，你们记得倒清楚。严老师，我记得毕业的时候大家都留了联系方式，您这还有没有？"

"有啊，我给你们找！"

严老师说着，翻箱倒柜，终于找出一本同学录出来。李子涵接了过去，拿出纸笔记录号码，为了不冷场，黄灿只好和严老师接着聊天。她尴尬地问："严老师，您退休在家还习惯吗？会不会想回学校看看？"

"想啊，每天都想，但学校已经不欢迎我这老头子咯。现在都用什么电脑上课，考试也用电脑，真不知道他们是怎么想的。那些小年轻一点老师的样子都没有，整天和学生嘻嘻哈哈的，我好心提醒他们可他们还不听。唉，这样能教好吗？真是误人子弟！"

严老师絮絮叨叨地说，而黄灿却不以为然。她去过黄丽丽的学校，知道现在教得好的都是能和学生打成一片的年轻老师，严老师的观念确实落伍了。她没反驳，只是认真听着，她的安静和乖巧让严老师感动极了。严老师感触地说："你们刚毕业那会儿还有人来看我，到后来来得人越来越少，或者上门就是有事，唉……谢谢你们过来看我，谢谢你们。"

严老师说着，握住了黄灿的手。看着严老师粗糙的大手，想着他以前意气风发的样子，黄灿觉得特别难过。就在她苦想要怎么安慰这个老爷子的时候，严老师一拍大腿，问："我记得班里有个叫凌霄的，学习不怎么样，但长得神气，篮球也打得特别好。他现在在哪里上班啊？"

"他在做建筑师。"黄灿说。

"我以前就觉得这小子很聪明，还真是有了大出息了。他结婚没啊？"

"呵呵，结了吧。"黄灿支支吾吾地说。

"我侄女比你们大一届，前几天来我家的时候还说起凌霄呢，看来他们俩可没缘分了。要么你帮我去打听打听，没结婚的话帮忙介绍下？"

面对突然变身成媒婆的严老师，黄灿真是欲哭无泪。她正要硬着头皮答应，李子涵坐在她身边，笑嘻嘻地说："严老师，凌霄已经结婚了，而且你让黄灿做媒可真是找错人了——这不是让老婆给老公纳二房吗？"

"凌霄！"

"你什么意思？"严老师迷糊了。

"凌霄和黄灿结婚了。"

李子涵轻飘飘地说，而黄灿一下子僵住了。那么多天，她极力想忘却这个事实，努力装作什么都没发生的样子，也以为李子涵会和以前一样对待她，却不知道他从始至终都是清醒的。他知道她结了婚，知道他们没有一丝可能。

眼睛，突然酸了呢。

黄灿用力掐自己，用疼痛来止住泪意。她装作若无其事的样子和严老师又聊了一会儿，推说自己还有事，率先走了出去，李子涵急忙追了过去。他说："黄灿，我们中午一起吃饭？"

"不用。"

"那我送你去单位？"

"不用。"

不管李子涵说什么，黄灿只是快速走着，不住地摇头。她实在控制不住泪意，眼前模糊了起来，而她只知道这一切不能被李子涵知道。她飞快地走着，没看到迎面而来的卡车，只觉得手臂一疼，然后被李子涵用力拉到了身旁。李子涵环着她的腰，她的脸紧紧贴在李子涵的胸口，她觉得这一切简直就好像做梦一样。她不敢抬头，但李子涵强迫她和他对视。看到她眼中的泪水，李子涵愣了一下，笑着问："我哪里惹到你了，怎么哭了？"

"我才没哭，只是眼睛有点痛。"黄灿嘴硬。

"真没哭？"

"真没有！"

"好好，没有就没有。你再出事的话我一定会疯，黄灿。你千万不要有事。"

李子涵没有放手，还是紧紧搂着黄灿的腰。他的身上有着淡淡的消毒水的气味，但这样的味道没让黄灿恐惧，反而让她感觉到莫名的安心。黄灿几乎贪恋这个怀抱，在心里默默祈祷李子涵不要放手，但李子涵到底慢慢松了手。

　　李子涵……到底还是放手了吗？

　　黄灿怅然地看着自己从小到大最好的朋友，眼睛又是一酸，觉得自己就要控制不住自己的情绪了。她紧咬嘴唇，缓缓地说："李子涵，我要去上班了，自己去就行了。你去忙吧。"

　　"我不忙。黄灿，你到底怎么了？"

　　我什么事都没有，只是……喜欢你，却和别人结婚罢了。

　　黄灿心里默默说着，对李子涵勉强一笑，她苦涩的笑容让李子涵看得沉重万分。他敏感地问："是不是凌霄对你不好？你别怕，告诉我，我去揍他。"

　　"不是，他对我很好。只是，我不想和他结婚罢了。"

　　黄灿轻声说着，转身走开，上了出租车，而李子涵呆住了。他愣愣地看着她离去的背影，想追上去的时候已经晚了。站在熙熙攘攘的街道，他突然不知道自己该何去何从。

2

　　黄灿的心情很糟糕，回到单位的时候情绪比上午更加低落，低迷的气场让大家都不敢轻易和她说话。她坐在椅子上闭目养神的时候，麦琪轻轻走了过去，说："主编，例会在十分钟后举行，材料我都放您桌子上了。"

　　"嗯，知道了。谢谢。"

　　"不客气。"

　　以前，就算再不开心，也要上学；现在，就算再郁闷，也要工作。黄灿悲哀地发现，成长其实并不能给自己带来什么自由。

　　她收拾好东西，进了会议室，不知道为什么总觉得今天的气氛有点怪。她敏锐地发现所有人都穿着正装，神情有些紧张，好像在期盼着什么，又好像在恐惧些什么。她迷茫地坐在了惯有的位子上，然后发现所有人又瞬间变了脸色。她几乎怀疑自己的内衣带是不是掉出来了。

他们这是怎么了，为什么用看到鬼一样的眼神看着我？难道他们看出来我今天哭过？不可能，我的眼睛明明不肿了啊。

黄灿想着，到底忍不住，从包里拿出化妆镜，放在桌下。她低下头，装作捡笔，其实飞速照了一下镜子，终于确定自己脸上没有饭粒。她舒了一口气，然后在桌下发现了一双红色高跟鞋离自己越来越近。她好奇地看着这双足足有十厘米长的高跟鞋，而那双鞋子在她身边驻足了。然后，黄灿听到一个熟悉的声音："灿灿，你在做什么？"

丹尼尔？他什么时候来的？

黄灿猛然起身，没想到头狠狠撞在了桌子上，巨大的声响在寂静的办公室里显得格外清晰。她捂着头，痛苦地看着丹尼尔，目光下意识被他身边那个不算漂亮却非常有气质的中年女性所吸引。她直直地看着那人，心想这人会不会是丹尼尔的老婆，而她的目光让黄灿有些不爽。丹尼尔不知道黄灿今天是怎么了，急忙打圆场："灿灿，看到我们韩总都高兴得说不出话来了啊。快带韩总去座位上。"

他说着，对黄灿挤眉弄眼，黄灿下意识地扶住了韩总。韩总没想到黄灿居然会这样近距离接触她，也愣了一下。丹尼尔都快急死了，拼命指黄灿刚才坐的座位，黄灿终于反应过来了——主座要给这个叫'韩总'的陌生女人坐。

韩总……难道是杂志社的投资人韩晓？

怪不得他们刚才用那么奇怪的眼神看着我，我真是蠢货！可她今天怎么会来，麦琪怎么不和我说？

短短几秒钟的时间里，黄灿脑中已经闪过了无数问题。她急忙殷勤地让韩晓入座，然后乖乖坐在了丹尼尔的身边。丹尼尔轻声说："你是怎么了，韩总来开会你居然坐她位子？"

"那个……行政部的同事说这椅子有点不好了，我想先试坐一下。"

"原来是这样，你真是贴心。"

黄灿的谎话说得蹩脚,但丹尼尔居然信了。他们轻声交谈了几句就闭嘴了,因为韩晓开了口。她的声音柔柔的,但是带着与生俱来的威严。她轻声说:"各位同事,上次见面还是一年前,转眼间一年又过去了,时间过得真的很快。我清楚地记得,去年到这里的时候,我们打败了竞争对手SASA,终于得到了市场的认可。当时我承诺,如果今年继续保持着上升势头,就奖励所有员工出国旅游,现在看来大家倒是帮我省下这笔开销了。"

韩晓的声音柔柔的,但是话里话外的意思让大家都不敢吭声。丹尼尔叹了一口气,等待着黄灿圆满的地解释,但等了很久黄灿还是一句话都没说。他急了,轻轻踢了黄灿一脚,示意黄灿说话。黄灿吓了一大跳,看看四周都低着头的员工,哀求地看着丹尼尔,而后者的表情比她更悲催,更哀求。后来,黄灿只能清清嗓子,硬着头皮说:"韩总,这是我们工作的失职。您放心,我们会努力争取让您把这笔钱花出去的。"

韩晓没想到黄灿居然会那么干脆承认杂志社的失误,而不是把责任怪到市场和竞争对手上,接下来的话倒是不好说了。她认真地看着黄灿,微微一笑:"既然你有这个决心,那当然是最好了。不知道你们下期有什么工作计划?"

"下期的计划是这样的……"

虽然黄灿要重新学习杂志社的一切,但她学习能力极强,倒也能侃侃而谈,没露出多少马脚。韩晓一向觉得杂志有些"不接地气",没想到下期内容倒是挺让人感兴趣的,暗暗点头,脸色比刚才好了很多。她问:"这创意还不错,是谁想出来的?"

"是大家一起讨论出来的。"黄灿笑着说。

所有人都没想到,一向爱抢功劳的黄灿居然会把她的创意归功给大家,一片哗然,而韩晓轻轻点头。她当然知道黄灿的个性,没想到一年不见她尖锐的性子居然平和了很多,也学会为别人着想了,看来提升她为主编不是一个坏主意。她想着,然后笑着说:"你们照常开会吧,你来主持。"

"是。"

黄灿把韩晓想象成老师，把开会想象成在全校面前演讲，深吸一口气，侃侃而谈。韩晓眉眼中的肯定给了她莫大鼓励，她根据自己的喜好，又提出了许多很有价值的创意，大家连连点头。会议不知不觉开了一个小时，麦琪小声提醒黄灿可以休息一下，黄灿忙说："韩总，您看已经一个小时了，是不是大家休息一会儿，待会儿再来开会？"

"好啊，大家可以去吃点饼干，喝喝茶。二十分钟后回来，我有事情要宣布。"

韩晓笑着说，所有人都离开了会议室，而麦琪终于急躁了起来。她知道，一会儿韩晓就要宣布黄灿做主编，要把她从位子上拉下来可就难了。她看着黄灿远去的身影，再看看会议室中央的那个位子，紧咬嘴唇，终于下了决定。

"主编。"

麦琪轻轻敲门，黄灿示意她进来。她正一边吃饼干一边看合同，随口问："有什么事？"

"主编，有件事……"

麦琪吞吞吐吐，果然成功引起了黄灿的注意力。黄灿放下饼干，问她到底有什么事，她显得很纠结："主编，莲花让我帮她道个歉。她不是故意在背后说您坏话的，希望您大人有大量，原谅她一次。"

"哦，她说我什么了？"

"她真的不该私下议论您父母离婚的事情。这社会，有太多人离婚了，这点算什么？她确实该骂，但是您把她调到前台也几个月了，您能不能让她恢复原来的职位？"

"你说什么？离婚？我爸妈离婚了？"

"主编……"

"我爸妈真的离婚了吗？"

黄灿一把抓住麦琪的手臂，麦琪疼得真想踹她一脚。可是，她生生忍住了疼痛，装出惊讶的样子："是啊，主编您这是怎么了？"

"不可能，我爸妈不会离婚的！你撒谎！"

黄灿怒气冲冲地说，猛地一推麦琪，然后往外冲去。她跑得很快，撞到了韩晓,但她并没有说"对不起",而是直直冲出了公司。丹尼尔愣愣地看着黄灿远去的身影,韩晓在众人搀扶下慢慢竖直了身子。她皱着眉说:"刚才撞我的那个人是谁?"

"是……"

"是我们的主编,老板。"

丹尼尔刚想说什么,麦琪抢先说,韩晓的脸色瞬间变了一下。她平静地问:"黄灿她这是怎么了?到底有什么急事?"

"不知道。主编最近好像经常这样。"

当着丹尼尔的面,麦琪鼓足勇气给黄灿上眼药,效果挺不错的——韩晓皱着眉,好像对黄灿不满了。可是,令麦琪失望的是,韩晓没说什么,而是说:"大家去开会吧。"

"是。韩总您这边请。"

麦琪殷勤地说,抢了原本属于黄灿的工作,而此时的黄灿,正在出租车上。

3

黄灿不住地给凌霄和李子涵打电话,但他们两个人的手机都打不通。后来,她只能给黄丽丽打电话,黄丽丽接了。她还没来得及谴责姐姐居然在她上学的时候打电话给她,只听见黄灿问:"丽丽,爸妈是不是离婚了?"

"你问这个干什么?"

"凌霄已经告诉我了。你为什么瞒着我,你还当我是你姐吗?"

"凌霄让我不要告诉你,我怎么知道他自己和你招认了啊!你要不要什么事都怪我啊!我和你说……"

黄丽丽气坏了,想发完脾气后挂断电话,没想到黄灿抢先一步把电话挂了。她只觉得一口气憋在嗓子里,气鼓鼓地回拨电话,但黄灿已经关了机。

"搞什么啊!"黄丽丽怒气冲冲地把手机摔在了桌子上。她却不知道，此时的黄灿已经泪流满面。

"小姐，你到底要去哪里？我们都在高架上兜了三圈了。"

"我去……原来的第一中学，谢谢。"

出租车司机把黄灿带到了她那所已经破旧的母校。黄灿慢慢地走了进去，整个校园里只有她一人。她闭上眼，脑海中回放着昔日的热闹场景，但睁开眼睛的时候面前还是一片荒凉。她慢慢走着，走到了之前写着李子涵名字的那棵松树下，背靠着松树坐下。她看着破旧的校园，看着夕阳一点点落下，不知道自己该何去何从，也不知道她的人生到底错过了什么。

我和凌霄结婚了，我和李琳绝交了，爸爸妈妈离婚了……还有什么是不可能发生的，还有什么是不会变的？原来，最可怕的东西永远是时间。它就好像一把刀子，细细割出伤口。那伤口也许淡得看不出来，却会在无意中崩裂，痛彻心扉。

黄灿一直觉得自己很幸福。她虽然不算大美女，成绩也不算好，但有着疼爱她的父母和乖巧可人的妹妹，生活中最大的困境就是考试的名次后退了几名。她没想到，有一天她会担负起杂志社的兴衰，更没想到她要面对父母的背叛。她一直认为父母的爱是开放在她心里的玫瑰花，但现在这枝玫瑰被人生生拽出，玫瑰上的刺让她鲜血淋漓。

"这个世界还有什么不会变？"她喃喃地说着，把脸埋进了臂弯。

当凌霄找到黄灿的时候，已经是四个小时以后的事情了。

他习惯在会议的时候把手机调成静音，没想到黄灿会打那么多电话给她，而当他回打过去的时候黄灿已经关了机。他一开始没把这个当回事，心想回家后问黄灿也是一样的，却没想到黄灿不在家中。他问黄丽丽黄灿有没有和她联系，黄丽丽反而质问他为什么把她们父母离婚的消息告诉黄灿，而凌霄一下子愣住了。他知道要出事了。

"我出去下。"

"姐夫，你去干吗？找我姐吗？"

"嗯。"

"她不是在加班吗？她……出什么事了吗？"

"你安心待在家。"

凌霄没有回答黄丽丽，匆忙出了门。他一路打电话给黄灿，可黄灿还是关机，李子涵的电话也没通。他去医院找李子涵，护士说李医生有一台手术要做，已经进去五个小时了。他不甘心，问护士有没有看到黄灿，护士摇头。

黄灿，你不在这里会在哪里？

凌霄终于慌了神。

他来不及给李子涵留口信，又冲了出去。天空不知道什么时候下了雨，这样的雨天让他更加心烦气躁。他按照黄灿平时的喜好，去了她爱去的咖啡厅、茶室、商场……可是哪里都没有她的踪影。就在他急得几乎要打报警电话的时候，脑中突然灵光一闪，把车子往学校开去。然后，他见到了坐在树下的黄灿。

天空下着雨，她好像感觉不到雨水似的，坐在潮湿的地上。雨水顺着她的发丝滑过她的面颊，她的脸色在月光的照射下显得苍白得几乎透明。看到她这样狼狈的样子，凌霄什么火气都没有了。他走到黄灿面前，看着她，过了很久黄灿才反应过来。她慢慢抬起头，极力想笑，眼泪却流了下来："凌霄，你怎么过来了？"

"来找你。"

"凌霄，我爸妈真的离婚了，是吗？"

"回去我和你慢慢说。"

"你只要回答我'是'还是'不是'。他们真的离婚了，是吗？"

黄灿站起身，轻声而坚定地质问。面对她清澈异常的眼睛，凌霄觉得什么谎言都说不出口。他深吸一口气，然后缓缓点头，而黄灿的眼泪一下子就流了下来。她紧咬嘴唇，轻声问："为什么？他们为什么要离婚，你又为什么不告诉我？为什么！"

黄灿的情绪终于失控。她一把抓住凌霄的衣领，悲愤地质问他，而凌霄真的不知道该怎么回答。

望着抓住他衣袖不住哭泣、脸上的妆容都花成一片的黄灿，凌霄的眼前浮现出一个不施粉黛朝他哭泣的少女。两个人的容貌就这样重叠，而那是他第一次见到黄灿哭泣。

那天下着雨,一向开朗爱笑的黄灿一个人站在操场的角落里,那么大声哭泣,哭声混合在雨声里。他撑着伞,慢慢朝她走去,而当她看到有人来的时候顿时抹干了泪水。她看清楚来人是谁后神情更加紧张,转身就走,而凌霄一把抓住了她的手臂。他看着黄灿,心里很难受,嘴里却说:"哭什么啊,真难看。"

"我哭不哭关你什么事!"黄灿恶狠狠地说。她看起来都要扑上来咬他了。

"不就是你爸妈离婚了吗,现在这么多人离婚,这有什么?"

"凌霄,我讨厌你!我不要和你说话!"

"好了,别闹了,我请你喝东西。走吧。"

"你别碰我!"

凌霄去拉黄灿的手,但黄灿用力挣扎,凌霄一用劲,竟把她一下子抱到了怀里。他觉得自己的心就要跳出来了,而黄灿的身体也是僵硬无比。伞早就扔在地上了,他轻轻地对黄灿说:"这没什么大不了的,不是还有我吗?"

"你说什么啊。"黄灿没听清。

"我说,你不去的话我就和你一起淋雨。"

"你有毛病啊!"

"你才知道?"

"别哭了,真难看。"

"别哭了,真难看。"凌霄轻声说,没有带着少年欲盖弥彰的生硬与不屑,而是那样温柔。黄灿抬起头看着他,不知道为什么总觉得这一幕好像以前发生过似的,只觉得头痛万分。凌霄温和地擦去她眼角的泪水,认真看着她:"跟我回去吧。回家后,我会把什么都告诉你的。"

凌霄说着，拉起黄灿的手。黄灿低下头，呆呆地看着凌霄的手掌，感受着他手掌的温度，突然就不想放开。

她是那么疲惫，她是那么寒冷，而他出现了。

为什么出现的那个人会是他？

凌霄拉着黄灿往前走，而黄灿也呆呆地被他拉走了。他递给黄灿一盒抽纸，黄灿接过抽纸拼命擤鼻子，一路上眼泪都没停过。回到家，黄丽丽正在看电视，见到姐姐狼狈的样子也吓了一大跳。她看了一眼凌霄，下意识地问："你终于忍不住抽她了？"

凌霄没理她，而黄灿已经冲到了她的面前。她问："丽丽，爸妈是不是离婚了？他们是什么时候不在一起的？"

"啊，这个……这个……"

黄丽丽看凌霄，希望他给她一点提示，但凌霄没给她任何暗示。她只能咬牙说："问这个干吗，他们都已经离婚好多年了啊。"

"所以说你们是在集体欺骗我？"黄灿厉声问。

她的脸色实在是太难看，连黄丽丽都看不下去了。她咬咬嘴唇，僵硬地安慰黄灿："那么多人离婚，哪里差他们这一对啊，有什么大不了的。"

"丽丽，他们是爸爸妈妈啊。他们怎么会不要我们了？"黄灿颤声问。

此刻，她一点儿都没有往日的凌厉与自信，含着眼泪看着她，黄丽丽看得心中也是一酸。她想起自己知道父母离婚消息后那几个哭闹的夜晚，想起那时倔强异常，连一滴眼泪都没掉的姐姐，真不知道她为什么这次会有这么大的反应。当时，她心里暗骂黄灿居然父母离婚都不哭，但现在看到反应那么剧烈的姐姐却也是心里极为难受。她一时之间矛盾了起来，而黄灿接着问："他们为什么离婚？"

"爸爸出轨。"

"这不可能。"黄灿愕然。

"人总会变的啊。对着一张脸几十年谁都会厌倦，我很理解。"

"不，爸爸是公认的'模范丈夫'，他不可能出轨。"

"知人知面不知心，这道理我都懂，你怎么会不懂？"

"他们是什么时候离的婚？我们这些年是怎么过的？"

"他们是在你上大三那年离婚的。"

"我大三……那时候你只是小学生啊。法院判决我们跟爸爸还是妈妈？"

黄丽丽用一种奇异的眼神看了黄灿很久。后来，她缓缓地说："我们谁都没跟，因为你谁都不要。我们跟外婆住了一阵子，后来外婆去世了，我们就一个人住了。爸爸妈妈从来没有来看过我们。其实没什么啦，习惯就好。"

"外婆……去世了？"

"嗯。两年前。"

"哦。"

眼泪，再次夺眶而出。黄灿迅速转身，跑到了自己的房间，关上了房门。

"姐夫，她怎么反应那么大？"黄丽丽问。

"知道父母离婚和外婆去世，这才是正常反应吧。"

"可她那时候明明一滴眼泪都不流，还把爸妈的东西都丢了。外婆的葬礼上她都没哭。"

"你说她没哭？"

"是啊。亲戚们都哭成了一团，只有她没掉眼泪。爸爸妈妈最喜欢的就是她了，可她就好像什么都不在乎一样。"

"她哭了。"凌霄轻轻说。

"什么？"

"在学校，我看见她站在雨里哭。听她舍友说，她一连好几天都没吃饭。"

黄丽丽诧异地瞪大了眼睛："这不可能……好，就算她真的很伤心，为什么要在我面前装得若无其事的样子？"

"你说为了什么？"

凌霄反问，而黄丽丽愣住了。凌霄叹口气，拍拍黄丽丽的肩膀，然后往黄灿的房间走去。他轻轻敲门，但黄灿一直不开门。后来，凌霄只好在门口说:"黄灿,我知道你很难过,可事情都已经发生了,你只能看开。你父母都是成年人了,他们有着自己的想法,还有你外婆是寿终正寝的,走得很安详。黄灿,就算再难过,日子也要过下去,路也要走下去。"

里面久久未有声音。

门外没有声音了。

黄灿趴在床上,不住地流泪,她真希望这一切只是她的一场梦。当梦醒来的时候,她还是那个快乐的十七岁少女,爸妈没有离婚,外婆没有去世……

她总以为长大后的生活是甜蜜的,却没想到会是这样苦涩。如果这就是成长的代价,那她情愿不要成长。

门突然开了。

黄灿没有抬起头,她沉浸在自己的悲痛中。她蜷缩在被子里,泪水不住地往下淌,而她的脑中已经是空白状态。她不知道自己为什么哭,只知道她很难过、很难过。

"黄灿,你淋了雨,你要把身体擦干,不然会生病。"凌霄轻声说。

黄灿还是没有回答。

"我给你热了牛奶,你要不要喝一点?放了很多糖。"

黄灿继续不答。

"唉,你这样……让我怎么办。"

凌霄伸出手,摸摸黄灿的头发,然后站起身。他去浴室拿了毛巾和吹风机,细心地给黄灿擦干了头发,然后拿着电吹风吹着她的头发。在喧闹的声音中,黄灿感觉到了异样的温暖。她看着凌霄,目光终于聚焦。她喃喃地说:"凌霄,你为什么对我那么好?"

我对她好吗?

凌霄心中一颤,却说:"别问傻话。"

"为什么?"

"因为我是你的丈夫。"

"可我把你忘记了。我的妹妹不喜欢我,单位的同事都恨我,一个朋友都没有……这样的我,你也喜欢吗?难道爱情可以回来吗?"

"也许真的可以。"

凌霄柔声说，印上了她的唇。他的嘴唇温热，有着淡淡的薄荷的味道。黄灿瞪大眼睛看着他，觉得自己的心脏都停止了跳动。可是，不知道为什么，她却并不反感这个吻。

她的手环住了凌霄的腰，他们的胸口紧紧贴在一起。黄灿很冷，凌霄身上很热，她不顾一切地汲取他身上的温度，好像这样就能温暖似的。她是那么用力地抱住他，好像溺水的人抓住了救命的稻草。在痛苦的海洋里，他们一起沉浮。

"凌霄，这些事情你为什么要骗我？就瞒着我一个人？"她轻声问。

"我不想你再次难过。"

"可是谎言总是会被拆穿的。"

"是啊……可是在那之前，会是幸福的。被拆穿前的一天、一分、一秒都是幸福的，会让你的幸福多一点。"

凌霄的声音是那样低沉，带着说不清道不明的伤感。他擦去黄灿眼角的泪痕，说："黄灿，不要哭。就算再难过，你也要走出来，也要向前看。你已经二十七岁了。"

"凌霄，你说我们为什么要长大？为什么长大以后不是随心所欲，反而有更多的规矩？为什么就算长大，还是会痛苦？"

"痛苦永远不会消逝，它与我们如影随形。"

凌霄轻声说，而黄灿终于累了，已经慢慢闭上了眼睛。他帮黄灿把被子掖好，把她额前杂乱的发丝捋顺，然后轻轻关上了门。黑暗中，黄灿再次睁开了眼睛。她轻轻对自己说："黄灿，你已经不是十七岁了。你不能肆无忌惮地哭泣，擦干眼泪，第二天还要上班。不要哭，知道吗？"

可是今晚……就让我继续难过下去吧。

第八章 别说对不起

黄灿其实很不想和凌霄说话，但还是只能回答。她低头看着面前的白粥，好像这里面会开出花一样。即使昨天晚上发生的事情就好像梦一场，但她也不会忘记自己居然和凌霄接吻了。

1

第二天，当闹钟响起的时候，黄灿发现自己连把闹钟关掉的力气都没有。她勉强起身，觉得浑身上下都是说不出的难受，真想干脆不去公司，而是躺在家里睡上一天。可是，她已经二十七岁了，她不能那么任性。

"早。"

黄灿走下楼，疲惫地和黄丽丽打招呼，然后慢慢地吃起了早饭。凌霄从厨房出来的时候没想到黄灿居然会早起，对她多看了几眼，发现她的脸色非常难看。他不由自主地问："怎么不多睡会儿？"

"我要去上班。"

黄灿其实很不想和凌霄说话，但还是只能回答。她低头看着面前的白粥，好像这里面会开出花一样。即使昨天晚上发生的事情就好像梦一场，但她也不会忘记自己居然和凌霄接吻了。

我们接吻了……那可是我的初吻！初吻不是要留给自己最爱的人吗？可我怎么会和凌霄……而且我居然不觉得恶心，不觉得讨厌……我是疯了吗？

"黄灿，我看你脸色不太好，是不是不舒服？没发烧啊。"

凌霄伸出手，在黄灿额头上轻轻拂过，而黄灿再一次愣住了。她低着头不敢看凌霄，突然不知道手脚该往哪里放才好。虽然他的手掌在她额前只停留了几秒，可她总觉得额头烫得惊人，就好像要烧起来了。

"黄灿，你难受的话就别去了。"

"可以……不去吗？"黄灿继续低着头问。她的声音听起来很诧异。

凌霄沉默半晌，耐心解释："上学的时候身体不舒服还能请病假，上班了当然也可以，身体总是第一位的。"

"哦。"黄灿倦倦地点头。

"黄灿，你干吗老低着头啊，你落枕了？"

黄丽丽的声音让心虚的黄灿浑身一颤。她下意识地抬起头，一下子跌入凌霄若有所思的眼眸，急忙再次低下头。她心中暗骂自己没用，强迫自己与凌霄对视，装作什么都没发生的样子："没有落枕，只是脖子有点不舒服。"

"不知道的还以为你做了什么亏心事了呢。"黄丽丽嘟囔。

"别胡说，我怎么会做亏心事。凌霄，我要向谁请假？"

为了掩饰心中的慌乱，黄灿鼓足勇气，故意和凌霄说话来证明自己心里没鬼。凌霄微微一笑，说："你的直属领导是丹尼尔，你和他说吧。"

"那你帮我打电话给他，就说我要请三天假。不，还是两天好了。这样加上周末就能休息四天。"

黄灿把手机递给凌霄。凌霄问："你不自己打吗？"

"我不敢说。以前也是妈妈帮我请假的……"

黄灿说着，神色又黯然了起来，而凌霄叹口气，接过了手机。他给丹尼尔打电话，神情严肃地说黄灿现在已经病到连床都下不了的地步，连她挣扎着去上班却无力跌倒的细节都说出来了，听得黄灿目瞪口呆。后来，他挂断电话，淡淡地说："搞定。"

"凌霄，我没看出来你那么会说谎啊。我只是有点难受罢了，你说得好像我都快死了。"

"这样才能体现出你请假的无奈，塑造你认真工作的良好形象。"

"凌霄，你以前可不是这样的。你和几个男生一起没交作业，大家都说没带，就你说没做。后来他们没事，而你被老师罚站。你怎么也会撒谎了？"

"有这件事？"

"当然有了！很多人都背后笑话你傻，当然还有更多的女生为了你诅咒老师一辈子都吃方便面没调味包。凌霄，你是怎么做到撒谎的时候面不改色的？简直和真的一样，你教教我啊。"

"你要学这个？"

"嗯，以后肯定用得到。"

黄灿一副虚心好学的样子，凌霄只能告诉她秘诀："你要骗别人，首先要骗自己。连你自己都相信了，都被骗到了，说出来的话才像是真的，也才能骗到别人。"

"啊？"黄灿没听懂。

"别说话了，吃饭吧。你这样会消化不良的。"

"哦……"

说话期间，黄灿突然捂着嘴巴去了洗手间。她的头晕晕的，嘴里一点儿味道都没有，吃了一口腌黄瓜后才觉得舒服了很多。她和凌霄对话的时候，黄丽丽默默听着没插嘴，但黄灿去卫生间吐的时候她的眼睛一下子亮了起来。她看着递水给黄灿的凌霄，再看着一脸菜色的黄灿，忍不住问："黄灿，你是不是有了？"

"有什么了？"黄灿茫然问。

"孩子啊！不是说女人怀孕了就会头晕想吐，还爱吃酸的吗？"

"噗！"

黄灿嘴里的水一下子就喷了出来，坐在她对面的黄丽丽正好洗了个头。黄丽丽气得发疯，怒气冲冲地大吼："你干什么啊，报复我啊！你敢怀孕我还不敢说了！"

"我怎么会怀……怎么会那个，你不要诬赖我！"

"可你的症状确实很像，你反应那么大干吗？难道这孩子不是姐夫的？"

姐妹俩越吵越凶，而凌霄的脸绿了。他重重一拍桌子，黄灿和黄丽丽都安静了下来。黄灿捂住腹部，眼泪又要流下来了。她凄凄惨惨地看着凌霄，满脸绝望，凌霄叹了一口气说："你不会怀孕，别听黄丽丽瞎说。"

"别说那个词……真的吗？"

"嗯。"

"姐夫，你怎么那么确定？难道你……"

黄丽丽眼珠子一转，觉得自己终于明白他们为什么结婚后还是没小孩，也懂凌霄为什么对黄灿会这样百般忍让。她用一种恍然大悟的神色看着凌霄，有惊奇也有怜悯，凌霄极力控制住自己想把黄丽丽揍一顿的情绪，说："不是你想的那样。"

"你们到底在说什么啊!"

"没什么。时间不早了,黄丽丽你该去上课了。黄灿你就待在家里吧,我一个小时后回来。"

"你今天不上班吗?"

"我陪你。"

只是这样简短的三个字,却轻易击中了黄灿的心房。没有人知道,现在的她有多害怕,又多么希望有人能站在她身边,和她一起承担这些烦恼与忧愁。黄灿的眼中迅速浮起了一层雾气,转过身,声音听起来很平静:"哦。"

凌霄和黄丽丽出门后,家里一下子就安静了起来,也让习惯了热闹的黄灿有点不习惯。她只要一闲下来,脑子里就会想起父母的离婚、外婆的去世,想起那个莫名其妙的初吻,所以只能极力让自己忙碌。

黄灿决定把家里好好打扫一遍。

家里的家务一向是有阿姨做的,凌霄偶尔也会做,她和黄丽丽从来没动过手。她原想把别墅的地通通拖一遍,后来发现房间实在太大了,根本打扫不完。于是,她很聪明地选择了整理房间——比起扫地、拖地来,这个更能看出成绩。

黄丽丽的房间不许她进,整理自己的房间看不出成绩,客厅大得吓人……不如就从凌霄的书房入手吧。

黄灿走进凌霄的书房,硬是从凌霄整齐的书本中找到了一根头发丝,又从光可照人的桌子上找到了一个手指印,细心擦拭,觉得书房被自己打扫得真是太干净了。她擦拭书架的时候,发现书架底层有一个保险箱。她不知道这里面有什么,很想打开看看,但试了凌霄的生日、她的生日,还有乱七八糟的数字,却怎么都打不开。就在这时,她听到有人上楼的声音,急忙把保险箱放好,正好回给凌霄一个笑脸。

"你在做什么?"

"打扫房间啊。"黄灿晃晃手里的抹布。

"你不用做这些活儿。"

"没事,反正闲着也是闲着。这样就能……不胡思乱想了。"

黄灿轻声说，而凌霄轻轻拍拍她的头。黄灿问："你有我爸妈的联系方式吗？"

"你想联系他们？"

"嗯，有些话我要问清楚。"

"抱歉，我没他们的电话号码。你从来没告诉过我。"

"那他们是怎么找我的？"

"你们从来不联系。"

"这样啊。他们离婚后就不管我了吗？"

"不是他们不管你，是你不要他们管。你把手机号码换了，也搬了家，他们在国外，根本无法和你联系。我想，他们还是关心你的。"

黄灿沉默半晌，然后问："凌霄，我能去看看外婆的墓地吗？"

2

天空阴阴的，不知道什么时候飘起了细雨。

手捧鲜花，黄灿和凌霄一起站在外婆的墓碑前。看着黑色墓碑上灰白色的照片，看着那个慈祥微笑的老人，黄灿一下子跪倒在墓碑前。她再也控制不住，放声大哭，而凌霄就站在她的身后，默默为她撑着伞。泪眼蒙胧中，她好像看见外婆正在对她微笑。

"灿灿，不要哭，你看你的脸都哭成小花猫了。"外婆亲切地对她说。

"我的裙子脏了，这可是新买的。"幼年的黄灿一边抽泣一边说。

"脏了没关系，洗干净不就好了？"

"那也是脏了。"

"灿灿，当事情已经发生了，不能改变的时候，你再哭也没用，我们就要往好处想。外婆能把裙子洗得干干净净的，谁都看不出，还有糖给你吃哦。你看。"

外婆说着，拿出一颗红色的糖果放在黄灿手心，黄灿一下子就忘记了裙子肮脏的苦恼。外婆摸摸黄灿的头，笑眯眯地说："灿灿，人这一辈子啊，有谁会顺风顺水？就算路再难，咱也要走下去。不开心的时候啊,就想想开心的事情,而且坏事过后说不定就有好事等着你。"

"外婆,为什么你总是开开心心的?"

"因为外婆容易满足啊。想要的少了,就会觉得自己得到的多了,当然就会开心了。"

……

外婆的音容笑貌还在眼前,但这个慈祥的老人已经永远离开她了。外婆说过坏事过后就是好事,可为什么她根本看不到一点希望?她觉得自己站在深渊里,而她看不到一丝光亮。她拼命恢复心情,抽泣着问凌霄:"外婆她是怎么走的?"

"外婆是睡觉的时候离开的。她的身体一向很好,走得很安静。"

"嗯,外婆是好人,当然应该这样。"

黄灿想起外婆,眼泪又止不住地流。因为一整天没吃东西的关系,她觉得浑身无力,连站着的力气都没有。她把花放在外婆墓前,起身的时候一个趔趄,凌霄稳稳地扶住了她。她的身体软软地靠在凌霄身上,看着凌霄撑着伞的安静样子,不知道为什么脑海中突然浮现了一个个支离破碎的画面。

那天,也下着雨,凌霄也是这样撑伞站在我面前……他穿着运动服,他伸出手擦我的眼泪,他把我抱在怀里……周围的人影一下下闪过……我们一起看电影、一起唱歌、一起跑步、一起接吻……

黄灿捂住了头。

她只觉得面前有一片白雾,真实的记忆就在白雾之后,但是怎么也触及不到。她皱着眉大口喘息,凌霄问她到底怎么了,而她只是摇头。她看着凌霄关切的面容,到了嘴边的话怎么也说不出口。

凌霄,我们是不是曾经很相爱?

可是……我为什么会忘了你?

"怎么了?"

"没事,就是突然有一点头晕,现在好了。凌霄,你还有什么糟糕的事情没告诉我的,一起告诉我吧。我承受得住。"

黄灿紧张地看着凌霄,已经做好了昏厥的准备。凌霄的笑容淡得几乎看不见："没有了。"

"真的吗？"

"我不会骗你。"

"好，我相信你。但愿这是最后一件糟糕的事情了。凌霄，我不会沉浸在悲伤里，因为外婆一定不希望我这样。我会更努力、更快乐地生活，让她高兴，让她放心。"黄灿轻声说，努力不哭。

"嗯，我相信这才是她想看到的。"

下着雨的午后，阴冷的墓园里，凌霄撑着伞，一直站在黄灿的身旁。黄灿看着阴霾的天空，再看着凌霄，心好像被什么填满，只觉得暖暖的。

凌霄，我是那么惶恐，是那么寂寞。可是，谢谢你一直在我身边。

黄灿在心里说，但她没有告诉凌霄。

就在气氛突然有些暧昧的时候，她的手机突然响了起来。她一看来电人是李子涵，不知道为什么突然心虚了起来。她走到一旁，然后接通了电话，轻声说："喂，李子涵？"

"灿灿，我昨天做完手术，现在刚到医院。听说凌霄昨天来找你了，有什么事吗？"

"没事了。"

"那就是有过什么事？"李子涵敏感地问。

"那个……"

"你在哪？"

"在墓园。"

"一个人吗？"

"不，我和凌霄在一起。李子涵，我好像想起了以前的事情了，我想见你可以吗？"

"当然。我随时欢迎你来。"

"那我明天去找你。"

挂断电话后，黄灿轻轻地舒了一口气。她留恋地最后看了一眼外婆的墓碑，对凌霄说："走吧。"

"一会儿想去哪里？"

"去超市吧。还有游乐园。还有电影院……"

黄灿一口气说了无数个地方，然后拽着凌霄的袖子就往停车场走去。凌霄只好陪她去超市大采购，和她一起去游乐场坐摩天轮，和她一起去电影院看动画片……他觉得自己已经有十年没这样累过了。他们玩了整整一天，黄灿终于觉得有点不好意思，笑眯眯地说："凌霄，我请你吃晚饭怎么样？"

"嗯。"

"你想吃什么？"

"随你。"

"这可是你说的。"黄灿阴险地笑了。

当凌霄听从黄灿指挥，开车到夜市的时候，觉得自己都要迈不动步子了。他厌恶地看着肮脏的地面、喧嚣的人群，而黄灿不管不顾就往里面走。她见凌霄不动弹，就去拉他："快走啦！"

她的手抓住凌霄的衣袖。凌霄低头看着这只小手，只觉得心被最轻柔的羽毛拂过。他轻轻叹了口气，顺从地跟在了黄灿身后，和她一起进了一家破旧的小店。

"老板，给我一条烤鱼、一盆小龙虾，谢谢！"

黄灿熟练地点了菜，然后玩起了手机。凌霄环视四周，忍不住问："你常来？"

"没啊，第一次。"

"那你怎么知道要点什么？是看的推荐菜吗？"

"哪那么复杂，看大家都吃什么就知道了啊！"

黄灿满脸写着"凌霄你真笨"，凌霄被噎得说不出话来。当红艳艳的烤鱼和小龙虾终于上来的时候，她抓起一只龙虾就往嘴里送，眼睛一亮："味道真不错！凌霄，你也吃啊！"

"嗯。"凌霄点头，但是没有动筷子。

一个小时后，黄灿捂着肚子，艰难地走出了店门。她觉得只要再多喝一口水，她就会爆炸。凌霄看到她的样子真是好气又好笑，而黄灿居然怪起了他："你怎么什么都不吃啊，害得我现在那么撑！"

"又没人逼你把它吃光。"

"浪费多可耻啊。对了，反正你也没事，你帮我一起做小屋好不好？等丽丽生日，我想送给她。"

"你要把那个送给丽丽？"

"嗯。我原来是想送给爸妈的，但现在也没机会了。就便宜这小丫头吧。"

"黄灿，你明明很喜欢丽丽，可你们为什么要搞成这样？"

"拜托，是我想和她这样吗？是她莫名其妙对我有敌意好不好！哼，她不是我妹妹的话我才懒得管她。"

"这话丽丽也说过。"

"啊？"

"她说你要不是她姐姐的话才不会和你说话。你们还真是亲姐妹。"

说话之际，他们进了家门，黄灿急忙去房间把未完工的小屋拿到凌霄的书房。一开始，她还在凌霄的指导下做，后来发现凌霄做得又快又好，干脆甩手不干，只在一边加油鼓励。凌霄很无语："你不觉得自己动手比较有意义吗？"

"可我没你做得好啊。"黄灿理直气壮地说。

"你是她姐姐。"

"你还是她姐夫呢。"

黄灿飞快地说道，然后一下子愣住了。昨晚的那一幕又在她面前浮现，她急忙转过身，不敢让凌霄看到她通红的脸。凌霄的嘴角扬起笑意："是啊，我是她姐夫。然后呢？"

"没然后！啊，不要用黄色，我喜欢红色！"

黄灿急忙转移话题，阻止凌霄给门上黄色的油漆，没想到情急之下居然一把抓住了凌霄的手。她觉得身体好像有细细的电流通过，触电般松手，但凌霄反握住她。她稍稍用力挣脱了下，手没抽出来，自己倒被凌霄搂到了怀里。她觉得整个人都要沸腾了，心乱成了一团。看着凌霄俊美的面容，感受着他身体的温度，她觉得自己就要沉沦。惶恐与莫名其妙的甜蜜充斥着她的身体，她想逃，但不知道为什么就是挪不开眼。

就在他们二人静静对视的时候，门突然开了。

"姐夫，牛奶喝光了，你快去买……咦，黄灿你怎么在这里？你们……对不起啦。"

黄丽丽眼珠子骨碌碌地转着，突然反手关上了门，而黄灿也终于反应了过来。她急忙冲出门，然后又折了回来，把小屋模型拿在手里。她走得太快，凌霄只好在她后面喊着让她小心，而话音刚落他就听到什么东西撞在门上的声音。黄灿捂着额头，是那么庆幸这一幕没被凌霄看到，急忙冲进房间，一头栽进了被子里。她觉得自己真是丢人丢到家了。

可是，为什么黄丽丽开玩笑的时候自己没有和以前一样觉得无法接受，反而有一种淡淡的喜悦？这样算不算对李子涵的背叛？她是该就这样将错就错下去，还是和以前打算好的那样追求自己的幸福？要是妈妈在，能听听妈妈的意见就好了。

只可惜……

黄灿不知道该怎么面对抛弃了她和黄丽丽的父母，虽然在抽屉里看到了父母的联系方式，但电话到底没有打出。她只觉得心乱如麻，长长叹了一口气。

3

因为和李子涵约好见面的关系，她一直想要编什么理由好自己独自出门，所幸凌霄今天单位有事，不能在家里陪她。凌霄有点内疚，但她兴高采烈地说："没事，我自己在家就好。"

"有事打我电话。"

"知道了。"

凌霄走到门口，突然一把抓住黄灿，在她没反应过来之前就在她额头上轻轻一吻。黄灿愣愣地看着他，刚反应过来准备炸毛的时候，凌霄已经走到车旁了。黄丽丽一边往外走一边说："都那么大年纪了还玩这一套，你们无聊不无聊啊。"

"别胡说。"

"装什么装啊,脸都红了。你说你们都睡了那么多年了,现在亲一下就红脸,装小清新,有意思没啊。"

"黄丽丽!"黄灿气急败坏地要去打她。

"好了,不说就是了。我走了。"

黄丽丽一边和黄灿摆手,一边飞速关门离开,家里一下子寂静了起来。黄灿满脑子都是黄丽丽的调侃,用力摇头,不让自己再想下去。

她打车到了医院,发现李子涵已经准备好热牛奶,只等她的光临了。她看着一身白衣的李子涵,在柔软的沙发上坐下,喝着牛奶,觉得自己慌乱的心在不知不觉中变得平静。她叹了一口气,说:"李子涵,我觉得我很累。"

"嗯?"

"我从来不知道我错过了那么多。我错过了外婆的葬礼、父母的离异、大学毕业典礼、自己的婚礼,还有一切和青春有关的回忆。我总觉得自己好像坐上了时光机来到了不属于自己的未来,却迷失了自己。以前,我总想一夜之间长大,现在才明白原来经历和记忆才是人生中最美好的东西。"

"所以说记忆的缺憾让你很痛苦?"

"我什么时候才能恢复记忆?"

"如果你一辈子不恢复记忆,你会怎么样?"

黄灿愣住了。她从没想过一辈子都想不起来会是怎么样。

"我不会那么倒霉吧。"

"如果我现在就和你说,你缺失的记忆再也找不回来,你会怎么样?"

"李子涵……"

"你要为了过去而放弃你的现在吗?"

李子涵的声音是那样平静,而黄灿的心中起了惊涛巨浪。一直以来,她都在寻找记忆,却从未想过万一她的记忆再也找不回来会怎么样。李子涵看着她的眼睛,轻声说:"黄灿,你不要本末倒置了。过去的已经过去,未来的无法把握,你能掌握的只是现在的时光。好好工作,好好生活,让你的每一天都不后悔,这样就够了。"

"李子涵,我可以忘记吗?我……我忘记的话,要怎么和凌霄相处?我不知道我们是怎么相爱的,怎么生活在一起?"

李子涵眸光微闪:"你觉得一定要有回忆才能在一起生活?那么这一个月你是怎么过来的?"

"我……不要说了,我好乱。"黄灿捂住了头。

"黄灿,你告诉我,你到底要不要和凌霄离婚?"

黄灿迷茫地看着李子涵。她当然是想和凌霄离婚的,但是为什么就是说不出那几个字?她的矛盾和纠结被李子涵看在眼里,李子涵想笑,但第一次发现自己怎么也笑不出来。他蹲下身,说:"黄灿,人是会变的。不要恐惧变化,享受它吧。"

"那我和凌霄到底该怎么办?"

"这个问题我不能回答,你要问自己。"

"我不知道,我真的不知道!"

"无论你做什么决定,我都会支持你。不要想那么多,你高兴就好。"

李子涵说着,摸摸黄灿的头,对着黄灿笑了。他的手很温暖,但黄灿觉得自己似乎没有了以前那种脸红心悸的感觉,有的反而是淡淡的温馨和安全感。她说:"李子涵,谢谢你一直在我身边。"

"别说傻话。"

"你说……人生可能重来吗?"她轻声问。

"嗯?"

"没什么。"

"傻瓜。"

李子涵揉揉黄灿的头发,两个人一起笑了起来。黄灿舒了一口气,然后又开始犯愁:"你知道我和黄丽丽为什么关系那么差劲吗?虽然我很理解她的叛逆,但这样下去也不是事儿啊。我叛逆期的时候可没像她那样。"

"可我怎么记得你也没少惹事儿?你把学校的窗户给砸了,往老师杯子里放泻药,还冒充我写情书……"

"我至少没给姐姐添堵啊!"黄灿急忙打断李子涵的话。

"那是因为你根本没姐姐。"

"唉……我真头痛。"

"你们之间的问题只有你们自己才懂，别人无法帮你们解决。你们该好好聊聊，黄灿。"

"可她根本不想和我聊天。"

"不尝试怎么知道呢？"

"也是。我就不信我收拾不了这个小姑娘。"黄灿自信满满地说。

为了妹妹的前途，为了家庭的荣誉，黄灿决定尝试着和黄丽丽交朋友。第一步，就是打电话。

"喂，丽丽啊。"

"你谁啊！"

"我是你姐。"

"我还是你妈呢。"

对方把电话挂了，而黄灿拿着手机足足五秒钟才反应过来。要不是李子涵的话还回响在耳边，她真想冲过去狠狠揪住电话另一端的姑娘的头发！她忍住怒火，又打了过去，没等黄丽丽开口就说："我是你姐黄灿，你下课后到你学校附近的必胜客来，我请你吃饭。别迟到，我等你。"

黄灿说着，一下子就把电话挂了，然后手机关机，不给黄丽丽拒绝的机会。李子涵笑盈盈地看着她，她心虚地解释："丽丽她有点害羞。"

"你和凌霄相处得怎么样？"李子涵突兀地问。

"还不错。他比以前温柔多了，说话很客气，还给我做饭，我觉得他比以前可是好太多了。"

"我记得你们以前经常吵架。"李子涵笑着说。

"因为他以前老是欺负我嘛。他总是摆出一副冷冰冰的样子，感觉什么事都不上心，但偏偏就是有女生喜欢他，真不知道那些女生怎么想的。"

黄灿说着，不住地摇头，然后猛然闭了嘴——她都说了些什么啊！她低下头："对不起，我不该和你说这些的。可是，我害怕。"

"怕什么？怕想不起他来吗？"

"我怕……我把自己弄丢了。"黄灿看着自己的手掌，喃喃地说。

"我们都在你的身边，你不会丢。"

李子涵握住了黄灿的手。黄灿很意外自己居然没有脸红心跳等反应，只觉得温暖无比。她对李子涵微微一笑，在心里轻轻说了声"谢谢"。

　　李子涵，谢谢你在我的身边。

　　不管怎么样……能有你这样的朋友，真是太好了。

4

　　和李子涵告别后，黄灿一个人去了必胜客。她在必胜客等了很久，黄丽丽终于姗姗到来，穿着校服，一脸的不耐烦。她坐在了黄灿对面，问："你找我到底有什么事？"

　　"请你吃顿饭。"

　　"你以前可从来不让我吃这些'垃圾食品'。"

　　"必胜客怎么会是垃圾食品？"黄灿惊诧地问，"我早就想吃了，可妈妈就是不同意……呵，我现在说这个做什么。你要吃什么随便点，我请客。"

　　黄灿说着，咽了一下口水，而黄丽丽真是哭笑不得。她真的没想到姐姐居然会说出这样的话来。可是，既然姐姐都发话让她随便点……黄丽丽坏笑："可是你让我点的。"

　　"当然。"黄灿豪爽地说。

　　"我要一个至尊比萨、一份鸡翅、一份千层面……"

　　黄丽丽一下子就点了足够四个人吃的量。她想故意多点刺激黄灿发飙，没想到黄灿很高兴。她兴致勃勃地把每一样都尝了，然后表扬她："味道很好。"

　　"这么多我们可吃不完。"黄丽丽提醒她。

　　"吃不完就带回去给凌霄吃。"黄灿理所当然地说。

　　……

　　黄丽丽突然有着一拳打空的失落，还觉得姐夫实在是太可怜了。

　　因为美食的关系，她们这顿饭吃得还算融洽，破天荒地没有吵架。就在她们打算一起回家的时候，黄丽丽的手机响了。她鬼鬼祟祟地出去接了电话,然后说:"我有点事,你自己回去吧。"

"你会有什么事?"黄灿不信。

"说了你也不懂。"

"不就是和同学一起出去玩吗?看你装的那样儿。你们去干吗,打游戏还是看电影?"

"你又不懂。"

"黄丽丽,我忍你很久了。你以前是一个多可爱的小孩,怎么现在变成这样!连'姐姐'都不愿意喊,你真一点礼貌都没有!"

"看我不顺眼的话就不要看啊,反正你从来都没喜欢过我!"

"乱讲!我不喜欢你的话会省下生活费来给你买零食,不喜欢你的话会帮你顶罪,说是我剪烂了妈妈的丝绸旗袍?你有没有良心啊你?"

黄灿说着,身体因为激动而微微颤抖了起来,眼圈都红了。她极力抑制住流泪的冲动,因为她可不能在妹妹面前丢脸!黄丽丽沉默了半晌,说:"我只是随口说了一句话,你要不要反应那么大啊。我们是去溜冰,你会吗?去了也没意思。"

"谁说我不会!"黄灿冷笑。

"你就别说大话了。"

"那要不要打个赌?"

"打什么赌?"

"要是我溜冰比你好的话,你以后要听话,要好好学习。要是你溜冰比我好的话,我以后再也不管你。"

"黄灿,你别以为自己永远会赢。和我比,你一定会输的。"

黄丽丽摇摇头,用一种怜悯的目光看着黄灿,而黄灿只是淡淡一笑:"你不敢?"

"我怎么会不敢,就是怕你输得太难看又不守承诺。"

"既然不是不敢,那就比咯。"

"比就比!"

黄灿伸出手,黄丽丽咬牙与她击掌,然后见到了黄灿明媚而又自信的笑靥。与以往清冷又优雅得令人生厌的姐姐不同,黄丽丽总觉得现在的姐姐多了许多生气与活力，竟是耀眼得令人挪不开目光。

哼，待会儿她就不会笑了，有得她哭的！黄丽丽阴险地想着。

5

半个小时后，黄灿和黄丽丽到了溜冰场。黄灿一进去就皱起了眉，因为这里满屋子都是烟味，音乐声震耳欲聋，和她记忆中的旱冰场却是截然不同了。她被烟味熏得一直咳嗽，黄丽丽鄙夷地看了她一眼，然后朝着吧台走去。服务员小妹见了她就丢给她一双溜冰鞋，然后问黄灿："美女你要几号的鞋子？"

"三十七码，谢谢。"

面对肮脏的溜冰鞋，黄灿并没有表现出嫌弃的样子，而是很平静地穿了上去。她今天穿着牛仔裤和白T恤，头发扎成马尾，打扮极为年轻，在昏暗的灯光下竟是看起来和黄丽丽差不多年纪。以前和黄丽丽玩得好的一帮男生见黄丽丽带了一个看起来还不错的女人过来，都急忙过去和她们打招呼，还有人缠着黄丽丽要她介绍这个"美女"给自己，让黄丽丽真是哭笑不得。后来，随着一个男生的到来，大家都安静了下来。那个男生看着黄丽丽，一把把她搂在怀里，笑着说："怎么那么晚来啊，害得我等你好久。"

"你、你今天怎么在啊，你不是说今天要去上补习班吗？"

"补习班哪有你重要！"

小丁一如既往地说着情话，而黄丽丽却没有以前的兴奋，而是不安地看着黄灿。她是那么害怕姐姐当场发飙，一点面子都不给她留。幸运的是，黄灿好像什么都没看到一样，倒是和小丁的几个手下聊得很开心。她轻轻松了一口气的时候，小丁问："你带来的小姊妹是谁，怎么从来没见过？"

"是我姐。"她含糊地说。

"哪里认的姐姐，她家做什么的？有没有什么人是道上的？"

"好像有，我也不清楚。你管那么多干吗！"

"哈哈，你吃醋了？"

小丁说着，重重亲了黄丽丽一下，黄丽丽吓得急忙推开他。小丁脸色不好看了："你今天到底怎么回事，你是不是有别的男人了？"

"什么别的男人，你胡说什么啊！"

黄丽丽急忙和小丁解释，此时黄灿却在人群中发现了一个熟悉的身影。她简直不敢相信自己的眼睛，惊喜地说："沈亮，你怎么来了？"

"黄、黄灿姐……"

沈亮尴尬地笑着，吞吞吐吐地和黄灿打招呼，表情特别奇怪。黄灿不知道发生了什么事，而她刚认识的小男生阿德褪去了对黄灿的讨好笑容，对沈亮嘲讽地说："哟，我们的高才生怎么到这里来了啊，你就不怕你爸爸妈妈打你吗？"

"人家可是妈妈的好宝宝，妈妈怎么会舍得打！宝宝，接电话，不要跑，小心摔！"

有人阴阳怪气地学着女人说话的样子，所有人都笑了起来，沈亮的脸红得简直快滴血了。小丁哈哈一笑，捏捏沈亮的脸蛋说："你今天敢先走的话，以后见一次老子就打你一次！去，给哥们儿买饮料！"

沈亮咬着嘴唇到不远处买饮料去了，黄灿看着他的背影，觉得他真的很可怜。可她也知道，这是男生之间的战争，她插手的话只会起到反效果。黄丽丽换上了溜冰鞋，飞速溜到她面前，说："准备好了我们就开始比赛。可是输赢怎么算？"

"很简单，谁先滑满五圈谁就是第一。"

"行。"黄丽丽说。

小丁他们一见黄丽丽与黄灿要比赛滑冰都起劲了，还有人下赌注，纷纷让自己看好的那位加油。黄灿不住地做着准备活动，扭扭腰动动腿，而黄丽丽只是和小丁调笑。黄灿看了他们好几眼，直觉不喜欢这个流里流气的男孩子，但她什么也没说。

自己的事情还是要自己决定的。黄灿想着。

当她们都准备好后，站在了白线前。此时，溜冰场里的人大多不溜冰了，就等着这看对姐妹比赛。小丁一声令下，她们就好像离了弦的箭一样冲了出去。

黄丽丽一愣，因为她没想到姐姐的速度居然会这样快。

她原以为黄灿最多是会滑冰罢了，真的没想到她居然是个行家，"嗖"的一下就从自己面前冲了过去。她先是一呆，然后收起了轻视的心，努力往前滑。她们你追我赶，一会儿黄灿在前，一会儿黄丽丽在前，竟是一连四圈都没分出胜负来。大家都屏气凝神地看着姐妹俩，沈亮觉得自己都要不会呼吸了。

最后一圈的时候，黄灿终于领先了黄丽丽，距离终点只有十米的距离了。沈亮刚想叫好，突然见到有人伸出腿，然后看见黄灿狠狠地摔了一跤。黄丽丽冲过终点后，愣愣地看着黄灿，而黄灿捂着自己的腿，疼得都说不出话来。

"是谁使坏绊了我！"

黄灿在心里怒骂，而眼前却突然浮现出一张张支离破碎的画面。她看见自己在和谁亲吻，看见自己穿婚纱，看见自己一个人站在黑暗的房间里，看见自己独自喝酒，看见自己拿着一把刀割向自己的手腕……

"啊！"她捂着头，觉得自己头痛得就快裂开了。

她挣扎着想起身，但怎么也爬不起来。就在这时，她身边多了一个手臂，她下意识扶了上去，艰难地站起了身。她站直后才发现扶住她的是沈亮，对他轻轻一笑，说："多谢你。"

"不客气。"沈亮轻声说。

"小丁哥，那这下是嫂子赢了，哈哈！"

在一个小个子的煽动下，周围有人稀稀拉拉地鼓掌、尖叫，而黄丽丽却一直一言不发。黄灿拍拍身上的灰尘，觉得自己的膝盖好像跌破了，但沈亮问她有没有事的时候她只是摇头。她说："走吧，我想回去了。"

"嗯。"沈亮点头。

他们朝门口走去，然后被那个小个子拦住了。他挑衅地说："沈亮，小丁哥没让你走你就敢走？你的胆子真是越来越肥了！"

"可是黄灿受伤了！"

"她伤不伤的和你有什么关系啊，你们是相好啊。"

他说着，大家齐声笑了起来，黄丽丽也笑了。黄灿厌恶地皱眉，一把抓住沈亮的手："别理他，我们走。"

"美女，你可以走，可这小子他不能走！"

"你是谁，敢管我？"

黄灿说着，微微一笑。她的脸因为摔跤而有了污渍，但一双眼睛是那样明亮，又是那样犀利，作为主编时惯有的气场竟然令这些孩子们都愣住了。她不管不顾，拉着沈亮的手就往外走，当其他人反应过来的时候黄灿已经走远了。小丁一把搂住了黄丽丽，但黄丽丽挣脱开来，脸色很难看："你干吗找人绊她？"

"宝贝，我还不是不想看你输吗？"

"我才不会输，用不着你瞎帮忙！"

"还真生气了啊？那女的是谁啊，你居然为了她向我发火？"

黄丽丽咬咬嘴唇，没有理小丁。她觉得心里沉甸甸的，特别难受。

黄灿走出门后才发现手里空空的，一拍脑袋，郁闷地说："惨了，我的包忘在了溜冰场。"

"我……我陪你去拿。"沈亮咬牙说道。

"你……确定要去？"

"嗯。你去哪里我就去哪里。"

沈亮轻声而坚定地说，黄灿很是意外，然后只觉得心里暖暖的。她微微一笑："你可真好。"

沈亮别过头去。他觉得自己就要晕倒了。

沈亮和黄灿重新朝着溜冰场走去。他们悄悄潜了进去，拿了包包就想走，刚走了几步，昏暗的灯突然全亮了。黄灿愣愣地站着，还没反应过来，突然看到十几个人堵在门口，一脸严肃。所有人都哀号了起来，黄灿忙拉了一把沈亮，沈亮苦着脸说："是老师要检查了。"

"啊？"

黄灿呆呆地看着来人，只见一个可怕的身影越走越近。那个中年男人神情肃穆，声音低沉："放了学不回家来溜冰，你们可真行啊！我要告诉你们家长，你们一个也逃不了！"

"落在这个怪兽手里……"

"今天怎么这么倒霉啊!"

哀号声先是小小的,然后越来越大,那些装成熟的、不可一世的孩子们都郁闷地抱住了头,和刚才真是判若两人。黄灿眼睁睁地看着中年男人朝自己走来,只觉得身体控制不住地颤抖。她下意识和学生们一起蹲下了身子。

"姓名、班级是什么?"

"黄灿,高三五班……"

黄灿颤抖着说,然后看到了男人惊讶的面容。他厉声问:"你是谁?"

"老师,我错了,我真的是第一次来的!别告诉我爸妈,求求你……"

黄灿红着眼睛看着那个老师,觉得自己就要忍不住哭出来了。老师无奈地摇摇头,终于也把黄灿带回了学校。

第九章 迟来的初吻

照片上的她，化着艳丽的妆容，穿着昂贵的职业装，虽然是熟悉的眉眼，但黄灿总觉得这个女人她根本不认识。相机中的她，并不是摆拍，看起来倒更像是随手抓拍。有的相片很清晰，有的很模糊，而相片中的她没有一次是对着举着相机的凌霄微笑。黄灿不知道这是不是一种巧合，但从凌霄拍了她那么多照片，至今没有删除来看，也许他对她……是真的很喜欢吧。

"我们一定相爱过，但'那个人'并不是我。我现在对他这样，他一定很难过吧。可他从来都不说。"

1

到了学校后，他们被关到了政教处，被告知每个人都必须由家长带走。沈亮的家长是第一个来的，她一见沈亮就"心肝宝贝"地哭喊起来，把大家都吓了一跳，男生们看沈亮的眼神也充满了不屑。黄灿以为她会气得打沈亮一顿，没想到她抱着沈亮，心疼地说："宝宝，你怎么可以去那种地方，你要是有个三长两短让妈妈怎么办？以后不要和那些坏孩子玩了知道不知道！"

"妈，你能不说了吗？"

沈亮尴尬地被母亲带走后，所有人都大笑了起来，黄灿也忍不住笑了。张老师轻轻一哼，而他们都急忙收敛了笑容，做出一副忏悔的样子，黄灿的表情比任何人都要真诚。时间一分一秒地过去，家长们一个个赶到了学校，张老师严肃地和每一位家长交谈，言语非常激烈，让黄灿不自觉地皱眉。她认为老师管教学生是天经地义的，但是当着孩子的面说什么"你这辈子就没出息了"这样的话是不是有点太过分？

一个小时后，连小丁也走了，只剩下黄灿与黄丽丽这对姐妹面面相觑。张老师问黄丽丽要她家长的电话，黄丽丽没好气地一指黄灿："她就是我姐，老师你不是见过吗？"

对哦，我已经二十七岁，我可以去溜冰场了！我怎么这么傻！

黄灿反应过来后，虽然还是心虚，但是强迫自己抬起头来。在张老师开口询问之前,她抢先说:"我叫黄灿,是黄丽丽的姐姐。"

"你真是她姐姐?"

"嗯,这是我的名片。"

黄灿挺直腰,把名片递给张老师,张老师半信半疑。他问:"既然你是她姐姐,怎么会和她一起胡闹?"

"因为我想了解我妹妹在想什么。我认为教育不该是居高临下的说教,而是要真正了解他们的所思、所想。就拿这次溜冰的事情来说,我认为在做好作业的情况下去放松一下自己没什么问题。"

"我从没见过你这样不可理喻的家长!这样下去黄丽丽考不上大学我看你怎么办!"

"考不上就考不上,条条大路通罗马,只要她自己不后悔,能做自己喜欢做的事情就好了。"

"好,你别后悔!"

"我没什么好后悔的,只要丽丽不后悔就好。老师,时间不早了,请问我们可以回去了吗?"

黄灿说着,拉着黄丽丽的手就走,竟是一点都不管张老师在背后说些什么。黄丽丽一向叛逆,但她做过的最"伟大"的事情就是和老师顶嘴,被罚站,这倒是第一次全胜而归,简直不敢相信这一切是真的。直到走出学校后,她才忍不住问:"我们,就这么走了?"

"那你想继续罚站?"黄灿没好气地问。

"不是,当然不是!哼,你倒好,一走了之的,我明天可就惨了。'怪兽'不会放过我的。"

"他会怎么样?"

"还是老样子,找碴儿呗!被他抓住小辫子就被罚站,打扫操场。"

"就没家长去校长那儿反映吗?"

"切,家长只会说'严师出高徒''老师都是为了你们好',才不管我们死活。"

"丽丽,你们老师这样做是不对的。不管怎么样,他也不该伤害你们的自尊心。他要是欺负你，我为你出气！"

黄灿看起来很认真，而黄丽丽真的不敢相信自己听到了什么。她没想到黄灿居然也有向着自己说话的时候。她的眼睛酸酸的，强忍着不让自己落下泪来，倔强地说："说得好听，你又不能在学校陪我。"

"所以啊，你要聪明点，不要被他抓住小辫子。黄丽丽，我很好奇，你以后究竟想做什么？"

"没什么。"

"说说嘛，我又不会笑你。我保证不告诉任何人，不然就让我满脸长痘。"

黄灿的誓言实在太毒了，黄丽丽只好相信她。她看看四周，低下头，第一次带了点羞涩："我想唱歌。他们都说我唱得好听。"

"唱歌好啊！你是想自己唱着玩，还是想成名、出唱片？"

"当然想出唱片了。"

"那你准备怎么找唱片公司？"

"这个……我可以参加选秀。"

"选秀出名的概率有多少？你怎么保证自己能走到最后？全国那么多人要去选秀，还有不少是专业的歌手，你怎么脱颖而出？"

黄丽丽愣住了。

在学校里，她唱的当然算好的，但要真是去选秀，和全国的高手PK，她自己也没有必胜的把握。她不知道说什么好，就沉默了下来，而黄灿问："李子涵和我说过他认识一家音乐学院的老师，你有没有兴趣去拜访下？"

"真的？我可以吗？"黄丽丽的心怦怦地跳了起来。

"我和他不熟，可不能保证他收你。"

"这个我懂，你当我小孩啊！我们什么时候去？"

"现在就去吧。"

"啊？"

"择日不如撞日。走吧。"

黄灿说着，就打电话给李子涵，李子涵果然一口答应。他开车带她们去音乐学院知名教授沈老师的家里，黄丽丽毕恭毕敬地回答沈老师的问题，而李子涵和黄灿在客厅等待。李子涵看着黄灿，终于问："你的腿怎么回事？"

"刚才溜冰的时候摔了下。没事儿，不疼。"

"你去溜冰了？"

"是啊，不是你告诉我要和小朋友打成一片的吗？"

"那你也不至于去溜冰啊！你都多大了。"

"哼，这话我可不爱听了！有谁规定二十七岁就不能去溜冰场啊！你十七岁的时候抽烟，现在不还是在抽烟？"

"你还真能瞎掰，我服了你了。"李子涵笑了，"疼不疼？"

"不疼。"

"真的？"

李子涵恶劣地一按黄灿的伤口，黄灿的眼泪都要掉出来了。她恶狠狠地瞪着李子涵，而李子涵大笑："这就是你嘴硬的下场。"

"讨厌！你就会欺负我！"

黄灿不敢让老师看出来他们在打闹，拼命闪躲。李子涵用力抓住黄灿的手，黄灿悲哀地发现无论是十年前还是现在，她的力气永远没有李子涵大。她突然那么怀念她长得比李子涵高、可以随意欺负他的时候。突然，李子涵严肃地说："别动。"

"怎么了？"黄灿果然不敢动了。

"你的脸上有个虫子。"

"你又骗我。"

"真的，不信你摸。"

李子涵说着，抓住黄灿的手就要往她的脸上摸去，而黄灿当然不肯。她灵活地和李子涵周旋，两个人和小孩子一样打着架但也都默契地不发出声，两个人的脸都憋得通红。就在他们打闹之际，黄灿猛地抬头，嘴唇突然轻轻擦过了李子涵的唇。这下，他们都愣住了。

黄灿忘记了害羞，呆呆地看着李子涵，觉得自己脑中一片空白。她不知道这一切是怎么发生的，甚至觉得一切只是一种幻觉，但李子涵嘴唇柔软的触感却在她的脑海深处，令她无法忘怀。

与凌霄冰冷的唇不一样，李子涵的嘴唇是那样柔软，又是那样温暖，好像带着阳光的味道。在她十七岁的时候，无数次幻想过与李子涵接吻的场景，却没想到会在十年后，在这样的情况下接吻。她呆呆地看着他，而李子涵摸摸嘴唇，突然认真地说："刚才没注意，对不起。"

"没、没关系。"黄灿干巴巴地说。

"虽然大家是好哥们，但亲兄弟明算账，你这样吃亏可不行。"

"啊？"

"这样吧，刚才我占了你的便宜，现在你可以占我的便宜。来，我让你亲一下。两下也行。"李子涵一本正经地说。

黄灿疯了："李子涵，别闹了。"

"来吧，咱俩谁跟谁，千万不要客气。"

"你无聊不无聊！我不理你了啊！"

"你真的不要？"

黄灿炸毛了："真的不要！"

"好难过。"

李子涵说着，低下头，做出一副伤心拒绝的样子来。虽然明知道他在开玩笑，但黄灿还是慌了神。她紧咬嘴唇："你又不是故意的，这件事就别提了。你实在觉得对不起我的话，就……就请我吃饭吧！"

"吃饭是当然的，我也可以答应你一件事。灿灿，你有什么想完成的事情，只要我能做到，我都会去做。"

"你不怕我让你去跳河？"黄灿笑着问。

"你不舍得的。"

李子涵说着，轻轻拍拍黄灿的头，神情竟是罕见的温柔，黄灿呆了。就在她出神地看着他，几乎沉醉在他的温柔中时，房门突然推开，她吓了一跳，如梦初醒。她急忙站起身，看到了黄丽丽惊愕的面容。她咳嗽一声，先发制人："你和老师聊好了？"

"是啊。"黄丽丽简短地说，脸色有些奇怪。

"那我们回去吧。"

他们和老师告别后坐上了李子涵的车子。要是平时,她和李子涵会有说不完的话,但今天她不知道为什么,竟是一句话都不敢和他说。她只能问黄丽丽:"和老师聊得怎么样?"

"我唱了一首歌给老师听,他说我有天赋。"黄丽丽兴奋地说,"黄灿,你说他是不是骗我的?"

"叫我姐!说了多少次了!"黄灿生气地敲黄丽丽的头。

"好痛!你怎么下手那么狠啊!你告诉我嘛,姐!"

黄丽丽捂着头喊痛,但终于叫出了那声"姐",黄灿心里一下子爽得不行。她用力拍拍黄丽丽的头,然后说:"我也不知道,你问李子涵吧。"

"子涵哥哥!"

黄丽丽对李子涵撒娇,李子涵笑着说:"沈老是一个很严谨的老艺术家,当然不会骗你。你出门的时候他还亲自把你送出来了,我觉得他还挺喜欢你的,你应该有机会做他的学生。对了,那个张雪峰就是他学生。"

"哇,张雪峰!他可是今年选秀的冠军!他说他没接受过专业训练,怎么会是沈老的学生?"

"小妹妹,你觉得没受过专业训练的人可能当冠军吗?就算是天才也要遇到名师,就算是千里马也要遇到伯乐。怎么,你不想做沈老的学生?"

"当然想!"

"那你可要考上音乐学院。"

"还要考试啊。"黄丽丽的脸一下子就垮了。

"嗯,专业课估计你没什么问题,文化课应该也没问题吧。"

黄丽丽不说话了。她郁闷地看着黄灿,黄灿急忙帮她打圆场:"努力一下应该没问题。"

"加油啊,考上了我买好的手机给你。"

"真的?"

"我绝对不骗人。"

说笑间，李子涵送她们回了家。黄丽丽率先跳下了车，黄灿下车的时候李子涵叫住了她。她疑惑地看着李子涵，李子涵指指自己的嘴唇，微微一笑："别忘了啊。"

"拜拜！"

黄灿一想到刚才的事情就紧张，飞快地进了家门。凌霄看着李子涵远去的车子，低头问黄灿："今天去哪里了？"

"去了……去了……"

"我们一起去吃比萨了。"黄丽丽说。

"是的！"黄灿急忙点头。

"吃比萨吃到现在？"凌霄不信。

"呃……"

黄灿不会撒谎，就看着黄丽丽，黄丽丽果然从善如流："吃了饭以后我们逛街，然后就回来了。对吧，姐？"

"是啊，我们可没去溜冰场玩！"黄灿急忙说。

"姐，你给我闭嘴！"

"你又这样和我说话！"

黄灿和黄丽丽说着说着就又吵了起来。黄灿瞪着黄丽丽，而黄丽丽忍了很久，终于很别扭地问："你的腿……不要紧吧。"

"还没瘸！你放心，我说过输了就不会管你，我说话算话。"

"其实，其实今天是你赢了……"黄丽丽轻声说。

"你说什么？"

"我说今天其实是你赢了！我黄丽丽是敢做不敢当的人吗，需要用卑鄙的手段赢你吗？输了就是输了，我愿赌服输。"

"所以你要乖乖地听我的话？"黄灿阴险地笑着。

（黄丽丽：）……

"说啊，是不是要乖乖听话？"

"是……"

黄丽丽突然觉得诚实真的不是一件好事儿。

不过，姐姐今天溜冰的样子可真好看。简直帅呆了。

2

成功摆平黄丽丽后,黄灿只觉得神清气爽。她高高兴兴地回房,洗澡的时候又见到了膝盖处的青紫,撇撇嘴,艰难地穿上了睡衣。她想起了摔倒那瞬间看到的画面,不知道这是不是她的记忆碎片。可是,为什么会有拿刀划手臂的记忆?她怎么会做这种自虐的事情?

黄灿想着,轻轻抚摸自己的手腕,居然真的发现了一道浅浅的白色痕迹。她呆呆地看着这个伤口,极力回想,但脑中还是一片空白,什么都想不起来。今天摔了一跤后恢复了一些记忆,如果摔倒能恢复记忆的话,为什么不再试试?

黄灿想着,站了起来。她一咬牙,故意左脚绊右脚,重重摔在了地上,痛得她龇牙咧嘴。就在她努力站起来的时候,门突然开了。她呆呆地看着破门而入的凌霄,反应过来后迅速起身,拿手遮住面前的春光,尖叫一声:"凌霄,你又忘记敲门了!"

"抱歉。不过你能不能和我解释下,你这是在做什么?你在自己的房间里摔倒了?"

黄灿心虚地不敢说话。

凌霄深吸一口气:"你们晚上到底去哪里了?"

"去吃比萨了,丽丽不是告诉你了吗?"

"你们两个人?"

"是啊。"

"那为什么是李子涵送你们回来?"

"你怎么知道?你跟踪我!"

面对黄灿的质疑,凌霄眉毛一挑:"我看到你们从他的车上下来。别告诉我你们三个人开了一场家长会。"

"其实也差不多是这样……"

"嗯?"

"凌霄，你在审问我吗？你凭什么管我！"

"凭我是你的丈夫！"

"我可不记得你是我丈夫！"

黄灿脱口而出，而凌霄沉默了。不知道是不是错觉，黄灿觉得凌霄看起来居然有那么点悲伤。

他悲伤？他不把其他人惹哭就不错了！可是，他的脸色看起来确实不太好……

黄灿想着，轻轻叹了一口气。她放下书，走到凌霄身边，嘟囔着说："好啦，算我说错话了还不好……我招，我什么都招！我们晚上确实是吃比萨的，然后去溜冰，再然后就被老师抓住了……我把丽丽的老师骂了一顿，但也觉得丽丽这样下去不行，就让李子涵带我们去了一位音乐老师的家里。那个老师还蛮喜欢丽丽的，我们趁机让她好好学习，她好像听进去了。"

"我们？你和谁是'我们'？"凌霄一下子抓住了重点。

"和李……凌霄，我当时怕得要死，都忘记现在可以不用被管着了。你说我是不是很蠢？"

黄灿皱着眉埋怨自己，凌霄用了最大的力气才忍住笑意。他脑海中浮现出黄灿和学生们一起躲在墙角的样子，那场面真是……满腔的怒火在不知不觉间消失无踪，他觉得自己从来就拿这个女人一点办法都没有。他轻轻摇头，然后看到黄灿的膝盖那儿的颜色有点不对劲。他走上前，一下子掀起黄灿的裙子，在她的尖叫声中问："这是怎么回事？"

"溜冰的时候摔了一下。"

"你溜冰那么好，怎么会摔倒？"

"溜冰好就不会……你怎么知道我溜冰好？"黄灿诧异地问。

凌霄不回答。

"你说啊你说啊！你怎么知道！"

"以前看见过。"

"不可能！我每次都去离学校最远的那家溜冰场，那里一个同学都没有，你怎么会发现？天啊，不会还有其他人发现，不会告诉老师了吧！"

黄灿越想越怕，哭丧着脸，而凌霄真是无语。他再一次提醒她："黄灿，你二十七岁了，不是十七岁！还有，你回答我，你的膝盖是怎么回事？"

"摔的。"

"再不说实话的话，是想让我去问李子涵吗？"

"不要！有人、有人绊了我一下啦。不过没什么，只是青了一块，过几天就好了。"黄灿笑嘻嘻地说。

看到黄灿满不在乎的样子，再看看她的伤痕，凌霄极力控制住自己的怒气。他摔门走了出去，回来的时候手里多了一瓶药油。他把黄灿按在椅子上，黄灿往回缩脚，说："不用那么麻烦的，过几天就好了。"

"闭嘴。"

凌霄的眼神是那么犀利，吓得黄灿一句话都不敢说。凌霄的手轻轻为她涂抹伤口，她的身体不知道是因为药力作用，还是因为凌霄的关系，觉得热得就要烧起来了。她从没和任何一个男人这样亲密接触过。

凌霄……真的想不到他还有这样温柔的一面啊。

黄灿看着凌霄，突然想起他以前欺负她的事情。她只是背后说他一句"小流氓"而已，他居然就把这句话记在了心里，抓住一切机会报复她。他偷偷藏起她的考卷，被她质问的时候还装得很无辜；上体育课的时候他故意拿篮球砸她，要不是她躲闪得快的话就进医务室了；她骑车的时候他拿苍耳丢她，吓得她险些撞到电线杆上……

这些事情真是越想越恼火！我怎么就嫁给这样的男人了呢！为什么那个人不是李子涵……

黄灿想着，心情一下子就沉重了起来。这时，凌霄把药酒涂好了，对她微微一笑。就算再不喜欢凌霄，黄灿也必须承认他真的是一个长得很不错的男人。她莫名其妙地尴尬了起来。凌霄怎么会知道黄灿在想什么，淡淡地说："你还是晚几天去上班吧，等伤好了再说。"

"我没事，这点伤算什么啊！不信我跑给你看！"

黄灿说着，真的就要在房子里开始跑，而凌霄一把抓住她的衣领。他轻抚她的额头，说："听话。"

"这么点伤真的没事,你不记得我跑步摔跤,整条腿都是血淋淋的还跑完决赛的事情了?那么重的伤我都能忍,这个真的没事啦。"

看着黄灿的笑靥,凌霄突然想起高一运动会的事情来。

这是他第一次对她有了印象。

凌霄记得,那一年的运动会,太阳明晃晃的,让人简直睁不开眼睛,连他都觉得难受。女生或者打着伞,或者躲在树荫下看比赛,时不时吃点小零食,赛场上一眼望去几乎清一色都是男生。而就在这群男生中间,有一个穿着红色运动服、扎着马尾辫的小姑娘。她热得汗珠一滴滴都落在地上,小脸也是红扑扑的。

"女生长跑才一个人报名,就是这个黄灿要跑。这么热的天她一定会中暑的。"有人说。

"她跑步很厉害?"

"才不是,是她傻,没人愿意干的事情找她,她都是肯干的。"

"还真是个傻子。"

男生们肆无忌惮地开着玩笑,凌霄也轻蔑地看着黄灿。他特别看不起那些明明不行却硬逞能的蠢女人,黄灿当然包括在内。

随着发令枪声响起,黄灿开始一个人跑。一开始,她的速度还算快,但没跑完一圈步子就越来越慢。路过凌霄身边的时候,他发现这个小姑娘紧咬嘴唇,脸色又红又黑。他心中轻笑,打算看她什么时候放弃,但她跑到第三圈的时候居然还没退场。

她倒挺有毅力的。凌霄想,看着她,然后看到了她摔倒在地上的场景。

黑色的渣子一下子就刺进了她的腿部,她半条腿都血淋淋的,老师跑到她的身边,要带她去医务室,没想到这丫头居然问老师她去医务室的话班级是不是就没分了。老师点头,她说:"我要继续跑,反正就半圈了。"

她说着,露出了一个笑容。太阳是那么灿烂,而她的笑容更灿烂。

凌霄眼睁睁看着她半跑半走地冲向终点,眼前浮现的是她汗津津的脸和比阳光更明媚的笑容。从此,他记住了这个姑娘的名字——黄灿。

那时的他,可绝对想不到以后会和她有交集,更想不到会做她的丈夫。

缘分,真是妙不可言。

凌霄望着黄灿没有言语,而黄灿想起今天和李子涵的亲密接触就觉得心虚。不知道为什么,她觉得自己好像做了对不起凌霄的事情。

可是,有什么对不起的呢?她根本不爱他,早就想好要离婚,凌霄也答应了啊!到底为什么会觉得内疚,觉得不安?

"凌霄。"

"嗯?"

"冬天就要到了。"

"你想去温暖的地方旅游?想去哪里?"

"我想去马尔代夫……不是,我想说,就要冬天了。就快……一百天了。"

黄灿转过身,没有看凌霄的表情,轻声地说,紧紧咬住了嘴唇。她不敢看凌霄,因为要是凌霄露出难过的表情她也会难过,而他要是露出如释重负的表情,她会……更难过。她低着头,只觉得凌霄的声音还是波澜不惊:"你说离婚的事情?"

"嗯,是啊。呵呵。"

"还有一个月的时间,到时候我们去办手续就是。黄灿,你有那么急吗?"

"当然不急!我只是……"

"只是想提醒我不要忘记。"

"凌霄,我不是那个意思。真的。"

"没关系。"

如果说刚才的凌霄温柔如水的话,现在的他就是冷漠如霜。要是没见过他温柔的一面,黄灿会习以为常,但现在的她是那么怀念凌霄的温柔,也很后悔自己为什么要破坏这样的气氛。可是,该发生的已经发生了,后悔总是没用的。

"早点休息吧。"

凌霄说着,离开了黄灿的房间,黄灿看着紧闭的房门,过了很久才轻轻一叹。她躺在床上,眼前浮现的是李子涵的笑靥与凌霄的温柔,脑子越发乱了起来。她突然不知道自己要的到底是什么。

既然想不通就不要想了吧。毕竟,还有一个月的时间啊。黄灿想着,闭上了眼睛。

3

距离离婚的时间还有一个月,但距离上班的时间只有十天了。一开始,黄灿是很享受不用过朝九晚五的生活,但后来就觉得每天都在家里很无聊。她惊恐地发现比起悠闲地喝下午茶的生活,她还是更喜欢面对那些讨厌的报表。她打电话给麦琪,问公司现状,麦琪每次都说公司运营得很好,让她放心,更让她尽情地享受假期。既然麦琪这样说了,黄灿不好意思说自己想提前回去,只好努力地享受她的假期。

她什么都想学,什么都想做。她报名参加了插花班,还去学习烹饪,后来又对摄影感兴趣。她去书房拿了凌霄的单反相机,开车出去拍照,用镜头记录城市美景。站在城市的最高处,她俯瞰比记忆中更加灯火辉煌的家乡,不得不承认现在的城市更美丽。她坐在露台上喝着橙汁,一张张翻看照片,然后突然发现了凌霄的作品。她只是犹豫了短短一瞬间,就心安理得地翻看起照片来。

"我这是看看他摄影的水平怎么样。"她对自己说。

凌霄的照片以工作内容为主，很多都是拍摄图纸，甚至都没什么风景照，黄灿看了一会儿就打起了哈欠。就在她几乎要放弃的时候，她突然看到了自己的身影。

照片上的她，化着艳丽的妆容，穿着昂贵的职业装，虽然是熟悉的眉眼，但黄灿总觉得这个女人她根本不认识。相机中的她，并不是摆拍，看起来倒更像是随手抓拍。有的相片很清晰，有的很模糊，而相片中的她没有一次是对着举着相机的凌霄微笑着的。黄灿不知道这是不是一种巧合，但从凌霄拍了她那么多照片，至今没有删除来看，也许他对她……是真的很喜欢吧。

"我们一定相爱过，但'那个人'并不是我。我现在对他这样，他一定很难过吧。可他从来都不说。"

黄灿喃喃地说着，觉得自己的心一下子就乱了。

回家之前，她心虚地把今天拍的所有照片都删除了，把相机放回原位。时间还早，她去超市买了一大堆菜，照着菜谱烧了，她也想给凌霄一点惊喜。她没想到的是六点时凌霄打电话来说不回家吃晚饭了，她看着满桌子的菜，真恨不得穿过电话去那一头把凌霄掐死。黄丽丽回家的时候看到黄灿在家吓了一跳，看到一桌子的菜更是惊奇万分，问黄灿："你做的？"

"是啊，你怎么知道？"

"外卖会那么难看吗？今天是什么日子啊，你会亲自下厨？"

"没什么日子，我高兴。"

黄丽丽看着黄灿做出来的饭菜，直觉告诉她这菜的味道很不好，但她还是忍不住尝了一口。一秒后，她"呸呸"地把菜吐了，喝了一杯水才缓过神来。她正想吐槽，只见黄灿狰狞地看着她，就把所有的话都吞进肚子里去了。她说："我去做作业了，拜拜。不要打扰我！"

"黄丽丽，你吃完饭再去！喂！"

黄灿拼命喊，但黄丽丽就好像兔子一样溜走了，她连根毛都抓不到。后来，黄灿只好愤怒地坐下，心中第一百零一次咒骂居然不回家吃晚饭的凌霄。她烦躁不安地在房间里转来转去，一会儿听音乐一会儿做家务，大功率的吸尘器声音终于让黄丽丽受不了了。她探出脑袋，说："你这样影响我学习，要不你出去转一会儿再回来吧。"

"我不开吸尘器不就好了。"

"不行，你走来走去的我心烦。"

"我不走还不成！"

"姐，我要喝酸奶，你去超市给我买吧。"

"冰箱有。"

"我要吃薯片。"

"我房间有。"

"我要吃肯德基！"

"叫外卖。"

"你……"

"黄丽丽，你急着把我赶出去到底要干吗？"

"我哪有赶你出去，你别冤枉我。"

"都那么明显了，你还真当我傻啊！说吧，你想干吗？把房子烧了？"

"你真无聊。"

"你说实话，我能考虑满足你的愿望。"

"真的？那我可说了，你不许生气。"

"不生气。"

"今天是我们乐队的排练日，他们要来。"

黄丽丽说着，往后退了一步，准备迎接狂风骤雨，而黄灿的反应大大出乎她的意料。她眼睛发光："好啊，把你的同学都喊来，我们开PARTY吧。"

"啊？"

"还不快去！"

4

黄丽丽的喜悦很快就化为了无奈与愤怒。她头痛地看着穿梭在她同学间的黄灿，气得牙齿发痒。

今天的主角明明是她，她还特地穿上了很酷的超短裙，化了浓妆，可为什么大家看的都是黄灿？她怎么有脸穿成这样！

黄灿穿了一条红色的紧身长裙，优美的曲线尽显无疑，而她成熟优雅的气质是黄丽丽她们这个年纪的少男少女们梦寐以求的。有些流行的词汇黄灿确实不懂，但她非常善于学习，坦率的态度反而让这些孩子们更加喜欢她。他们闹着要喝酒，但黄灿不许。她笑着说："喝酒可以，但是要等你们毕业后。你们现在在我家喝酒，倒霉的可是我，我担不起唆使未成年人酗酒的罪名。你们尝尝果汁吧，等你们毕业后我请你们去酒吧喝个够。"

"黄灿姐真的带我们去酒吧？不骗人？"

"要不要写军令状？"

"哈哈！"

大家笑作一团。虽然有点遗憾，但去酒吧喝酒总比在家里喝酒有趣得多，他们也都接受了黄灿的方案。和黄灿混熟后，他们有人开始口不择言了："黄灿姐，你真好看，跟丽丽对我们说的一点儿也不一样。"

"丽丽这丫头就爱开玩笑。她是怎么说我的？"黄灿笑盈盈地问。

"她说你是个暴躁的母夜叉！哈哈，黄灿姐根本不是那样。"

"别光说话，大家喝果汁！"

当黄丽丽赶到的时候，已经有人把这些话告诉黄灿了，她阻止不及，只好狠狠地瞪了那人一眼。她心虚地看着黄灿，虽然在黄灿笑盈盈的脸上看不到一丝不悦的神色，但直觉告诉她这事儿没那么简单，她如坐针毡，而黄灿给大家拿果盘的时候，在黄丽丽耳边轻声说："母夜叉，嗯？"

"姐……"

"下个月的零花钱没了。"

"姐你不能这样!"

"他们的招待费用也从你的零用钱里扣。要是不愿意的话,我现在就把他们赶走哦。"

黄灿微笑着,笑容是那样温柔,但黄丽丽不由自主出了一身冷汗。黄灿继续说:"看来你舍不得你的零花钱啊,那现在我就去宣布PARTY可以结束了。"

"不要!这钱我出还不行吗!姐,你饶了我吧。"

"知道错了?"

黄丽丽忙点头。

"去,给我倒杯果汁!"

"嗯嗯!"

眼看黄丽丽和小狗一样撒丫子跑了出去,黄灿笑了起来。她觉得妹妹虽然给自己穿上了坚硬的盔甲,但本质还是和小时候一样,真是可爱极了。她站在一边悄悄地听着这帮孩子们谈话,听他们说流行音乐,骂老师,还听他们谈起丽丽的男友小丁。她发现在场的女孩好像都很喜欢小丁,而丽丽谈起小丁的时候那叫一个眉飞色舞,简直比说起自己的事情来还得意。

她微微皱了皱眉。

她能理解少男少女的叛逆,但对小丁就是喜欢不起来,而黄丽丽的状态让她觉得很不舒服。她认为丽丽也是一个优秀的女孩,但为什么大家都说她"好命",而她也是一副引以为豪的样子?要是爱情中有了高低贵贱之分,这样的感情就不会长久。

黄灿虽然很不看好他们,但并没有和黄丽丽说,只是享受着这个属于少年的晚会。她还发现,就算时间过去了那么多年,年轻人谈论的话题还是那几个——学习、老师、恋爱和父母。她发现,他们并非除了叛逆什么都没有,他们也有自己的梦想,也想得到父母的关爱。可是,年轻一代的父母和以前的父母没有任何区别,即使他们自己也是从小成长起来的,却同样会要求孩子听话懂事、专心读书……

这是长大以后的必然变化吗?变得势利,变得恐惧,变成自己当初最讨厌的人。如果是这样的话,黄灿情愿自己一辈子不要长大。

门外突然想起了门铃声。

凌霄有钥匙,所以来的人绝对不是凌霄——是他的话她还懒得给他开门。她慢慢走到门前,打开门,一愣,然后笑了起来:"沈亮?"

"黄灿姐?"

沈亮穿着黑色礼服,戴着黑色斗篷,牙齿尖尖的,目瞪口呆地看着黄灿,满头都是汗水。看到沈亮,大家都笑着围了过来,有人叫道:"沈亮,你怎么穿成这样,傻不傻啊!"

"还吸血鬼呢,我看是大傻瓜!"

"你真是难看死了!"

在指责声中,沈亮怯懦地说:"不是你们说今天是化装舞会,要我穿成吸血鬼的样子吗?你们为什么不换衣服?"

"我说什么你都信,我让你死你听不听啊?"

大家七嘴八舌地嘲讽沈亮,沈亮呆呆地站着,脸越来越红,一句话都说不出来。黄灿知道,每个班级都会有像沈亮这样的角色,她也曾经做过孤立同学的事情,但置身事外看这件事,却会发现沈亮实在是既无辜又可怜。她忍不住说:"我觉得沈亮的装扮很不错啊,很像《暮光之城》中的爱德华,超帅的。丽丽,我要和他合影,帮我来拍照。"

她说着,挽起沈亮的臂膀,笑盈盈地对准镜头,而沈亮浑身僵硬了起来。他没想到自己那么狼狈的一面会被他暗恋的女人看到,更没想到她居然会出言解救他。他觉得自己一会儿陷入冰窖,一会儿又在火焰里,身体一会儿发冷一会儿发热。他是那么羞愧被她看到了不好的一面,但又是那么高兴能站在她的身边,他只觉得这一切简直就好像做梦一样。黄灿见他脸色不好,递给他一杯果汁,他们的手指碰到了一起,沈亮的脸色终于定格为红色。黄灿知道这孩子内向又自卑,主动和他说话:"是丽丽喊你来的吗?"

他轻轻地点头。

"你这身衣服真帅啊，是哪里买的？"

"我自己做的。"他下意识地说道。

"啊？你会做衣服？"

沈亮没想到自己把实话说出了口，后悔得真是恨不得把自己的舌头咬掉。他以为黄灿一定会嘲笑他，没想到黄灿看他的眼神充满敬佩："你怎么会自己做衣服，你学过吗？"

"我妈是服装设计师，所以我也懂一点。"沈亮小声说。

"哇，那么厉害！你又会打篮球又会做衣服，还有什么你不会的？"

"我都只是懂一点点罢了。"

沈亮没想到自己的一点小爱好居然会被黄灿上升到这样的高度，很害羞，但也有点自豪。黄灿和他聊了一会儿，指指男生那边，说："我不能再占用你的时间了，你和他们打游戏去吧。"

沈亮没说话，显得很为难。

"你不喜欢打游戏？"

"不，但他们可能不想见到我。"

"你们都是同学，他们不会这样的啦，这只是你不想过去的借口。说实话，你是不是打得很逊，不敢去？"

"不，我很厉害！"沈亮涨红了脸。

"哦，那就证明给我看啊。你可不要隐藏实力，男人可是只认强者的。"

黄灿笑盈盈地说，却不知道沈亮并没有听到她后半句的指点，只知道黄灿想让他证明给她看。沈亮只觉得热血沸腾，用力点头："我会证明自己的。"

"走吧！丽丽，把姑娘们喊来，我们玩我们的。"

黄灿带着女孩子们到了自己的房间。她大方地把衣柜里的衣服和高跟鞋给这帮小姑娘们试穿，还帮她们化妆，看着她们高兴的样子她也觉得无比快乐。

为什么年轻的时候总是向往成熟，现在却喜欢简单纯粹？为什么总不会珍惜自己所拥有的，只想着还未得到或者已经失去的？人类真是最愚蠢的生物。

黄灿自嘲地笑笑，然后心突然一凉。她觉得，自己在凌霄和李子涵的问题上，好像犯了一样的错误。她既享受着暗恋李子涵的悲伤和喜悦，又安享凌霄的温柔与热情，左右逢源，却从没想过这两个男人的心情。她……好像伤害了凌霄了吧。如果早就决定要走，又为什么要给他希望，给他伤害？

也许，早就到了做决定的时候了。可是，到底要如何抉择？

"黄灿姐，你说说你和你老公怎么认识的，你们有什么故事？"

"说说嘛！"

女孩子们缠着黄灿讲她的事情，但黄灿哪里记得她和凌霄是怎么相爱的，顿时觉得尴尬了起来。可不知道为什么，她突然很有倾诉欲，问："你们真的想知道？"

"真的想知道，快说啊！"

"我从什么时候说起好呢……"

黄灿清清嗓子，慢慢讲了她和凌霄、李子涵之间的纠缠。她告诉她们她有多喜欢李子涵，喜欢到可以为他送情书给其他女孩，然后一个人回家后默默哭泣，也告诉她们凌霄冷漠外表下的温柔和细心，说到他们接吻的时候所有人都叫了起来。有人托着腮问她："黄灿姐，凌霄亲你的时候你是什么感觉？是不是小说里说的那种好像被电击一样的？"

"不对，应该是酸酸甜甜的感觉。"有人反驳。

"当时都傻了，哪有空去想有什么感觉啊。"黄灿说。

"那你讨厌他吗？"

黄灿摇头。

"我觉得你和李子涵也应该吻一下，这样就会知道自己到底喜欢谁了。"

"啊？"黄灿的心跳了起来。

"书上说女人的身体是不会欺骗自己的。如果你喜欢一个人，亲吻的时候当然脸红心跳,以后回味无穷,但是不喜欢一个人的话一定就很平淡,甚至觉得厌恶恶心。黄灿姐,你去和李子涵亲吻一下,不就知道答案了?"

"你小说看多了吧!姐,姐夫对你那么好,你可别背叛他啊。"黄丽丽紧张地说。

"原来这样就能知道是不是喜欢了吗……那我……"

黄灿喃喃地说着,望向窗外。房间很喧嚣,但她觉得自己的心从未那样安祥过。

第十章 嫩草吃老牛

黄灿瞪大眼睛看着他，过了很久期期艾艾地问："如果我没理解错的话，你是……在向我告、告白？"

"是的。"

"可我比你大十岁啊！"

"黄灿姐的年纪我不会介意。"

"你不介意我介意！你还那么粉嫩，风华正茂的，我都快三十了，我们不可能。"

"世界上没有什么不可能。"

"我……已经结婚了。"

1

快乐的时光总是过得飞快，一转眼就到了必须离开的时候了。精力旺盛的高中生们恋恋不舍地离去，狼狈的"战场"让黄灿看了就发怵。沈亮没走，主动帮她们打扫房间，但黄灿哪好意思，抢过他手里的抹布，硬逼着他离开，然后发现黄丽丽看她的眼神有些怪异。她还没说话，黄丽丽就抢先叫道："姐，看不出你还挺有魅力的啊！除了姐夫，还有李子涵，连沈亮都对你……啧啧，你这可是红杏出墙、老牛吃嫩草啊！"

"别胡说啊！沈亮才十七岁，你能把我们扯到一起，我真是服了你了。"

"爱情不分年龄，十七岁怎么了。"

"黄灿，我没和你开玩笑。沈亮喜欢你，我看得出来。"

"那谢谢他了。把垃圾袋拿来，要大号的。"

黄灿一边擦桌子一边漫不经心地说，没把这件事放在心上。黄丽丽撇撇嘴，搂住黄灿的肩膀，认真地说："黄灿，世界上真的没有像姐夫那样对你好的人了。他甩了你的话很正常，但你甩了他的话绝对就是脑子被烧坏了。你绝对找不到像他那么好的人。"

"丽丽，你不懂。爱情不是他好，我就必须爱上他，爱情不需要任何理由。"

"少来了,你不喜欢他的话怎么会一直和他搂搂抱抱的。你啊,就是不知足。"

黄丽丽说完飞速一跳,在黄灿打她之前蹿到了一边,黄灿的手落了空。黄丽丽得意地叉腰大笑,却没想到一脚踩到了西瓜皮上,一下子摔得四脚朝天。黄灿哈哈大笑,但还是把黄丽丽扶了起来,给她拍拍衣服上的灰尘,问:"疼不疼?你啊,就是不好好走路,活该摔倒。这次还长不长记性了?"

看着细心为自己整理衣服的黄灿,黄丽丽只觉得眼睛一酸。

父母离婚后,是姐姐承担起了父母的责任。二十岁出头的黄灿本该和朋友四处玩闹,但她却一下班就回家照顾她。那时候,她不懂事,一直要爸爸妈妈,不懂姐姐为什么听到这个的时候就会红了眼圈。她闹着要出门,没想到摔了一跤,黄灿当时也是这样为她整理衣物的。后来,姐姐哭了,哭得不能自已。

"丽丽,我该怎么办?我好累、好累……"

那么多年过去,她以为她已经忘怀,但黄灿的眼泪还是浮现在她的面前,是那样清晰。几乎是下意识的,她伸出手,抱住了黄灿。黄灿愣了一下,然后飞速回抱住她,把她的头搂在了怀里。

"怎么了?"黄灿柔声问道。

"没什么。"

就是想你了。

你终于回来了,我的姐姐。

看着终于回归"乖巧懂事"状态的黄丽丽,黄灿只觉得自己这阵子的辛苦没有白费。她一高兴就说:"丽丽,明天放学等我,我带你去吃好吃的。"

"吃什么啊?"

"炒面。"

"油腻腻的,我才不要吃那个。"

"你不懂啦,那家店真的很好吃。在一中的老校区,你去过没有?"

"哦,你说的是阿兴炒面啊,那里已经不做了啊。"

"什么?"黄灿愣了,"不可能,我上个月才去过。"

"我上个礼拜去的时候,老板正好在关门,说学校下个月就要拆迁了,他不做了。对了,这工程好像是姐夫做的,你不知道吗?"

黄灿觉得自己的血液都凝固了。

2

凌霄回家的时候是凌晨三点十分。

他在工地上忙了一天,眼睛里满是血丝,只想躺在床上舒舒服服睡一觉。他路过黄灿的房间门口时下意识往里面看了一眼,透过黑暗想象着黄灿熟睡的样子,心里也不知道是什么感觉。不知道为什么,他突然有点希望回家的时候有人为他亮一盏灯,而他也清楚这只是奢望罢了。

再过一个月,她就要走了。也许,从现在开始冷却,开始习惯失去会比较好吧。

凌霄想着,推开自己的房门的时候,然后他的眼睛被明晃晃的灯光刺痛了。他愕然地看着躺在自己床上睡得正香的那个女人,第一反应是他进错了房间。他退后一步,确认这个房间是自己的,叹了口气。他走到黄灿身边,想把她叫醒,但看到她熟睡的容颜,竟是不想破坏这样的安静。

他想起以前也见过她这样的容颜,他们也有过幸福时光。

刚结婚的时候,他面临着升职的考验,工作很忙,足足一个月每天都是凌晨才回家。新婚忙碌成这样一般人早就生气了,但黄灿从来没为这个和他争吵过。她总是在房间里等他,还给他泡好了热茶。那时候她在自学英文,很多次他回家的时候她已经等得睡着了,书掉在了地上。每当他给她盖被子的时候她就会醒来,虽然睡眼惺忪,却会极力装出清醒的样子:"凌霄,你回来了啊。"

那样的美好,却恍如隔世……

凌霄不知道黄灿为什么会在房间等他。他猜测最大的可能是为上次瞒着他和李子涵交往道歉，但会不会有一点可能是为了想要看到他？

无论是哪一个原因，她能来就好。

凌霄想着，为黄灿掖好被子。他的动作很轻，但黄灿醒了过来。她揉揉眼睛："凌霄你回来了啊。"

"嗯。"凌霄认真地看着她。

"我想等你的，不知道怎么着就睡着了。现在几点了？"

"三点多。"

"啊，那么晚了。我找你有什么事来着……"

"回房睡觉吧，有事明天再说。"

"不行，这件事很重要。到底是什么事，我怎么想不起来了？"

黄灿没睡醒的时候智商为零，现在也不例外。她一边打哈欠一边拼命回想，觉得口中干涩无比。凌霄递给她一杯水，她忙接了，脑子也顿时清醒了起来。她看着凌霄苍白的脸色，问："今天怎么那么晚回家？"

"工程出了点小问题。"

"严重吗？"

"没关系，已经解决了。今天有什么人来了？"

"今天我和丽丽开了个聚会，她邀请了很多同学来。"

"你好像玩得很嗨啊。"

"是挺高兴的，现在的孩子可比我们那时候自由多了……凌霄，我想起来找你有什么事儿了。学校要被拆了，你知道吗？"

"怎么突然问起这个？"

"那就是知道了？这是什么时候的事？"

"去年就决定了，最近会动工。"

"你为什么不告诉我！"黄灿怒了。

"为什么要告诉你呢？"

凌霄脱下外套，看着黄灿，他是真的不明白黄灿为什么会这样生气。看着他无辜的面容，黄灿怒气更盛，几乎一字一句地说："凌霄，那是我们的母校。"

"那又怎么样？"

"她承载了我们那么多回忆，就这样被拆掉改成商业住宅不是太可惜了吗？要是别人做这样残忍的事情也就算了，你也是那里的学生，你怎么可以这样！"

"这就是你等我回来的原因？"

"是啊。"黄灿不知道凌霄为什么这样问。

"黄灿，你倒还真是忧国忧民，无事不登三宝殿。"凌霄嘲讽地说。

"你什么意思？"

"你说我什么意思？"

"凌霄，有事说事，我可猜不到你在想什么。我告诉你，你不许把学校拆了，不许！"

"这是政府和公司的决定，你觉得我能干涉？你怎么那么天真？"

"你去和老板说，告诉他这是我们的学校，是大家的学校，他一定会听的！虽然它破了一点，但重建后就可以作为一中的初中部或者其他校区啊！"

"你的建议很不错，但很可惜你不能做主。"

"我告诉你，我是不会让这件事发生的！我会住在学校！你们想拆的话，我就阻拦！"

"黄灿，不要闹了。"

"不是我闹，你亲手毁掉自己的母校，你就那么开心吗？"

"学校被拆除是为了建新的商业区，这是时代的进步，也是必然趋势。就好像我们也会长大，也会变化一样，这是无法避免的事情。"

"如果长大后会变得和你一样冷血，我情愿不要长大。你以前说过，你想成为学校篮球队教练，你都忘了吧，凌霄。"

黄灿说着，用力把门关上，离开了凌霄的房间。凌霄茫然地看着窗外，耳边回响着她的声音，轻声地说："我曾经说过什么……呵，你说我忘记了我曾经说过的话，你自己何尝不是？黄灿……"

他轻声喊着黄灿的名字，在唇齿间细细回味。他点上一支烟，袅袅的烟雾中，他的容颜显得那样朦胧。

3

"死凌霄死凌霄!冷血!变态!大魔王!"

黄灿对着枕头拼命打,幻想这枕头就是凌霄,一直打到大汗淋漓。她的心情并没有随着第二天太阳的升起而变好,因为她发现没有人站在她这边,就连李子涵也是。

当她醒来后,第一时间去找凌霄理论,却没想到凌霄已经不见了踪迹;她气急败坏地打电话给李子涵,说了半天,李子涵来了一句:"你们就为这个吵架?"

"是!你说他是不是很过分!"

"是很过分,我支持你抽他!"

"李子涵,你有没有办法报复凌霄?最好能让他印象深刻,一辈子都忘不了,还能让他永远记住这个教训。还有不能太难,不然我可能做不到。"

"那你可以半夜悄悄吊死在他的床头,保证容易操作,也会让他印象深刻,一辈子忘不了。"

"李子涵!我是认真的!要么我们一起去他公司吧!绑上炸药包,他们不答应的话我们就把自己炸了。"黄灿阴阴地说。

"你要不要这样玉石俱焚啊……灿灿,学校被拆我也很可惜,但那里已经没学生了,那么好的地段改造成商品房也是正常。你的反应是不是有点过激了?"

"李子涵,我真不相信你会说这样的话。这是我们的学校。"

黄灿说着,猛地把电话挂了,心里是说不出的失望。她到底舍不得骂李子涵,就把所有的怒气都撒在凌霄身上,把枕头想象成凌霄,对它又撕又咬。手机突然响了。她烦躁地拿过来一看,却是一个陌生号码。信息上写着:"黄灿姐,晚上可以一起吃饭吗?我是沈亮。"

沈亮?

黄灿心中一动，飞快回复："好，你几点放学，我去接你。"

"五点放学。"

"到时候见。"

黄灿回复完，把手机丢到床上，自己也四仰八叉地躺着。现在的她急需一个人来倾听她的烦恼和苦闷，乖乖男沈亮会是最好的选择。而她不知道的是，沈亮正呆呆地看着手机，他简直不敢相信自己的眼睛。

自从第一次见到黄灿后，他的脑子里全是她。上次和她在溜冰场相遇，他更是难以忘怀，眼前浮现的全是她漂亮的容颜和灿烂的微笑。他对自己说，如果第三次和她见面，就一定要抓住机会，没想到他们真的再次相遇。在他那么狼狈的情况下，她还是没有嫌弃他，反而为她解围。

"我爱她。"他对自己说。

他每一天都问黄丽丽要黄灿的手机号码，但黄丽丽强大的气场让他畏惧，黄灿的优秀又让他自惭形秽。为了接近黄丽丽，他主动为她做值日，给她写作业，黄丽丽终于开口问了："小子，你到底想干什么？你不会想追我吧！告诉你，你没机会的啊！"

"不，我想……"

"你想干什么？"

不知道为什么，沈亮总觉得黄丽丽看他的眼神有点犀利又有点嘲讽，好像他在想什么都看得清清楚楚一样。他强忍住对黄丽丽的恐惧，结结巴巴地想解释，黄丽丽手一挥："说，你到底想得到什么？我给你三秒钟考虑，你不说我就走了！三、二……"

"我要黄灿的手机号码！"

眼见黄丽丽一边倒数一边往外走，沈亮心一横，大声说。黄丽丽眯起眼睛，饶有兴味地看着他，朝他走去，而他吓得一直后退，直到背部抵住了墙壁。他双手环胸，紧张地问："你、你要干什么？"

"你真以为你长得多国色天香啊，你是男人，不要摆出这样好像被强暴的神情来！我姐电话我可只说一次啊，记不住别怪我。"

沈亮急忙点头。

"加油啊！"

黄丽丽说完后语重心长地拍拍沈亮的肩膀，潇洒地离开，沈亮觉得自己就要被她拍散架了。回家后，他一次次编辑短信，但又一次次删除，觉得有满肚子的话，但是不知道该怎么开口。上数学课的时候，老师突然喊到他的名字，他一紧张就把短信发出去了，然后紧紧咬住了嘴唇，恨不得自己化身为超人把短信拦截回来。他看着发出去的短信，觉得懊恼不已。

我怎么把这条发出去了？语气太生硬，显得一点都不热烈，最后那句"我是沈亮"简直是傻到家了！这样干巴巴的就好像命令一样，黄灿姐一定会生气吧！她肯定再也不理我了！

沈亮心中百转千回，懊悔得恨不得把自己吃掉，却没想到黄灿回了短信。他脑中一片空白，居然下意识把想说的话直接发了过去，但黄灿一点不计较他的语气，还说晚上要来接他。他的心中感到既甜蜜又恐惧，简直不敢相信幸运之神就这样眷顾了他。他把黄灿的短信看了一遍又一遍，是那么懊悔今天穿的是校服，而不是昨天新买的T恤和牛仔裤。

穿校服会不会显得很幼稚，她会不会不喜欢？第一次正式约会，要给她送点什么才好吧，送花还是巧克力？可我为什么要告诉她我五点放学，这样都没时间去买花了！我怎么那么蠢！

在沈亮的纠结中，放学时间到了。为了不让别人看到，他第一时间冲到了校门口。他正四处张望，突然看到一张笑脸伸出了车窗。黄灿对他招手："我在这儿。"

"黄灿姐！"

沈亮眼前一亮，飞快地上了黄灿的车，大部队走出校门来的时候他正好坐稳，系好了安全带。黄灿发动车子，从黄丽丽面前驶过，黄丽丽疑惑地看着远方。小丁问："看奔驰看得那么入神啊？"

"不，我觉得这车好熟悉，有点像我姐的。我应该看花眼了。她才不会来这儿。"

"今天晚上是龙哥的生日，我们去捧场，然后去吃夜宵怎么样？"

"好啊。"

黄丽丽说着，往前走了几步，然后开始发短信。小丁默默地看她发送完，不屑地说："现在晚回家还要撒谎骗人了，你还真乖！你的事情干吗要别人管啊！"

"我和她打赌，赌输了，答应她做什么事之前都要报备下——别提这个了！我们夜宵吃什么啊？"

4

黄灿的手机响了，她匆匆瞥了一眼就放下了。黄丽丽说今天要晚点回来，因为要给同学过生日，她表示理解，而她更感兴趣的是为什么坐在她身边的男孩会好像要上刑场那样神情凝重。她透过后视镜看着沈亮绯红的面容，关心地问："沈亮，你是不是很热？要不要把空调开得低一点？"

"不、不用。"沈亮忙说。

"对了，刘娜的生日你怎么不去？因为是女孩子过生日，你不好意思去吗？"

"刘娜？"

"她是你们班长，丽丽说今天是她生日啊。"

"啊……刘娜！啊对，今天是刘娜的生日。我们一向喊她班长，我都不记得她叫什么了。"

沈亮险些说漏嘴，幸好很快圆了，出了一身冷汗。他悄悄擦拭汗水，生怕黄灿看出什么，所幸黄灿还是一脸平静地说："你的记性不太好啊，小朋友。是学习压力太大了吗？"

"呵呵……"沈亮笑得很尴尬。

"好，好，我错了，我不该提学习，知道讲起这个你们就讨厌。晚上想吃什么？"

"黄灿姐决定就好。"

"那我们去吃火锅？"

"我听黄灿姐的。"

"那就这么决定吧。"

黄灿熟练地停了车，带沈亮去吃火锅。她带沈亮去的是本市最昂贵的一家火锅店，见双人套餐很划算，问沈亮："我们来个双人套餐怎么样？"

双人套餐……情侣套餐……我和黄灿姐要吃情侣套餐了……

沈亮只觉得一股热流涌上了头，耳朵好像茶壶一样冒出了白烟。他连头都不敢抬起，只是拼命点头。

"那我点了啊。"

时间一分一秒地过去，菜也一样样进了滚烫的火锅。黄灿已经不记得自己有多久没吃火锅了，只觉得唇齿留香，大半的菜都进了她的肚子。沈亮吃得很少，但会细心地把菜烫好后放在黄灿的碗里，让她的嘴简直没停下来的时候。当菜终于被吃光，黄灿撑得不行了。她捂着肚子，艰难地说："好像吃撑了……沈亮，你干吗自己不吃，光给我吃？你想让我长胖吗？"

"我不是这个意思！"沈亮忙说。

"哼，你就是这个意思！"

"真的不是！"

眼见沈亮真急了，黄灿忙笑着说："好啦，我开玩笑的，你还当真啦。沈亮，你怎么吃那么少，待会儿不会饿吗？"

"不会，我一直吃得很少。"

沈亮认真地说，在心里又把自己骂了半死。他觉得自己的话真是呆透了。他虽然没谈过恋爱，但也知道男生吃得少不是什么骄傲，不是！他要怎么脑残才会说出这样的话！

"你急着回家吗？"

当然不！沈亮拼命地摇头。

"那陪我去一个地方好不好？"

当然好！沈亮拼命点头。

看着和小狗一样又摇头又点头的大男孩，黄灿忍不住笑了，觉得心情也好了很多。她招呼服务员的来结账，打开钱包的时候没想到沈亮飞速把钱塞到了服务员手里,把服务员都吓了一跳。服务员惊讶地看着手里的大把百元大钞和一把零钱,过了很久才说:"先生,一共六百零四元,您给了我八百零五元,我要找您二百零一元。"

"小姐,你别拿他的钱,拿我的卡去刷吧。"

黄灿说着,想把信用卡递给服务员,但沈亮立马站了起来,挡在她面前。他以老母鸡护住小鸡仔的姿势保护住钱,坚决不让黄灿靠近,黄灿觉得这样真是傻透了。要是一般人,她也就占这个便宜了,但沈亮是学生,她怎么好花他的钱?她笑着和沈亮商量:"今天我请,以后你再请我吃饭好不好?"

沈亮只知道第一次约会让女人付钱的话那就太丢脸了,拼命摇头:"不好。"

"你又没赚钱,我哪好让你请客。"

"不行,是我喊你出来吃饭的,当然我要付钱。黄灿姐,你别和我争了。"

黄灿还想说什么,服务员终于不耐烦了。她面带微笑说"这位小姐,你们别争了,就让你弟弟表现一下吧。现在像他这么懂事的小孩可不多见了,你命真好!"

"是啊,他可是好小孩。"

黄灿骄傲地看着沈亮,沈亮的心里又是酸楚又是甜蜜。他很高兴黄灿认同他,但什么弟弟……这个该死的服务员在说什么啊!

"那今天谢谢你咯。"黄灿笑眯眯地拍拍沈亮的肩膀。

"不客气。"沈亮轻声说。

5

吃完火锅,黄灿带沈亮四处兜风。车里放着悠扬的钢琴曲,沈亮痴痴地看着黄灿,只想时间静止。他是那么憎恨自己怎么没早生几年,也恨他今天没穿能显成熟的西装,那样也许服务员会认为他是黄灿的男朋友,而不是弟弟。

如果能一夜长大就好了。沈亮悲伤地想。

在他胡思乱想的时候，车子停了。他跟着黄灿下了车，发现他们在一座破旧的建筑物前，真不知道黄灿为什么把他带到这里来。黄灿问："你知道这是哪里吗？"

他摇头。

"这是一中的老校区，一中的初中部之前也在这里。这里，是我的母校啊。"

黄灿把地上的牌匾捡了起来。她轻轻拂拭牌匾上的灰尘，看它的表情极其温柔，好像在看自己的爱人。她的落寞感染了沈亮，他忘记了羞涩，呆呆地问："这里怎么会变成这样？"

"有地产商看中了这里的地，要把它变成商业住宅，下个月就要动工了。一个月后，我就再也看不到它了。"

其实，黄灿也不明白自己为什么会那么伤感。

上学的时候，她明明是讨厌学校的。她不明白这么大点的地方为什么会容纳那么多人，不明白为什么每天都要读那么多的书，更不明白为什么这里像牢笼一样，但家长还千方百计要把孩子送进来。那时的她是那么想要自由，是那么想独立，但她却只能做乖乖女。每当她想利用暑假打工，妈妈就会骂她，说她以后会工作一辈子，让她珍惜学生时代。

做学生那么苦，有什么好珍惜的？

当时的她觉得每天背课文、被老师骂是人生中最痛苦的事情，却没想到长大后再回想以前的时光，会是那么眷恋。

长大后，她才知道学校的压力和工作的压力根本没法比。老师会苦口婆心地教育学生，而领导和客户却直接劈头盖脸地骂；同学之间只是攀比成绩，而同事和朋友却相互比收入、比房子、比老公、比孩子……她悲哀地发现，年少时会因为考试成绩进步欣喜若狂，而现在的她就算能买到一切想买的东西，也觉得索然无味了。

如果可以，她愿意拿所有金钱换回青春。

"黄灿姐？"

"我们进去看看吧。"黄灿收回思绪，对沈亮嫣然一笑。

现在已经是傍晚，学校里没有路灯，非常暗，他们只能用手机照明，但这并不能影响黄灿当导游的热情。她向沈亮介绍母校的教学楼、实验室，绘声绘色地讲述着实验室里的鬼故事，沈亮的脸一下子变得苍白。他是那么害怕黑洞洞的实验楼里突然飞出来一个如黄灿所说的前面和后面都长满头发的人，连牙齿都开始发颤："黄、黄灿姐，真爱开、开玩笑。"

"你和我说话吗？"

黄灿缓缓回过头来。

沈亮只见一个满脸黑发的女人缓缓转过身，一声尖叫响彻楼道。他吓得跌倒在地，却见那个黑发女人把头发往上撩，露出了一副明媚的面容来。黄灿没想到这个玩笑开大了，急忙道歉，但沈亮低着头，一句话都不说。他觉得自己羞愧难当。

无论心仪的女孩开什么玩笑，陷入热恋的男孩都不会生气，他气的是自己的胆小和没用。他一直被同学嘲笑，骂他是"胆小鬼"，他虽然难受却也习以为常，但他不能忍受黄灿看不起他。

他很悲伤，觉得自己又把事情搞砸了。

"对不起，我不该吓你，你还好吧？"

眼前突然出现黄灿的面容。他看着黄灿，想在她脸上找到失望与嘲讽，但黄灿脸上有的只是关切。她伸出手，为他轻轻拍去身上的灰尘，吐吐舌头："真生气啦？"

"才没有。"

"快起来吧，地上多脏啊。"

黄灿笑着朝他伸出手，他犹豫很久后，一把抓住她的手，然后起身。手指接触的瞬间，他觉得好像有细细的电流经过全身，下意识想缩回，却又是那样留恋她指尖的温度。灿烂的星光下，他看着黄灿，心情突然平静了下来。他觉得，就算不能和黄灿姐在一起，他也会一辈子记住她的笑靥和今晚的星光。

因为刚才害沈亮摔了一跤，也因为这天实在太黑了，黄灿不敢让他一个人走，而是拉着他的袖子，带他前进。他们一直走到运动场，黄灿招呼他在围栏上坐下。她轻声问:"沈亮,你讨厌上学吗?"

"讨厌。我想早点毕业,然后工作。"他老老实实地说。

"工作啊……你想做什么?"

"我想打篮球。"他小声说。

"不是服装设计师吗?你在那方面也有天赋。"

"我妈也希望我以后念服装设计专业,但我自己更喜欢篮球。"

"打篮球也很不错,那你有没有相关的计划?想进国家队吗?"

"据说下个月有一场选拔赛,我想参加。"

"当然要去参加,你一定能行!"

黄灿虽然不懂篮球,但沈亮上次打球时接近百发百中还是让她感到震撼,在她心里沈亮就是一个篮球天才。沈亮不好意思地挠挠头,说:"可我连校队正式球员都不是。我也不知道为什么,平时打球还可以,但是一比赛,一有人看,我就特别紧张,然后打得很糟。"

"你为什么会紧张呢?是怕自己发挥得不好吗?"

"嗯,我怕让大家失望。"

"那你是为了大家而打球的?不是为了你自己?只是想要帅,被人称赞?"

"不,我当然是为了自己。我很爱篮球。我喜欢挥汗如雨的感觉,喜欢团队合作,球进篮筐时候的声音真是太妙了。要是可以的话,我想一辈子都打篮球。"

"你打篮球是为了自己,就不要在乎别人的眼光。算了,看在我们相识一场的分上,我把我的秘密武器给你。"

黄灿说着,就去翻皮包,然后找到了一根红丝带——这是面包的包装袋上的。她抓住沈亮的手腕,把红丝带给他系上,认真地说:"这是我妈妈送我的,丝带上面有凝神的精油,很有用,我从高中就开始戴了。我以前也很容易紧张,但是每次看到这个的时候就会觉得很平静。它真的会给人带来好运,我高考的时候都超常发挥了,一下子考上了好大学。现在,我每次开会前或者出席什么活动前也会把它系在手腕上。这个很灵,我借你带。"

"这么重要的幸运带给了我,那你怎么办?"

"我反正最近没什么大事,不需要。等你被选上了再还我就好。"

黄灿笑眯眯地把丝带系在沈亮的手腕上,看着他感动的神色,心想这孩子真是太好骗了,被人卖了还会帮别人数钱。不过,这也不算骗,这只是美好的祝福吧——嗯,就是这样。

黄灿越看沈亮越喜欢,暗想黄丽丽和他一样乖巧懂事就好了,她轻轻叹了一口气。沈亮怯生生地问:"黄灿姐是因为母校要被拆所以不开心吗?"

"嗯,但还有很多别的原因。还是上学好啊,长大后全是烦心事——算了,不说这个了。沈亮,谢谢你陪我,我肯定耽误你回家写作业了吧。"

"不会啊。"

"呀,都八点了,我们该回去了。下次我请你吃饭啊。"

还有下次……还有下次!

沈亮觉得自己就要飞起来了。

因为天色已晚,黄灿执意要送沈亮回家。虽然这样和沈亮所了解的男女关系有点相反,但他很乐意和黄灿多待一会儿。表白的话在嘴边,但是一直说不出口,眼见离家越来越近,他终于急了。他见路边有个花店,急忙让黄灿停车,说要买点东西。他飞速下车,而黄灿拿出手机,发现上面一个未接电话都没有。

"死凌霄,还真和我冷战!我看你要耗到什么时候!"

黄灿恶狠狠地骂着凌霄,心情糟透了。她在脑海中想象凌霄俯首称臣的场景,觉得过瘾极了,直到眼前突然出现一大束玫瑰花才清醒。她呆呆地看着沈亮,不知道该说什么,而沈亮的脸简直比他手里的花还红。

"这个……是送我的?"

"嗯。"

"为什么送花给我啊?今天不是我生日啊。这么一大把,这有多少朵啊,要花不少钱吧?"

"是四十朵。黄灿姐,我原来想送九十九朵玫瑰的,可是今天吃饭……店里的姐姐说四十朵也可以，你不要生气。"

"你说什么啊，我怎么什么都听不懂？"

"店里的姐姐告诉我，四十朵代表……至死不渝的爱。"

沈亮紧紧地握住了自己的左手。

他已经紧张得就要昏过去了，连站都站不稳，但他必须要说出心里的话。无论结局如何，他都要尝试。他觉得黄灿给他的丝带好像真有用，让他可以那么平静地说出这样的话，而现在的他唯一能做的事情就是等黄灿的答复。黄灿瞪大眼睛看着他，过了很久期期艾艾地问："如果我没理解错的话，你是……在向我告、告白？"

"是的。"

"可我比你大十岁啊！"

"黄灿姐的年纪我不会介意。"

"你不介意我介意！你还那么粉嫩，风华正茂的，我都快三十了，我们不可能。"

"世界上没有什么不可能。"

"我……已经结婚了。"

黄灿下意识地说道。这句话终于把沈亮打败，他瞪大了眼睛，不敢相信："黄灿姐结婚了？"

"嗯，四年前就结婚了。你不知道？"

"我不知道，因为黄灿姐没有说过。"他懊恼地说。

"你和丽丽是同学，她没告诉你吗？"

沈亮不说话。

"说啊，是不是丽丽对你说了什么？"

"她让我好好努力追到黄灿姐，说她看好我。"

"这个家伙！"

黄灿用力一拍汽车，汽车喇叭一下子响了起来，尖锐的声音把他们都吓了一跳。她冷静下来，看到沈亮的脸色很难看，一副深受打击的样子，暗暗责骂自己说话太直接。她定下心，说："沈亮，我要谢谢你对我的好感，说实话我真的很高兴。你是一个很不错的男孩，如果我没有比你大那么多，我也没有结婚的话，我一定会喜欢你的——这是真心话。你还年轻，以后会遇到很多很多的好姑娘，那时候才会有真正属于你的爱情。"

"我知道你觉得我小，觉得我不懂事，觉得我冲动，但这是我深思熟虑后的决定。黄灿姐，我喜欢你。就算再过五年、十年、二十年，我还是一样喜欢你。"

"谢谢。"

黄灿虽然不可能接受沈亮，但他对她的感情实在是令她感动。虽然据说凌霄以前也对她表白过，但她已经一点记忆都没有了，这可以说是她遇到的第一次表白。虽然她看起来很淡定，但是她已经紧张到眩晕了。

"沈亮，时间不早了，我先回去了好吗？"她小心翼翼地问。

"黄灿姐，就算你现在不接受我，我会也努力的。我会向你证明我的决心，等你离婚了一定要第一时间考虑我。"

"好，我答应你。"

也许这一天真的不远了吧。

6

黄灿拍拍沈亮的头，苦笑一声。她目送沈亮离去后才走，觉得今天发生的事情实在是太诡异了，可看到玫瑰花的时候她又忍不住发笑。她心情愉悦地捧着花进了房间，假装没看到坐在沙发上的凌霄，把花放进了花瓶。她对玫瑰花左看右看，还打算等它枯萎以后把它做成干花，而凌霄终于不淡定了。

"怎么那么晚回来？我都做好晚饭了。"凌霄尽量让自己的声音听起来很平静。

他主动向我说话了！

黄灿觉得自己比收到了沈亮的玫瑰花还喜悦。她强忍住笑意，坐在另外一边的沙发上翻看杂志，一副懒得理他的样子。房间里只有翻动纸的声音，凌霄沉默很久后，终于说："我花粉过敏，你这玫瑰能不能丢掉？"

他花粉过敏？别以为我失忆了就变成了白痴！

黄灿又生气又觉得好笑，故意疑惑地问："你花粉过敏吗，我怎么不知道？你上高中的时候还好好的，还给林菲送了十一朵玫瑰花，啧啧，那可是全校轰动啊。"

"你在吃醋？"

"不是我吃醋，是你在吃醋吧。你不好奇这花是谁送我的吗？"

黄灿笑盈盈地问，打算等凌霄问她，她就是不说气死他，没想到凌霄反而不问了。他慢条斯理地看报纸、喝茶，到后来却是黄灿沉不住气了。她气哼哼地说："送我花的可是一个事业有成的大帅哥，可比你帅多了。他还说，希望做我离婚后的第一选择。"

"是吗？"凌霄淡淡地问，喝了一口茶。

"当然是，你觉得我在骗你啊！他还说四十朵玫瑰代表矢志不渝的爱，好浪漫哦。"

黄灿说着，自己都觉得肉麻，打了个哆嗦。她悄悄地观察凌霄的反应，没想到凌霄笑意更深，好像在嘲笑她自己给自己脸上贴金似的。她一下子就生气了。凌霄放下茶杯，淡淡地问："送你花，还等着你离婚的青年才俊是做什么的？"

"还在上学……"

"读MBA？"

"上高中！"

黄灿没好气地说，决定不理凌霄。她觉得自己的脸已经丢尽了。凌霄站起身，走到她身边，轻声说："想不到你的魅力已经大到连高中生都心仪的地步了。"

"凌霄！"

"我这是在称赞你，没什么别的意思。"

"你真是无聊。"

黄灿白了凌霄一眼，心情变得很不好。凌霄仔细地看着玫瑰花，突然把它们一起拔起，丢到了垃圾桶。黄灿先是愣住，然后愤怒地吼道："凌霄你做什么！"

"我说过我不喜欢花。"

"你不喜欢可是我喜欢！这花是我的，我的！"

"你喜欢的话我明天买给你啊。"

"你凭什么丢掉我的东西！"

"我都说了明天买给你了。"

两个人根本不在一个频率，黄灿觉得凌霄真是讨厌透顶！她默不作声地去垃圾桶里把玫瑰花一朵一朵捡了起来，泪水滴滴落在玫瑰花上。凌霄没想到她会哭，眸色一暗。他想安抚地拍拍黄灿的肩膀，但黄灿扭头闪过。她看都不想看他一眼。

"生气了？"

黄灿不说话。

"还真生气了啊。"

凌霄的声音越发柔和。他俯下身，想擦拭黄灿面颊上的泪水，但手被黄灿狠狠打掉。黄灿近乎歇斯底里："凌霄你是不是有病！这是我第一次收到男人送我的花，你为什么要丢掉，你有什么资格！"

"对不起。可这并不是你第一次收到男人的花，你第一次明明是我送的。一千朵玫瑰花，你真的不记得了吗？"

凌霄的声音很低沉，也带着些伤感，而黄灿呆住了。她只觉得眼前突然闪过一幕幕画面，玫瑰花、蜡烛、宿舍门口、凌霄的笑脸……她不知道这些记忆是她遗忘掉的还是她刚才臆想出来的，一时之间呆住。凌霄叹了口气，缓缓地说："对不起，刚才的事情是我不对。"

黄灿，我觉得，我就要失去你，可我什么都做不了。

凌霄在心里轻声说，但他没有告诉黄灿。他只是说："黄灿，我知道你为了公司的事情和我闹不开心，但我请你成熟一点。这是政府的决策，不是你一个人就能改变的。"

"那至少要等学校百年校庆之后吧！再过两个月学校就建校一百周年了，你们晚一个月动工不行吗？"

"不可能。"

"你不去尝试怎么知道不会改变？事情没做之前你就退缩吗？"

凌霄语塞。

"凌霄，我现在是很愚蠢，是什么都不懂，但我好歹知道没有尝试就不能打退堂鼓。你不赞成我的想法我很理解，但也请你不要干涉我。就算学校一定要被拆，我也要让她过完一百周岁的生日。"

"可是我们以前从没有过为此而停工的事例。"

"因为你们以前没遇到我。"

黄灿冷冷地说，和凌霄对视着，凌霄叹口气，突然笑了起来。他揉揉黄灿的头发，说："好，我帮你。"

"什么？"

"我明天帮你问问老板能不能推迟动工。"

"他会答应你吗？"

"我好歹是总工程师，他会给我一点面子的。"

"那我们是不是有很大希望？"黄灿欣喜若狂地问。

"会给我面子，委婉地拒绝下，不会把我丢出去。"

……

"尽人事，听天命。总之，我答应你去尝试，总比你像个没头苍蝇一样乱撞好。"

"那你会不会有事？"

"他们会觉得我脑子坏了吧。"

"凌霄……"黄灿看着凌霄，眼睛水汪汪的。

"刚才还恨不得把我吃掉，现在倒知道讨巧卖乖了？"

"无论如何你也不该把我的花丢掉啊！"

"那我应该对这件事表示喜悦？黄灿，你是我的妻子，你觉得我可能做到这样吗？"

凌霄突如其来的占有欲让黄灿惊讶，也让她惊喜。她看着凌霄，笑眯了眼："所以说你小气，你吃醋。"

"我没有。"

"就有。"

"就没有。"

"就有！"

他们幼稚地因为一句话翻来覆去地吵，到后来黄灿终于忍不住笑了起来。看到黄灿的笑容，凌霄终于从愤怒的情绪中清醒过来，也觉得自己的怒气实在有些没道理。看到黄灿慧黠的面容，他觉得很不甘心，拉她下水："我吃醋你很高兴，是不是代表我的想法对你很重要？黄灿，你喜欢我，对不对？"

"别自恋了你。"黄灿心猛地一跳，然后故作漫不经心。

"如果不喜欢我，你又怎么会故意试探我的反应。其实你很希望我吃醋，这样代表你在乎我，对吗？"

"无聊。"

"看着我的眼睛。"

凌霄把黄灿的小脑袋掰正，强迫她与他对视。黄灿一开始还能神情自若，但在与凌霄的对视过程中，不知道为什么会心跳加速，脸上也逐渐浮现出红晕来。她的耳边响着黄丽丽所说的话，看着凌霄，心里也第一次有了疑问。

我真的在意他的感受吗？我真的想让他吃醋吗？

我真的……喜欢他吗？

"你是喜欢我的。"

凌霄轻声说，慢慢地把黄灿环在怀里。男人的气息让黄灿惊恐，但也让她眷恋，她惊愕地发现自己在不知不觉中好像已经习惯了凌霄的亲近。她低着头，不敢看凌霄，就在她脑中乱成一团的时候，手机突然响了。她急忙躲开凌霄的怀抱，接通电话，而凌霄很懊恼这个不长眼打电话进来的人，脸色极其阴沉。黄灿只听到电话那头的喘气声极其浓重："黄灿姐，你快到夜色酒吧去，黄丽丽和人吵起来了！"

"你是谁，喂、喂？"

电话那头已经被挂断了。黄灿急忙回拨，但是没有人接听。她立马给黄丽丽打电话，但她的手机关机。她的直觉告诉她，这不是一个恶作剧。

"怎么了？"凌霄看她脸色不好，问。

"丽丽在酒吧和别人吵架。"黄灿呆呆地说。

第十一章 纷乱的记忆

黄灿坚定地说，眼中闪着异样的神采，在那瞬间凌霄觉得他所熟悉的黄灿又回来了。他定定地看着她，缓缓地说："你当然能行。"

你当然会重新成为那个冷血骄傲的黄灿，夺回自己的职位。只是到那时，也是我们分开的时刻。

我希望那一天来得晚一点，再晚一点……

1

黄灿坐在凌霄的车上，已经心急如焚。她既恨黄丽丽的冲动，又担心她出事，一路上拼命地自我安慰。她不住地说："小孩子容易冲动，吵架就好像过家家那样，不会有事的哦？唉，丽丽她也真是的！还骗我说是给班长过生日！等她回家以后我一定要好好教训她一顿！"

"回家以后再说，当着朋友的面还是给她点面子。"

"我知道，不用你教！你说她怎么就成这样了，一点都不像我？"

"因为她不是你生的。"

"凌霄！"

"她这么做是不对，但她也大了。你好好说，她会懂的。"

"这死丫头！我猜这件事就是为了小丁！我早就觉得这个小丁不是好人，劝她小心点，她怎么还犯傻！"

黄灿骂起来嘴巴不饶人，其实她已经快急疯了。她絮絮叨叨地骂着黄丽丽，当凌霄把车子停好的时候她就往里冲，跑得比谁都快。喧嚣的舞池里，她没看到黄丽丽的身影。她急得一拍桌子，质问酒保："黄丽丽哪里去了？"

"黄灿，你这么说人家怎么会知道？"凌霄跟上来，"请问刚才这里是不是有人在吵架？"

"是啊！好几个人呢，好像是为了一个男人，说什么劈腿不劈腿的，有个圆脸姑娘特别凶。唉，现在的小朋友啊……"

"那一定是丽丽。"黄灿立马说。

凌霄不理她，继续问："他们到哪里去了？"

"我也不知道啊。我就听他们说什么'决斗''给点教训'什么的，然后一帮人都不见了。对了，他们好像说去什么球场。"

"这附近有什么球场？"黄灿立马问凌霄。

"走吧。"

凌霄一把抓住黄灿的手臂。

凌霄开车，把城市里的大小球场都找了个遍，但是都没看到他们的身影，也开始着急起来。黄灿都要急疯了，不住地看着窗外。她问："凌霄，还有多少球场没找？"

"我基本都找遍了。难道他们没去球场，是那个酒保听错了？"

"不可能。他们既然说出了这个词，就肯定去那里，他们这个年纪是绝对不会信口开河，或者突然改变主意的。等等，他们的决斗不会是打球，而是打架！打架的话当然不会在体育馆，而是那种没什么人去的小球场！你右转，快！"

黄灿突然想起上次见到沈亮时的那个球场，指挥凌霄开车，快到达的时候果然看见了好多辆自行车在这里。黄灿皱了皱眉，往里跑去，然后呆住了。

一帮人正围成一团，对圆心中间的一个人拳打脚踢。不知道为什么，她的直觉告诉她圆心里的那个人就是她的妹妹——黄丽丽。她看到黄丽丽的男友小丁正站在一边，怀里有一个同样年轻但很艳丽的女人，心里一个咯噔，顿时想明白了所有的事情。她想让自己冷静，但身体已经不受控制地冲了出去。她挤进人群，果然看到了黄丽丽满是伤痕的面容。

"丽丽！"

黄灿一声惊叫，上前抱住了黄丽丽。黄丽丽勉强睁开已经红肿得发亮的眼睛，想咧嘴一笑，但嘴角的伤口让她疼得直抽气。她含糊不清地说："你来干什么？"

"我们回去。"

黄灿不和她多说，想扶着她站起来，但黄丽丽比她高大，竟是怎么也拉不起来。凌霄轻叹一声，也走进包围圈，一把抱起了黄丽丽。他冷冷地环视四周，然后径直往前走去。

不得不说，成年人对少年有着天生的威慑力。他们慢慢后退，看着凌霄和黄灿往前走，一时之间都不敢轻举妄动。黄灿强忍住泪水，紧紧跟在凌霄身后，心中想的就是快点把黄丽丽送去医院，其他的什么都不管。就在他们要走出去的时候，小丁怀里的女人突然说："黄丽丽，你没向我下跪道歉，就想这么走？"

黄灿气极了，不假思索地对着她的脸就狠狠地扇了一巴掌，然后所有人都愣住了。这个叫王雅媛的女孩的梦想是做演员，最珍惜的就是自己这张脸，就连身手矫健的黄丽丽都没能碰到她的脸。她没想到黄灿居然会默不作声地就给了她一巴掌，气得发颤，当着那么多人的面被人打巴掌，她怎么能咽下这口气！她眼圈一红，开始骂小丁："你干什么啊，看你女朋友被人打吗！你是不是男人啊！"

"雅媛！"

"你今天把她的脸划了，我就回去跟你过夜！"

她这话一出，黄丽丽顿时抬起头来，看她的眼神中满是怨毒。黄灿当然明白这一切都只是这两个孩子争风吃醋罢了，又是生气又是心疼，拉着凌霄就走，但他们已经走不了了。小丁朝他们走去，脸上带着玩世不恭的笑容："喂，你打了我女人就想走？"

"那你想怎么样？"凌霄平静地问。

"我女人说了，把她的脸划了，我们就放你们走。"

"你们已经把丽丽打成这样，她的伤没有丽丽的十分之一，你觉得这样还不公平？都是同学，何必这样拼得鱼死网破？"

"这……"小丁犹豫了。

"哼，我就知道你说喜欢我、爱我的话都是骗人的，你心里还有那个黄丽丽！你不打我打！"

王雅媛见小丁犹豫，又是生气又是妒忌，朝黄灿扑来，被凌霄一把抓住了手臂。凌霄皱着眉说："闹得差不多就可以了。"

凌霄的力气很大，声音很冷，让王雅媛心虚起来。她犹豫着不知道该怎么办才好，这时黄灿骂了一句："一帮混账。"

"你骂谁呢！"

"臭流氓！"

糟了。凌霄想。

黄灿的话果然成了导火索。原来僵持的双方突然好像找到了方向，十几个人都朝他们冲来。黄灿突然觉得脑后一阵风袭来，回头的时候看到了一块高举的砖头。她眯起眼睛，然后见到一只手臂快速到了她面前，把她搂在了怀里，而手臂的主人被人狠狠敲击。她好像都听到了骨头破碎的声音。

"凌霄……"

凌霄的胳膊上满是血迹。

黄灿看着凌霄，眼泪忍不住涌出。她没想到，就在短短两个月的时间里，凌霄再一次为她受了伤。她含泪看着凌霄，突然觉得有无数画面在眼前闪过。

夕阳、鲜血、奔跑……和王勇起冲突的那天晚上，凌霄拉着她奔跑时她的眼前闪过无数个画面，现在这些画面再一次在她脑海中回放，却比之前清晰了许多。她终于看清楚记忆中那个拉着她奔跑的少年的脸。

凌霄……凌霄……为什么是你？

记忆在瞬间袭来，黄灿终于想起那天一路保护他的少年到底是谁。她呆站在原地，而另外一个人已经一脚踢了上来。凌霄来不及把黄灿拉走，只能自己快步上前，把她紧紧抱在了怀里。

黄灿瞪大了眼睛。

时间好像在瞬间变慢，她是那么清晰地看到木棍狠狠地敲在了凌霄身上。木屑四溅，而凌霄的肩膀上开出了血色的花朵。凌霄对来人狠狠一拳，却又被另外一个人打中。黄灿想尖叫，但她发现自己什么声音都发不出来。眼泪，就这样弥漫了眼眶。

凌霄……她在心里无声地喊着凌霄的名字，已经泪流满面。

但现在并不是感动和纠结的时候。

"你和丽丽先走，我断后。"

凌霄冷静地说，黄灿犹豫了下后抓住黄丽丽的手往前跑去。平时嚣张跋扈的黄丽丽现在却好像绵羊一样没有任何自保能力，呆呆地被黄灿拉着，就好像牵线木偶一样。眼看离车子越来越近，黄灿大喜。她打开车门，想迅速进去，但黄丽丽居然拉了几次车门都没打开。黄灿心中怒骂了一声，只能跑到她那边给她拉车门。她突然看到王雅媛拿着一根木棍站在黄丽丽身边，下意识把黄丽丽往边上推，那木棍就狠狠打在了她的右肩。她痛得都叫不出声来。

黄丽丽没想到姐姐居然会救她，在她面前受了伤，终于清醒了过来。她一声怒吼，劈头盖脸就朝王雅媛脸上抓去，王雅媛躲闪不及，脸上多了好几条血痕。王雅媛被彻底激怒，举起棍子就要朝黄丽丽打，但被黄灿狠狠抱住了，动弹不得。

不能让她打丽丽。

黄灿的脑中只有这么一个信念，无论王雅媛怎么掐咬都不放手。黄丽丽发疯似的朝王雅媛踹去，每一脚都用足了力气。就在她们合力欺负一个人的时候，小丁赶到，对准黄丽丽就是一个巴掌。黄丽丽被打得踉跄一步，满脸不可置信："你打我？"

"黄丽丽，你敢动我的女人老子打死你！"

"她是你的女人，那我是什么！你说我是什么！"

黄丽丽被愤怒冲昏了头脑，忘记了眼下逃命最重要，和小丁厮打起来，但她怎么会是小丁的对手？黄灿眼睁睁看着妹妹一次次被打倒，咬牙上前去帮她，却也被打得鼻青脸肿。她看着不远处的凌霄，再看着身边的妹妹，不知道为什么，心里竟然有着一种释然的感觉。她觉得，无论发生什么事，他们都是一家人，没有任何力量能把他们分开。而此时黄丽丽眼中已经满是泪水。

她一直恨着黄灿，觉得这个世界上只有小丁值得依靠，她简直不敢相信自己最爱的男人会背叛自己，也根本不愿意去面对这残酷的事实。黄灿看小丁的眼神她不是不懂，但她坚信黄灿根本不懂小丁的好，是个没脑子的蠢货。她是那么相信他，但现实给了她狠狠一巴掌。

比起身体的疼痛而言，心里的疼痛更为可怕。心里的那道伤口，在提醒她她的愚蠢。她觉得自己是天底下最大的傻瓜。

她突然往河边跑去。

她跑得飞快，就算黄灿喊她她也没有停住脚步。她不明白自己活在这个世界上还有什么意义！看着脚下的河水，她犹豫了一下，然后被黄灿一把抓住了胳膊。黄灿愤怒地说："你想做什么！"

"对不起。"

沉默至今的黄丽丽终于说了话。她用力甩手，闭上眼睛就朝下跳去。冰冷的河水让她浑身发颤，她的口鼻全进了水，肺部好像被撕裂了那样疼。回忆起之前的一幕幕，此刻的她是那么奢望死神的来临。

死吧，死了就不会难过了。死了就不会再想着他的背叛，心不会那么痛，也没有悲伤了……

可是死了的话，就真的什么都没了啊……

为了他，真的值得吗？

可是现在想这个也晚了吧……

就在黄丽丽觉得胸腔难受得就像要爆炸、意识逐渐模糊的时候，她觉得胳膊一疼，好像什么人抓住了她。那人的手是那么温暖，带着母亲的味道。她微微睁开眼，只见黄灿朝她游来，脸上满是焦急的神色。她伸出手，想对姐姐告别，但不知道为什么，却满是留恋。

姐……

黄丽丽在心中无声地喊着黄灿的名字，也不知道到底是眷恋还是迷茫，而黄灿分明听到了她的叫喊。黄灿奋力游到黄丽丽身边，用力把她往岸边拖。她先把黄丽丽托了上去，然后自己抓着凌霄的手艰难地爬了上去，身体在寒风中瑟瑟发抖。

没有人想到事情会有这样的变化，都呆呆地看着他们，都忘记了上前攻击。凌霄紧紧地皱着眉，脱下外套披在了黄灿身上，而黄灿把干燥的外套罩在了黄丽丽肩上。正在不住发抖的黄丽丽觉得身体突然暖和了起来，她抬起头看着黄灿，然后脸颊火辣辣地疼。

"啪！"

黄灿面无表情地用力打在黄丽丽脸上，因为用力过猛，她的手都变得麻木。黄丽丽捂着脸愣愣地看着她，突然痛哭了起来。她哭得撕心裂肺,黄灿眼中也有泪水,但她的声音是那么冷漠:"你不是很能吗?我倒从来不知道我的妹妹是个孬种。你有胆子早恋、逃课,被人打了倒要自杀了?现在还玩寻死觅活的把戏,你几岁了?"

"不是因为被人打了!你根本什么都不懂!"

"不就是一个烂男人吗,至于吗你!你才多大,见到个丑八怪就以为是你全世界了,你让大学里的帅哥可怎么办才好?黄丽丽,我能容忍你的幼稚,但我不能容忍你的脑残。不要让我看不起你。你给我站起来!"

在黄灿的怒吼中,黄丽丽慢慢地站了起来。虽然脸上满是泪痕,虽然站起来的时候跟跟跄跄,但她到底站了起来。黄灿神色一软,把她紧紧抱在了怀里。黄丽丽僵硬的身体在她的怀抱里慢慢软化,她带着哭腔说:"姐……"

"没关系,都过去了。你放心,我不会让你白白被人欺负的。"黄灿轻声却坚定地说。

"丽丽,你们这样我很感动……但能不能过来搭把手啊,我们要被打死啦!"

黄丽丽的朋友们的声音带着哭腔,黄灿轻声一笑,黄丽丽也笑了起来。黄灿开始活动手腕,打算护着妹妹上车,而就在这时,远处响起了警笛声。

警察怎么来了?

黄灿茫然看着远方,习惯了黑暗的眼睛被突然亮起的远光灯刺得睁不开。大家都呆呆地看着警车,有的人连砖头都没来得及放下。凌霄不知道什么时候站到了黄灿背后,对她轻声说:"哭。"

他说话间,已经有警察走到他们身边。有个女警问:"是谁报的警?"

"是我。"凌霄说。

看着凌霄狼狈的面容,黄灿突然醒悟。她一下子就哭了出来:"警察同志,你要给我们做主啊!这帮小孩好像疯了一样,要杀了我们啊!"

她说着，狠狠掐了一把黄丽丽。黄丽丽也反应迅速："警察叔叔，我是一中的学生，他们说要划破我的脸！呜呜！"

黄灿和黄丽丽都被打得鼻青脸肿，又哭得那么凄惨，警察一下子就信了，而其他人不淡定了。他们心想这对姐妹刚才杀伤力那么强，现在装什么可怜，他们也受了不少伤好不好！而且好好地打架，报什么警啊，都坏了规矩！

他们再嚣张，也只是少年罢了，怎么会不害怕去警察局？所以，他们七嘴八舌地诬赖起来："不是这样的，是她先打的王雅媛，还说要单挑，我们才会来的！"

"黄丽丽可狠了，这儿都是被她打的！"

"我的手也被那个叔叔打断了！"

他们的声音很大，让警察皱了皱眉。一边是两个凄惨的成年人和一个楚楚可怜的女孩，另一边是同样凄惨，却染着黄毛，一看就不是好学生的人数众多的少年，警察心里一下子就有了判断。可是，她还必须问："到底谁先动的手？"

"是她！"

"是她！"

黄丽丽率先指向王雅媛，王雅媛反应过来后也急忙指向黄丽丽，警察叹了口气。她说："都去医院，然后录口供！"

"啊？不要啊……"

2

当黄灿终于从警察局出来的时候已经是深夜了。开车到家门口，抬起头，看着璀璨的星空，她觉得从来没那么疲惫过。身上的伤口早就被医生包扎好，但疼痛一点都没缓解。她看着同样满身伤痕的凌霄、黄丽丽，苦笑一声，一掌重重拍在黄丽丽的后背："满意了？以一挑十，你真能耐啊。"

"姐，我错了。"

黄丽丽低着头，都不敢看黄灿，可怜兮兮的样子让黄灿心软。黄灿又对准她额头上的伤口重重一戳："你就要高考了，要是留了案底我看哪个大学要你！要是被警察发现是你先动的手，你就等着被拘留吧！"

"那他们不也没有被拘留！"黄丽丽不服气地小声说。

"你们真该感谢你们爸妈把你们晚生一年，晚点危害社会。"

黄丽丽他们都没满十八岁，再加上这次大家都只是受了轻伤，双方都是想息事宁人，警察也乐得睁只眼闭只眼。黄灿发现，那些来警察局领人的家长大多尖叫咒骂，恨不得在警察局就把孩子打残，还得警察说好话他们才放手。也有那些忠厚老实来领人、反而被孩子骂的家长，更有孩子根本没人来认领。虽然自家孩子受了伤，但他们没人想要追究责任——他们都清楚事情闹得越大对他们越没好处。看着这些暴躁的家长，警察不住地感慨现在的孩子不上进和家长的教育密不可分，而黄丽丽冷眼看着警察局的喧嚣吵闹，突然是那么庆幸黄灿和凌霄站在她的身边。

不是一味责骂，不是漠视，而是站在了她的身边。在她遇到危险的时候，他们第一时间赶到，黄灿还为她挨了一棍……她真傻。我明明对她那么差劲，她为什么还要帮我？

"姐，谢谢你。"黄丽丽轻声说。

"知道错就好，以后少给我惹事。"

"不会了。姐，姐夫，你们要不要紧？"

"很要紧。"凌霄一本正经地说。

"那……"

"至少一个月内我们不能整理房间了。"黄灿立马接上。

"我来做。"黄丽丽咬牙说。

"地也不能拖。"

"我来拖。"

"早上也起不来买早饭了。"

"我来买。"

"记住你说的话。"

黄灿捏捏黄丽丽的脸蛋，和凌霄一起走上楼去。教训完黄丽丽后，轮到她"享受"凌霄的怒火。她识趣地进了凌霄的房间后就关上房门，闭上眼睛。凌霄的手重重一拍桌子，她忙说："别拍桌子，手会疼，你来拍我吧！"

"黄灿，你真是越来越出息了。本来可以和平解决的事情你非要出言挑衅，黄丽丽发疯你也跟着疯，你们还真是一个年龄阶段的好姐妹啊。她十七岁，你也十七岁，对不对？"

看着凌霄受了伤的肩膀，黄灿什么反对的话都说不出来，低着头任由凌霄责骂。无论凌霄说什么，她都说"我错了"，认错态度好到让盛怒的凌霄终于慢慢平息了怒火。凌霄叹了一口气，招呼她上前，然后一把扯下了她的衣服。

"你、你干什么……"

"不要动。"

他的手指在黄灿的伤痕上轻轻划过，黄灿只觉得自己暴露在空气中的赤裸的肌肤好像火燎一般，烫得惊人。凌霄的手指在她背上游走，声音响在耳边："以后可不能这么胡闹了。"

"不会了。凌霄，你为什么对我那么好？"

黄灿低着头，不敢看凌霄，声音是那么酸涩。她不明白为什么每次当她难过的时候，遇到危险的时候，站在她身边的那个人总是他。她想做的事情他都会支持，他都会满足，他对她的好几乎是没有原则。

可是，她到底何德何能能获得他的宠爱？

黄灿听到了一声轻笑，凌霄的声音就这样传来："你又何必明知故问。"

"可是……可是，我真的值得吗？现在的我什么都不懂、什么都不会，经常闯祸，不是你爱上的那个成熟稳重的女人。这一次又因为我，大家都陷入了困境，要不是你早就报警的话说不定今天就危险了。我不聪明、自以为是、任性……"

凌霄的手掌轻轻地捂住了黄灿的唇。他看着她，露出了最温和的笑容："只要是你就好。黄灿，我终于知道，爱情真的可以回来。"

"凌霄……"

黄灿不明白，自己明明是讨厌他的，可为什么会一次次因为他而感动，而沉沦。也许，就好像黄丽丽说的那样，她对凌霄并不是没有感觉？那李子涵怎么办？她就这样忘却了自己喜欢了十年的人吗？

凌霄，求求你，不要对我那么好。不然，我真的会爱上你啊……

"别瞎想了，早点睡吧。"

"你的伤要紧吗？"

"没关系，过几天就好了。不要瞎想，做个好梦。"

凌霄轻轻拍拍黄灿的头，黄灿默默点头。她轻声说："谢谢你。"

"傻丫头。"凌霄微微一笑，在她的额头上轻轻一吻。

3

因为受伤的关系，黄灿原定的上班时间又被推迟了。她不敢直接打电话给丹尼尔，先打电话向麦琪了解了一下情况，麦琪说公司现在清闲得很，她休息一点问题都没有，还主动提出会向丹尼尔说明情况。黄灿松了一口气，也很乐意自己不用直接打电话给丹尼尔，安心养起病来。

她的小屋已经完成了大半，加把劲的话在新年前完工还是有可能的，更别说现在还有凌霄时不时帮忙。一起养伤的日子，他们就一起研究怎么做小屋，有时候会有争执，但更多的时候会合作——凌霄指导，黄灿动手。黄灿不会告诉他，其实她也能看懂图纸，但更喜欢看到凌霄认真钻研的样子。她觉得，这样的凌霄是最有魅力的。

一个星期后，他们的伤有了好转，而他们的报复计划也进行得很顺利。凌霄打通关系，很轻易地知道了小丁的行踪，就带领黄丽丽和黄灿堵住了他回家的路。他轻盈地把麻袋套住了小丁的头，黄灿怂恿黄丽丽赶快动手。黄丽丽紧咬嘴唇，也不知道为什么不动手，黄灿只好压低了嗓子说："你想好，过了这村就没这店了。你舍不得？"

"当然不是。"

"如果你圣母到不计较的话就当我白操心。凌……那个谁，走了。"

"喂，你虽然压低了声音但我还是听得出你的声音好不好！丽丽不会真的打我吧！"

小丁脑中飞速旋转，但他什么都不敢说，因为怕他们知道他什么都明白反而给他带来危险。他暗暗祈祷黄丽丽念及旧情，黄丽丽果然说："等等。"

他心中一喜，而黄丽丽继续说："不要你动手，我来。"

小丁：……

黄丽丽到底还是决定要把小丁痛揍一顿。她一开始打得很猛，后来动作越来越轻，最后捂着脸啜泣了起来。听到黄丽丽的哭声，小丁没有那么愤怒，多了一分茫然。他觉得，自己似乎真的做错了事情。

"走吧。"黄丽丽的声音很哽咽。

"够本了？下次可没这个机会了。"

"嗯，够了。爱过、恨过……接下来我会忘记他。"

黄丽丽轻声说，而小丁不知道为什么，觉得心里有些空落落的。他突然有一种失去了什么重要的东西的感觉。

小丁被打后几天没来上学，后来黄丽丽说他转学走了。说起这个消息的时候，黄丽丽一副倦倦的样子，但表情还算平静。她告诉黄灿，小丁后来找她道歉了，但她并没有接受。

"道歉有用的话要警察干吗？有些事情不是说'对不起'就能当作没发生过。我失去了一个根本不爱我的人渣，而你失去了一个爱你的人，我觉得你的损失比较大。小丁，我爱过你，但以后我们就是陌生人。"

黄丽丽对小丁说完这些话转身就走，小丁惨白的脸色让她心里觉得舒畅万分。小丁没过几天就转学走了，大家都问她是不是事先就知道了，但她什么都没说。

这件事，让她学会了缄默，也学会了放弃。她终于明白姐姐的话，知道没有哪个男人会比自己的人生还重要。她还年轻，还有着光明的未来，放弃一个渣男有什么大不了的？

虽然还是很难过……

看着黄丽丽平静的面容，黄灿知道她肯定在难过，但她也相信她一定能走出来。随着年岁渐长，她会学会接受背叛，学会隐藏伤口，到后来百炼成钢。因为她当初也是这样过来的。

为了缓和有些沉闷的气氛，黄灿笑着说："丽丽，我们两个人难得都在家，唱歌给我听好不好？"

"我又不是卖唱的——给钱，给钱我就唱。"黄丽丽朝黄灿伸出手。

"我们是姐妹，问我要钱你好意思吗？"

"你自己说亲姐妹明算账的啊。我也不多收，一百块一首怎么样？我开始唱了啊……"

"闭嘴，我没答应给你钱！"

"我不管，我唱了啊……"

黄灿和黄丽丽打闹了很久，后来两个人都疲惫地躺在了地上。看着天花板，黄丽丽轻声说："姐，这次谢谢你。你放心，我以后绝对不会犯傻了。"

黄灿摸摸黄丽丽的头，没有说话。其实，她的心里也是自责的，因为她对黄丽丽太过放纵，才会让她走到了这一步。虽然明知道阻止是没有用的，但她还是想，在她刚发现端倪的时候就强迫他们分手，会不会对她的伤害小一点。

唉，还是没经验啊……如果妈妈在的话，一定会处理得很好吧。如果爸爸在的话，一定会把那小子揍得半死……姐姐，毕竟代替不了父母啊。

黄灿想着，轻轻叹了一口气。她试探性地问："丽丽，你想爸妈吗？"

"他们都不要我们了，想他们干吗？"

"可他们毕竟是我们的父母。"

"是不负责任的父母！"黄丽丽不屑地说。

黄灿觉得很无力："丽丽，他们当初到底为什么不要我们？"

"那时候我才上小学，我怎么会知道。我就记得那时我要找爸爸妈妈，说一次你骂我一次，后来我就不找了。"

"对不起，我不该这样的。"

"算了，都是以前的事情啦。你干吗突然问这个？"

"没什么……"

只是很想他们罢了。

4

在家里休息了两个多星期后，黄灿终于可以去上班了。习惯了清闲的日子，习惯了每天不施粉黛，突然要穿职业装去奋斗她还是很不习惯。吃早饭的时候，她突然产生了类似黄丽丽赖学的情绪，但这也只是一瞬间罢了。

进办公室之前，黄灿深吸了一口气。她理理头发，往里走去，发现办公室安静得可怕，大家都用一种特别奇怪的目光看着她。她疑惑地走到自己的办公室，发现里面居然有人——麦琪坐在她的位子上。

"麦琪，我来上班了！有一个月不见了，你好像胖了一点啊。今天的牛奶热好没？"

黄灿见到麦琪，热情地打招呼，而麦琪就是静静地对着她微笑。她的安静让黄灿觉得尴尬起来。她犹豫着说："麦琪，你可以去忙自己的事情了。"

"黄灿，这是我的办公室。你的在那里。"

她说着，指指自己原来的位子，对黄灿微微一笑，而黄灿愣住了，呆呆地说："麦琪，你开什么玩笑！这是我的办公室啊。"

"一个月前是这样，但现在不是。因为你无故旷工长达一个月，你的位子已经被我取代，现在你的职位是美容部的编辑——我原来的职位。岗位通知书原计划这几天寄到你家的，但你今天既然来了，就顺便把手续办了吧。小张，到我办公室来。"

麦琪说着，打了电话，人事部的小张一分钟就到了她办公室，把通知书递给黄灿。黄灿不可置信地看着，愤怒地说："什么旷工，是你和我说我的年假一直没休完，这是年假！还有，这上面说我的采访稿犯了重大错误，我犯什么错了我？"

"这些问题你不要和我说，我只是通知你结果。我很忙，现在请你出去。"

"麦琪，你真阴险！你是故意不让我上班好取代我吧！"

面对黄灿的愤怒，麦琪笑了："是，可那又怎么样？无论过程是什么，赢的人是我，而你只要接受这个结果。当初你也是这样得到主编位子的，愿赌服输吧。"

"你胡说！我做主编是因为我有能力，我才不像你这样阴险狡诈！"

"你不也是趁着张老师生病的时候取代了她的位子？你敢说没有抢了实习生的功劳？你没有让我干活却自己享受荣誉？我现在做的，只是你教给我的罢了。"

"我没有！"黄灿愤怒地说。

"黄灿，我给你两个选择：一，就是滚出去，开始工作；二，辞职。我建议你辞职，因为公司不需要你这样的员工。"

麦琪说着，冷冷地看着黄灿，而黄灿终于忍受不住侮辱，转身离开。走出门的时候，她发现同事们不知道什么时候已经聚成一团，都对她指指点点。她含泪往前走去，而议论声不绝于耳。

"'黄世仁'真的倒台了，天啊！我们的苦日子终于结束了！"

"晚上去喝一杯吧，我再买点鞭炮庆祝下。"

"不知道她接下来要去哪里祸害人？"

"不知道，反正和我们没关系了。"

因为黄灿被"发配边疆"的关系，他们肆无忌惮地发泄着对黄灿的不满，到后来愈演愈烈。他们走到黄灿面前，直接告诉她她有多讨人厌，让黄灿痛苦无比。她无法相信，自己曾经做过这样天怒人怨的事情，而曾经让她觉得好笑的"黄世仁"的称号居然就是属于她。

"不可能，这不可能。"

黄灿不住地说，捂住了耳朵，但咒骂声还是不绝于耳。她紧咬嘴唇，推开人群，猛地往外冲去，在公司门口与一个人撞了个正着。她皮包里的东西都掉了，脚踝痛得钻心，而她只是呆呆地坐在冰冷的地上。眼泪滴在了光洁的大理石上，而她的心比身体更冷上几分。

"黄灿，你怎么样？"

手臂突然传来一阵温暖。她抬起头，看到的却是一脸焦急的丹尼尔。她想笑，但眼泪却止不住地流。丹尼尔把她扶了起来，然后帮她把散落的东西都捡起来。他叹了口气："走，我们去喝杯咖啡吧。"

咖啡馆里，黄灿终于知道了事情的始末。

原来，那天会议进行到一半她就离开引起老板韩晓的不满，而她不打一声招呼就不来上班更是让韩晓对她印象不佳。她离开后，雷欧方面的工作由麦琪跟进。丹尼尔也不知道麦琪到底使了什么手段，雷欧居然答应与杂志社合办摄影展，这可是在国内的第一次展览。这么大的惊喜，让韩晓注意到了麦琪。

再后来，黄灿的报道引来了大麻烦。她的采访稿里提及了LET总裁张岚曾经的婚史，让张岚极其愤怒。与演艺明星不同，张岚极其重视自己的私人空间，她立马停了魅力全年的广告。这件事他本想和黄灿协商解决，但一直没打通黄灿的电话，后来麦琪却主动和张岚联系，摆平这件事，终于借此成了韩晓的宠儿。他不知道她们是怎么协商的，也不知道韩晓什么时候决定让麦琪取代黄灿的位子，今天在邮箱看到临时任命的时候他也大吃一惊。但现在，已经于事无补。

"灿灿，你到底去哪里了，为什么不和公司联系？你以前不是这样的，你到底怎么了？"

"我，我前阵子身体不好，我和麦琪说过，她说帮我请假了！她怎么可以这样！丹尼尔，你说我写张岚离婚的事情，可我真的没写啊！"

"杂志上有登。"

丹尼尔从随身的小包里拿出杂志，递给黄灿。黄灿气鼓鼓地翻着，然后脸色慢慢变得苍白。她慌乱地说："不，我没写，这个真的不是我写的！是不是排版的时候排错了？"

"灿灿，你最近精神状态很不好。"

"丹尼尔,我知道你怀疑我,可我做的我会认,我没做的我绝对不会让人栽赃。这段话我真的没有写,不信的话我给你看我的文本。"

"灿灿,我信你。"丹尼尔柔声说。

"谢谢。"

丹尼尔的无条件信任让黄灿冰冷的心终于暖了一些。她对丹尼尔感激地一笑,然后突然想起了什么:"我记得当时我把文字给了麦琪,因为她说排版的事情交给她就好,后来我就没过问……她怎么可以这样恶毒!不行,我要告诉老板!"

黄灿怒气冲冲,手掌重重地拍在桌上,把杯子都震得颤了一颤。丹尼尔说:"灿灿,她现在和老板关系那么好,你说了也是没用的——唉,我也不知道自己能做多久,她说不定什么时候就把我的位子给占了。这就是残忍又现实的社会,而我们都是可悲的一员。"

"是啊……呵呵,直到离开的这一天,我才知道所有人都恨我。我自私自利、骄傲无礼、刚愎自用……你也讨厌我,对吗?"

丹尼尔笑了:"亲爱的,你只是一个把自己伪装得很成功的小丫头罢了,有什么好讨厌的。就算你再不愿意,可你在那个位子,就必须那么做,不然不能服众,这个道理我还是懂的。灿灿,你是个好姑娘——这样也好,你能好好休息一阵子。不要那么好强了,好好享受生活吧。有事给我打电话,我一定第一时间赶到。"

丹尼尔说着,对黄灿做了一个打电话的姿势,而黄灿笑了。她不知道自己以前和丹尼尔是什么关系,直到今天才发现外表有些娘的他居然是一个那么值得交往的朋友。她说:"丹尼尔,谢谢你。"

"谢什么?"

"你一直那么照顾我,而我一直给你惹麻烦。"

"哈哈,这话还真不像你会说的。不过,我接受。"

丹尼尔说着,对黄灿温和一笑,黄灿也不好意思地笑了起来。丹尼尔温和地说:"灿灿,其实没关系。你以前就是美容编辑,现在只是回到了原点,你并没有被判死刑。我相信你的实力会让老板重新看到,也会重新坐上你该坐的位子。"

"是，我不会辞职的。我绝对不让她得逞。"黄灿轻声说道。

未来好像变得迷茫，变得模糊不清，但她并不害怕。从哪里跌倒就从哪里爬起来就是，反正她还年轻。

"你真的决定好了？"

"是，我决定了。"

黄灿微笑着说，一扫刚才的绝望与凄凉。

擦干眼泪，她还是那个骄傲的女王。

当她和丹尼尔一起回到公司的时候，所有同事都大跌眼镜。他们没想到在这样的情况下黄灿居然还不辞职，害怕她还有什么后招，也开始懊悔他们上午在事情没有确定前就说那些话。黄灿一个人都不理会，沉默地坐在了原来属于麦琪的位子上。她发现，在这里正好能看见原来属于自己的办公室，而这个办公室现在不是她的了。就在她发呆的时候，电话响了。她急忙接了电话，麦琪的声音传来："我要一杯热咖啡，不加奶不加糖，马上就给我送来。"

麦琪说着就挂断了电话，特别没有礼貌，但黄灿也只能听从。她走到茶水间，给麦琪冲了一杯咖啡，走进办公室。麦琪正在看报表，顺手接过咖啡，惊呼一声，咖啡就这样洒在了黄灿的手上。黄灿被烫得眼泪都要出来了，而麦琪比她更愤怒："那么烫，你是要烫死我啊！这么大的人了连咖啡都不会冲，你还真是人头猪脑！重新冲！"

"是你刚才说要热咖啡的啊。"黄灿忍不住说。

"连'热'和'烫'有什么区别都不明白，还做什么编辑啊，早点回家算了。"麦琪冷笑。

"我知道了。"

黄灿明知道这是麦琪对她的侮辱，但她生生忍受了下来。麦琪没想到她会这样忍气吞声，挑挑眉毛，惊讶的神色一闪即过，然后挥手让她离开。

黄灿一连冲泡了五次咖啡才合格，然后才有时间去洗手间处理她的伤口。她的烫伤并不严重，但非常疼，只有在水流下才觉得舒服一些。她处理伤口的时候，身后人来人往，但没有任何人和她说话，也没人问她痛不痛,要不要紧。他们只是冷漠地看着她,说一些"有些人怎么这样死皮赖脸"这样的话,然后在离开的时候狠狠撞她一下。

这一天,黄灿经历了从天上掉到地下的滋味。可是,她只有接受。

5

在不断被指使、被辱骂中,下班时间到了,黄灿从来没觉得时间会如此难熬。她疲惫地回到家,坐在沙发上就不想起来了,神情倦倦的。她从房间把未完工的小屋拿到客厅做,但今天不知道为什么,一连错了好几道工序,还险些把房顶都掰坏了,气得她真想把这个房子给砸了。黄丽丽回家,见姐姐在客厅摆弄模型,觉得手也痒了起来。她见黄灿把一个配件装错,忍不住提醒:"姐,这个装错了,应该装在这里。哈,这样就对了吧。"

她喜滋滋的,而黄灿面无表情地看着她,让她心虚起来。她急忙逃回房间,暗想黄灿今天又犯了什么病才会心情不好,一定不要惹到她。

当凌霄回到家的时候,黄灿已经把饭菜都做好了。黄丽丽和凌霄看着一团焦黑的不明物,交换了一下眼色。凌霄挑挑眉,示意黄丽丽说些什么,但黄丽丽急忙摇头,生怕引火烧身。凌霄面色一沉,用气场威胁她,但黄丽丽居然宁死不屈。凌霄对黄丽丽冷哼了一声,然后换了脸色,对黄灿温和地说:"今天上班怎么样?"

"还好。"黄灿漫不经心地说。她夹起一根炒焦了的青菜,放进口中,居然就这样咽了下去。黄丽丽目瞪口呆地看着她,真想说自己吃饱了要去做功课了,没想到凌霄抢先一步说:"我在单位里吃过了,现在不饿,你们慢慢吃。丽丽,你姐可是特意为你下厨的,你多吃点。"

他说着,就夹了一大筷子的菜放到黄丽丽的碗里,然后警告她不许辜负了黄灿的一片"爱心",黄丽丽真是欲哭无泪。她勉强吃完面前的饭菜,就飞也似的上楼做功课去了,而黄灿就默不作声地收拾碗筷。在黄灿收拾桌子的时候,凌霄突然发现她手腕上的那一点红,一把抓住了她的手臂:"怎么回事?"

"今天被烫了一下。"

"怎么会被烫的？"

"我冲咖啡的时候没小心。没关系的，已经不疼了。"

"你不喝咖啡。说，到底怎么回事？"凌霄一下子就戳穿了她的谎言。

"真的是冲咖啡的时候被烫了下。"

"你给谁冲咖啡？"

"麦琪。"

面对凌霄的追问，黄灿只好说了实话。她以为凌霄不会发现，但她显然低估了自己丈夫的智商。凌霄眯起了眼睛："她是你的助理，你为什么给她冲咖啡？你工作遇到什么麻烦了？"

"没什么……"

"告诉我。"

凌霄强迫她和自己对视，而黄灿终于败下阵来。忍了许久的泪水再次流下，她抽抽噎噎地说："我被降职了。"

"怎么会？"凌霄问，但心里悄悄松了一口气。

只是工作不顺心罢了，她没事，那就好。至于降职什么的根本没关系，她能撑到今天已经完全出乎他的意料了。工作，她喜欢做就做，不喜欢就不做，根本没什么大不了。

"领导说我旷工，可我明明向麦琪请假的！我的采访稿也被她改过，害得我倒霉，她怎么可以这样恶毒！而且，我发现我的同事就没一个喜欢我的……唉，凌霄，你说我怎么那么失败。"

黄灿长长叹气，苦恼地看着凌霄，等待着他的安慰，而凌霄居然笑了起来。他淡淡地说："关于你的讨人嫌方面，我以为你已经非常了解了，怎么还会为这个生气？"

"你什么意思……凌霄！"

"他们的观点就对你那么重要？"

"如果只是几个人的话，当然不重要，但这是全部、全部！你说我以前是怎样做到天怒人怨的地步的？"

"你确实有这方面的天赋。"

"你能不说风凉话了吗!"

眼见黄灿真的生气了,凌霄无可奈何地说:"黄灿,你不可能让每个人都满意,又何必管那么多。"

"我也知道这个道理,可是被大家都讨厌的感觉实在是不好。"

"这个'大家'不包括我。"

凌霄淡淡地笑着,而黄灿的脸上瞬间浮起了红晕。她掩饰地咳嗽了一声,专心致志地看着面前的水杯,好像看久了那里就会开出一朵花。凌霄问:"那你打算怎么办?辞职?"

"我绝对不会辞职的。她越是要打倒我,我越是不会让她就这么顺了心。属于我的,我会——夺回来。"

黄灿坚定地说,眼中闪着异样的神采,在那瞬间凌霄觉得他所熟悉的黄灿又回来了。他定定地看着她,缓缓地说:"你当然能行。"

你当然会重新成为那个冷血骄傲的黄灿,夺回自己的职位。只是到那时,也是我们分开的时刻。

我希望那一天来得晚一点,再晚一点……

凌霄想着,伸出手,把黄灿环在了臂弯里。黄灿吓了一跳,红着脸推他:"你干吗啊!"

"就一会儿。"

凌霄在她耳边轻声说,没有放手,把头埋在了黄灿的颈窝。他的呼吸是那样灼热,随着他的一呼一吸,黄灿觉得自己的身体也随之燃烧、颤抖。她觉得,现在的凌霄很虚弱,简直就好像孩子一样。

"凌霄,你怎么了,不舒服吗?"

凌霄没有说话。

"没发烧啊。"

她近距离地看着凌霄,看着他成熟却依然俊美的容颜,忍不住伸出手,轻轻摸上了他的额头。在她的手触碰到凌霄身体的瞬间,凌霄一把抓住了她的手,然后松开了怀抱。现在的他,已经恢复了以往的云淡风轻:"我没事。"

"那你刚才……"

"突然有点累罢了。早点休息吧,明天还要上班。"

凌霄对黄灿微微一笑,然后起身离去。看着凌霄的背影,黄灿不知道为什么,心中也有些失落。她觉得,她好像说错话了,让凌霄很不开心。

可她到底哪里做错了?

当凌霄走出房门的时候,看到了飞速闪回房间的黄丽丽。他不知道黄丽丽在门口偷听了多久,又好气又好笑地推开房门,看到黄丽丽正在大声念英语单词。他瞥了一眼黄丽丽手里的书,淡淡地说:"能从语文书里读出英语单词,丽丽你还真是天赋异禀。"

"姐夫……"

"偷听很好玩,嗯?"

"我就是不小心、不小心经过,稍微听到了一点点。"

"你的脸上还有门的印子。"

"哪有!"黄丽丽急忙去摸脸,然后,她醒悟了过来,深恨自己又中了凌霄的计,"姐夫……"

"对你听到的还满意吗?"

"挺满意的。你们不会离婚了,是吧?"黄丽丽满怀期待地问。

凌霄不语。

"如果黄灿还是以前的样子,我是真的希望你们离婚算了——但她现在确实变了很多,你们的关系也很好,在一起可合适了。"

"小孩子不要管大人的事。"凌霄说,却是没有否认。

黄丽丽心中一喜:"对了,前几天她还问我爸妈以前离婚的事情。那些事情我哪里记得,真不知道她怎么会问这个;还有,我同学一直喜欢她,那个叫李子涵的哥哥也一直约她吃饭,姐夫你可要当心啊。"

"谢谢,不过你觉得我会输给他们?"

凌霄淡然一笑,可拳头悄悄握紧。

如果可能,他真想好好揍一顿那个李子涵。

第十二章 重新爱上你

"你们知道怎样可以和李医生成为好朋友吗？"

"怎样？"她们的兴趣都被引出来了。

"只要你们对李医生说'我喜欢你'，他的回答绝对就是'我们还是做好朋友吧'。"

1

"美丽的早晨，把压力释放；清凉的秋风，把欢乐吹响；温柔的阳光，把温馨点亮；轻松的心情，把幸福送上，早安！"

黄灿一大清早就被短信声吵醒，看看手机，微微一笑。沈亮这小子已经连续几个星期给她发信息了，有时候是一段祝福，有时候是搞笑段子，不管她是不是回复他都矢志不渝。黄灿知道他对自己并没有死心，无奈之余却也有些感动。

如果自己也是小姑娘的话，应该会喜欢上他的吧，可她毕竟不是十七岁了。

"小子，你以后一定会遇到一个好姑娘的。"黄灿对着手机轻声说，但是没有回复。

黄灿看看时间，发现已经睡过头了，连饭都没吃急忙往公司赶去。她习惯性地往自己办公室走去，然后被人猛地一推。麦琪一边走一边说："让开，别傻站路中间挡路。咖啡准备好了吗？"

"没、没有。"黄灿下意识地说。

"每天给我准备一杯咖啡这样的小事都记不住？你脖子上的那个东西只是用来吃饭的吗？"

"我……"

"还不快去！"

麦琪冷冷地说着，把外套脱下，丢在黄灿身上，正好罩住了她的头。黄灿沉默地把外套拿在手里，深吸几口气，极力控制住自己的情绪。她绝对不能发火，因为麦琪就等着机会把她赶走，而她不会给她这个机会。

"不能发火，不能、不能……天气如此晴朗，世界如此美妙，我不能暴躁……这什么人啊！"

黄灿愤怒地把外套往麦琪桌上狠狠一丢，然后噌噌走出门给她泡咖啡。麦琪就好像指挥使唤丫头那样指挥她，一会儿让她订机票，一会儿让她写日程表，忙得黄灿一上午都没坐下来休息一分钟。当麦琪终于消停，她也终于可以喝一口水的时候，麦琪又打电话给她："五分钟后开会，把会议室准备好。通知行政、财务以外所有人员参加。"

五分钟……五分钟！

黄灿急忙把水杯放下，去行政部拿会议室的钥匙，一个部门一个部门通知。她已经用了最大的力气在奔跑，可就算这样还是超过了五分钟。麦琪在门口冷冷地看着她开门，她只觉得如芒在背，试了几次才把门打开，也出了一身冷汗。幸好，麦琪没说什么，只是率先走了进去，坐在了原来属于她的位子。大家都各归各位，而黄灿突然不知道她该坐在哪里。她茫然地站着，也没有人提醒她，而她只觉得站着的每一秒钟都是那么难熬。后来，还是丹尼尔进来了，诧异地问："灿灿，你怎么站着？"

"我……"

"啊，少一张位子啊。小王，给灿灿拿个位子来。"

丹尼尔指挥下属给黄灿拿来一张椅子，把椅子摆在了自己旁边。黄灿终于有了位子，急忙坐下。她总觉得大家都在看她笑话，浑身不自在，但只能装作若无其事。麦琪一边敲着桌子一边说："上一期的杂志销量你们已经知道了，老板非常生气。魅力是最一流、最有号召力的品牌，在别的城市也是数一数二的，独独在我们这里做成这样，都是因为你们的无能。别的话我也不多说，要是下一期的销量还是这样的话，我就会开始大换血。你们做不来的事情，自然有别的优秀人才来做，至于你们，就可以回家休息了。"

麦琪严厉地说着，所有人都不敢说话，而黄灿只觉得她的话在讽刺自己，脸顿时涨得通红。麦琪缓缓地说："以前的考核方法对你们没有任何作用，这个月开始我制定了新的制度。不光是业务员，采编的工资也要和广告挂钩，根据本部门的广告来定。"

"可以前我们的考核都是按照发稿量的，从来没这样。"有人忍不住说。

"你也说那是以前，现在我说了算，我当然有自己的做事风格。要是你不满意，现在就可以回去。"

麦琪让对她有所期盼的人都心凉了。他们万万没想到刚走了一个"黄世仁"，又来了一个"周扒皮"，脸上都露出了绝望的神色。黄灿静静地听着，一言不发，而麦琪对广告的事情侃侃而谈，关心的都是怎么样能争取到更多广告。后来，连丹尼尔也皱起了眉，委婉地说："麦琪，我们这是杂志社，不是广告公司。你是不是应该把更多精力放在编辑和组稿上面？"

"丹尼尔，我尊重你的意见，但是咱们编辑的水平你也是知道的，你指望凭借他们打响品牌完成销量吗？现在的杂志都是靠广告赚钱的，只有广告好了我们才有饭吃。我相信，要是能随刊附赠香奈儿的睫毛膏，会比任何一篇稿件都有用。编辑就是为了广告客户服务的，我希望你们端正思想，不要自命清高。你们的钱，都是广告给的。"

麦琪的话让采编的脸色都不好看。有人忍不住说："麦琪，一味看重广告那是只知道赚钱的小报纸的做法，我们从来都是更重视内容的。"

"我没说不重视内容，只是建议大家把精力分一些在更该注意的地方。小李，请你记住我的话就是命令。你当然有选择权，你可以选择做，或者走人。还有，除了丹尼尔之外都请叫我主编，我希望你们清楚认识我们之间的关系。请记住，现在，是我的时代了。"

麦琪淡淡地笑着，压迫感瞬间袭来，所有人都不敢言语。黄灿虽然没抬起头，但是也感觉到了她给予的压力，心里沉重异常。她第一次发现，与麦琪相比，自己在能力与气场上都是那么弱，想要重新爬起来说说容易，但是做起来实在太难了。

黄灿，你以前是怎么打败麦琪，又把她驯服得服服帖帖的？你到底是什么样的女人？

黄灿从来没有什么时候像现在这样对自己好奇。

她慢慢抬起头，看着麦琪，而麦琪的身影在朦胧中慢慢变成了她的。她站在那个位子上，冷静又骄傲地分配任务，所有人都按照她的命令行事。她允许别人提出反对的意见，但是从来没有人能把她说服，她会用她的强势和事实让他们打消那些愚蠢的念头。韩晓也曾向她抱怨过广告金额太少，但她从来不告诉采编，总是说老板认为杂志必须质量至上……

这样的她，让黄灿心动、神往。

我要做回我自己。

黄灿的眼睛越来越亮，因为她终于知道了自己缺少什么，也知道自己想要做什么。

麦琪，你就等着吧。黄灿默默想。

2

开完会后，黄灿被指派到拍摄现场跟拍。以前她曾以总指挥的身份进过摄影棚，但现在的工作却和以前大不相同。不同于只要喝着红茶提出修改意见，现在她必须把N套衣服都整理好以便及时给模特，摄影师、化妆师和模特们的种种要求她都必须满足。午饭时间快到了，大家七嘴八舌地告诉她自己要吃什么，又有什么忌口，她不住地点头，但脑子已经乱了。眼见她呆站着，模特很不耐烦地说："傻站着干吗，还不快给我去买我的牛肉粉丝！记得，多点粉丝，不要牛肉！"

"好，牛肉粉丝，多粉丝不要牛肉。"

黄灿重复了一遍，朝外面跑去。他们要的很杂，她必须从街头跑到街尾，而她慌乱之中买错了几样东西，又是被他们一顿好骂。黄灿低着头听着他们的辱骂，不知道为什么，突然觉得这样的场景有些熟悉，好像经历过似的。

这会是她原来的记忆吗？难道"黄灿"也经历过这个阶段？她迷茫地想着。

她决定下班后就去找李子涵。

自从上次的暧昧接触后,她还是第一次到李子涵那里。已经有一个月不见,李子涵那儿还是莺歌燕舞,还是记忆中的热闹景象。黄灿看着被小护士们包围的李子涵,看着他笑眯眯地吃着每个小护士送上来的哈密瓜的样子,忍不住也笑了起来。李子涵没想到会突然看到黄灿,他愣了一下,然后恢复了以往的和煦笑容:"灿灿,你怎么有空来?"

"来看看你啊。你好像很忙?"

"你来了我当然就不忙了。美女们,我的老同学来看我,能不能麻烦你们……"

"每天都有你的'老同学'来看你,李医生你的同学还真多!"

"这个月还有三个'表妹'来看李医生呢!"

"嘻嘻,李医生的妹妹真是遍天下!"

要是以前听到这样的话黄灿一定会生气,会伤心,但她现在只是微笑着听着,甚至觉得她们调侃得很有趣。她笑着说:"你们知道怎样可以和李医生成为好朋友吗?"

"怎样?"她们的兴趣都被引出来了。

"只要你们对李医生说'我喜欢你',他的回答绝对就是'我们还是做好朋友吧'。"

"好像是,上次小王就是这样被拒绝的。"

"你还真了解李医生。"有人酸酸地说。

"他从高中时期就用这句话来拒绝女孩子,看来他那么多年还是没任何长进。李子涵,你不会感到羞愧吗?"

"下班时间到了,灿灿我们去吃饭吧,美女们拜拜。"

黄灿的话让李子涵感到有些窘迫,他不想再听下去。他抓起黄灿的手就往门外走,然后飞快上了车,其他人觉得一阵风从她们面前拂过,李子涵和黄灿两个人就没了踪影。黄灿大笑不已:"怎么那么紧张啊,那些小护士里有你喜欢的?是那个高个子的,还是那个胸大的?"

"灿灿,你怎么变得那么八卦了?"

"我一直很八卦啊。说啊,你今天这是怎么了?"

"没什么，心情不好。可能那几天来了吧。"

"李子涵！"

"想吃什么？"

在惯有的打打闹闹中，黄灿跟着李子涵去了一家西餐厅。这家西餐厅环境很好，人很少，当然价格也非常可观。黄灿点了一份牛排和一杯橙汁，而李子涵点了一瓶红酒。他一边转动杯中的红酒，一边嗅着红酒的芬芳，笑着说："不喝酒，只喝橙汁，你还真是乖孩子。"

"我不喜欢喝酒。喝了酒会很晕，头痛死了，真不知道你们为什么都那么爱喝。"

"我们？"

"凌霄也经常喝酒，还说这样有助于睡眠，真不知道是什么歪理。"

"喝红酒确实有软化血管、有助睡眠的作用，他没说错。"

"喝牛奶一样可以睡得好，干吗非要喝酒呢？"

"不是每个人都和你这样有福气的。"李子涵笑着说。

他以前也是那种沾到枕头就能入睡的人，但不知道从什么时候开始，他也和都市中的其他人一样，陷入了痛苦的失眠。就算闭上眼睛，脑中还是会不自觉地浮现出烦心事来，少年时期的美好睡眠再也没有了。看着黄灿健康红润的脸色，他突然有些妒忌，坏笑："真不喝？"

"真不喝。"

"你是怕凌霄生气？"

"他才不会管我。"黄灿没中他的激将法。

"说吧，你出了什么事？他欺负你了？"

"你怎么不想点好的？我想你了，来找你，不行吗？"黄灿心虚地问。

"当然可以。"

他们说话间，喷香四溢的牛排已经被送上来了。黄灿不爱吃生食，点的是八分熟，没想到这家餐厅的八分熟把牛排煎得很老，怎么都切不动。她奋力与牛排做斗争期间，李子涵突然拿过她的盘子，帮她切了起来。她呆呆地看着医生那白净、修长的手指上下飞舞，看着李子涵把盘子重新推回她的面前。黄灿从没想到李子涵居然会有这样温柔、善解人意的一面，讷讷不能语。李子涵的手在她面前一挥："怎么了，傻了？"

"李子涵，以前都是女孩子们照顾你的，我真没想到你也会照顾人。"

"以前对男人的要求只是学习好、体育好，但现在的要求可是上得厅堂下得厨房，我不走贤惠路线可就被你们女孩子抛弃了。"

"没关系，只要你有这张脸，女人就不会抛弃你。"黄灿严肃地说。

"那承蒙夸奖了。"

"李子涵……你帮我。"黄灿犹豫很久，然后单刀直入地说。

"要怎么帮？"

李子涵并没有问黄灿到底要他帮什么忙，只问她要怎么帮，就和以前一样，从来不会拒绝她的要求。黄灿心里暖暖的，收住眼眸中的雾气说："我想恢复记忆，在最短的时间里。"

"出什么事了？"

"没什么。你帮我。"

"黄灿，我必须知道你为什么急着恢复记忆。我是你的朋友，也是医生，你不能对我有任何隐瞒。是不是凌霄对你怎么样了？"

"不，他对我很好。"黄灿急忙说。

"那我问你，你不能开口的烦心事他知道吗？"

"嗯。"

"你能告诉他，不能告诉我，你是这个意思？"

"我当然不是这个意思！你、你怎么会这么想？"

李子涵看着黄灿，沉默不语，他的沉默让黄灿心虚。她叹口气，说："我不是不想告诉你，只是这件事真的太丢脸了……我被降职了。"

她把事情原原本本告诉了李子涵，然后说："李子涵，现在的我肯定不是她的对手，你帮我恢复记忆。"

"你是认真的？"

"是。"

"从医生的角度，我不建议你采取过激的方式恢复记忆。"

"那么从朋友的角度呢？"

"我会尽可能地帮你。"

"李子涵，谢谢你。"黄灿松了一口气。

"先别谢，我只能尽自己最大的努力尝试，但我也不能保证效果。灿灿，你要恢复记忆，就必须最大程度地接触和以前有关的东西，尽可能刺激大脑，仅仅凭借我一个人的力量是不够的，你必须让凌霄也帮你。我们都把对你最重要的事情想起来，帮你回顾，甚至帮你重新经历，这样也许会对你有所帮助。"

"成功率是多少？"

"百分之二十左右。你还有可能面临着记忆混乱的危险，你真的考虑好了？"

"是，我一定要尝试。"黄灿坚定地说。

"那你还要继续上班？"

"当然。我会蛰伏起来，然后成功以后给他们颜色看！我会让他们知道冒犯我的代价，哼！"

黄灿握紧拳头，咬牙切齿地说，而李子涵笑了。他说："你一定会成功。"

"那当然！不管怎么样，我也不会让凌霄看笑话的。"

"灿灿，你有没有发现你现在说不了几句话就会提凌霄？"李子涵轻轻一叹。

"啊，有吗？"

"你觉得呢？"

"因为他居然说我现在是咎由自取，你说他过不过分！这样的人当然该骂啊！"

"也只有上心，才会骂吧。"李子涵轻声说。

"你说什么?"

"我说你的嘴角有油渍。你还真是不当心。"

李子涵伸出手,轻轻擦去黄灿嘴角的油污,而黄灿对他咧嘴一笑。

3

和李子涵商量好具体事宜后,黄灿面对众人的挑剔和指责更加安然处之,因为她有一个信念,那就是笑到最后的那个人一定是她——哼,到时候看她怎么收拾她们!

"黄灿,快把衣服拿来,愣什么呢!"

"来了!"

"不要红色,摄影师说要蓝色的,你怎么那么蠢!"

"对不起!"

任何一个人都能朝黄灿发脾气,但无论他们说什么,黄灿总是笑眯眯地听着,没有露出任何不悦的神色来。令她感动的是,威廉和小美对她的态度虽然没以前那么恭敬,但也还算温和。她觉得,也许不是每个人都那么势利,人生还是有那么一些希望的。

她鞍前马后地打着下手,时间过得飞快,下班时间也不知不觉到了。凌霄打电话给她的时候她正拎着五个大包,她只能把电话夹在耳边:"喂,凌霄,干吗?"

"今天几点下班?"

"今天有拍摄任务,会晚点回去。"

"我在你公司门口等你。"

"我说了可能会晚,我自己都不知道什么时候能结束。"

"没关系,结束了你直接出来就好。"

"有什么事吗?"

"见面再说吧。"

凌霄不肯告诉黄灿有什么事,又坚持要来接她,黄灿觉得他今天真是奇奇怪怪的。她一直在想凌霄找她到底有什么事,没过几分钟就看一次手机，后来威廉终于问："你有事？"

"啊，没有。"黄灿忙说。

"有事的话就先回去吧，反正你留在这儿也没什么用。走吧！"

"我可以走吗？"

"快走吧，哪儿那么多废话啊。"

威廉满脸不耐烦，可黄灿知道他是故意放自己回去的，感动极了。她见活儿已经收尾，也没她什么事儿了，就不推辞，急忙收拾东西往外走，而此时凌霄已经等了她足足两个小时了。她坐上车，急忙讨饶："对不起，我没想到会这么晚，你等了多久？"

"没多久。"

"骗人，你的车都凉了。"黄灿不信。

"我等了你两个小时。"

"你傻啊，就一直坐着等我？你找我到底什么事啊？难道丽丽又打架了！"

黄灿越想越紧张，一把揪住了凌霄的衣领，而凌霄真是无语。他猛地转弯，黄灿受惯性影响一下子倒在了他的身上，被撞得昏头昏脑的，也瞬间闭嘴。凌霄只觉得一个柔软的身体猛地靠近，他伸出手，把她搂在怀里，黄灿的脸一下子就红了起来。她期期艾艾，还没说什么，凌霄却松了手。

"小心点。"他严肃地说。

黄灿满肚子的话就这样被噎住了。她涨红了脸，可是一句话都说不出来，气鼓鼓的样子真的好像一个又白又胖的大包子。

凌霄勾了勾嘴角。

他把车开到了湖边。黄灿走下车，看到沙滩上的心形蜡烛以及蜡烛中间的那张白色圆台，觉得自己好像走错地方了。她看着凌霄，不敢往前走，而凌霄牵着她的手硬是把她拽了过去。他体贴地给黄灿拉了椅子，黄灿战战兢兢地坐下，觉得空气中弥漫着浓郁的阴谋的味道。

凌霄他疯了。她对自己说。

她此时才注意到凌霄今天穿的是黑色正装，还打了领结，连头发丝都散发着"我是精英我最牛"的气息。别说凌霄了，站在一边的服务生穿着欧式的燕尾服，举止得体。她低下头，看着自己宽大的T恤、有红色颜料印记的牛仔裤、脏兮兮的球鞋，下意识地捋顺了毛燥的头发，强迫自己露出高端点的微笑："凌霄，怎么带我到这儿来？"

"今天是一个很特殊的日子。"

"你发工资了？"

凌霄的嘴角抽了抽："不是。"

"那就是中奖了？呵，这排场，一定不便宜吧。"

黄灿边说边四处打量，不住地摇头，一副痛心疾首的样子。凌霄的心理素质实在是太好了，招手让侍者拿了一瓶红酒过来，却给黄灿点了一杯橙汁。黄灿捧着杯子，却想到今天中午和李子涵吃饭的情形来，有点心虚。她想起李子涵给她倒酒的场面来，忍不住问："凌霄，你怎么不劝我喝酒啊？"

"你喝醉了遭罪的是我，我才不会那么傻。"

"哼！"

"干杯。"

凌霄端着杯子，对黄灿微微一笑，黄灿也只好没好气地拿橙汁和他碰了碰杯。随着这声轻响，四个拉小提琴的男人一边拉琴一边走近，到后来就站在他们的桌子前。黄灿饶有兴趣地听着，等他们一曲结束后急忙鼓掌。她见凌霄居然没鼓掌，悄悄地踢了他一脚，然后轻声说："喂，人家演奏得那么好，你不鼓掌太没礼貌了吧。"

"啪啪。"

凌霄居然鼓起了掌。

所有人都用一种特别惊异的目光看着这个快乐的女人和这个面无表情的男人，但他们什么都没说。凌霄示意他们都下去，一言不发地享用美食，黄灿也终于不再追问下去。她觉得今天的饭菜好吃极了，恨不得把盘子都舔干净，与凌霄胃口不佳的样子形成了鲜明对比。后来，凌霄干脆不吃了，用手撑着下巴，只是看着她。黄灿过了很久才发现，急忙放下刀叉，打个饱嗝。她红着脸说："你怎么不吃啊，不饿吗？"

"饱了。"

"哦。"

湖风拂在脸上是那么舒适，远处响着音乐，黄灿觉得这个夜晚真是太美好了。烛光下，凌霄的面容有些模糊，却也是格外俊美和温柔。黄灿看着他，心没来由地乱了，忍不住问道："凌霄，你到底为什么带我来这儿吃饭？你干吗不带上丽丽？"

"今天是我们的结婚纪念日，黄灿。"

"啊……啊？"

黄灿没想到今天居然是这样的日子，不可置信地瞪大了眼睛。她的第一反应就是穿这样的衣服实在太丑了，真是辜负了这样美好的气氛，第二反应就是脸红。她简直不敢看凌霄："结婚……我们吗？"

"嗯。"

伸出手，一把握住了黄灿的手，凌霄不让她把手抽出。黄灿只觉得心怦怦直跳，手脚发麻，一句话也说不出来。凌霄温和地看着她，眼神是那么温柔："我们之前的事情，你有想起什么吗？"

"对不起……"

"没什么对不起，事实上我一点都不介意。黄灿，如果你一辈子无法恢复记忆怎么办？"

"凌霄……说实话，如果一辈子不恢复记忆也没那么不好。现在虽然年纪大了，身材差了，但好歹有钱，能买到自己喜欢的东西；事业上现在有点受挫，但我觉得在基层反而能学到很多东西；还有丽丽，也变得懂事了，还挺欣慰的。总之，这就是我希望中的二十七岁。"

"那我呢？"

"你……"黄灿不知道该怎么回答。

"黄灿，为什么你的生活中没有我？就算我是一个陌生人，我们也实实在在地相处了几个月，你就从来没有一点动心吗？"

"凌霄……"

黄灿不知道说什么好。

她对凌霄的印象一直停留在高中时期的讨厌男生上，从来没想过会和他生活在同一个屋檐下,更没想过有可能爱上他。经过两个月的摩擦,他们的关系已经由剑拔弩张变成了相处融洽,但是爱情……

她真的会爱上他吗?她真的不会爱上他吗?

如果说爱上,为什么现在还没有勇气直接回答;如果说没爱上,为什么不直接搬出去,而是会怀念家里有他的感觉?

黄灿自己也不知道答案。

"凌霄……"

"如果答案是'对不起'的话就不要说了。"

"不,不是对不起。"

凌霄的眼睛瞬间一亮。

"只是,我自己也不知道……我很乱,我不懂……"

黄灿觉得自己突然丧失了语言能力。她胡乱说着,自己也不知道到底在说什么,而凌霄居然懂了。

"没关系。"他的眼中闪着异样的神采,"黄灿,不要把我想成那个青涩白痴的男生,把我当成一个追求者,行吗?"

"凌霄,你到底怎么了?"黄灿慌乱地问。

"可以吗?"

黄灿觉得自己从来没有这样痛苦过。她的脸在发烧,身体在发颤,可不知道为什么,喜悦却慢慢溢了出来。低下头,她的声音轻不可闻:"嗯。"

"那么,就从现在开始吧。"

凌霄握着黄灿的手,黄灿强忍住慌乱,不让自己把手抽出。凌霄的手掌是那么宽厚,那么温暖,她看着凌霄的眼睛,记忆在瞬间回到了过去。

那时候,在树林里,凌霄也是这样握住了她的手……他说,他喜欢她,他要照顾她……当时他的手和现在一样灼热……

"李子涵的办法还真有用。"她轻声说。

"你在说什么?"

"李子涵告诉我,多和你接触有助于想起以前的事情,看来真是这样！凌霄，我们第一次牵手是不是在小树林里？"

"是。你想起这个了？"

"嗯，我突然想起来了！"黄灿兴奋极了。

"李子涵到底对你说了什么？"

"我说想尽快恢复记忆，就问李子涵有什么办法，他说和你多接触有助于恢复记忆，看来还真是这样！凌霄，你帮我！我要最短时间内恢复！"

她以为凌霄会毫不犹豫地答应，但凌霄沉默很久，问："又回到这个问题上了……到底为什么？现实就让你那么不满意吗？"

"不，只是不恢复记忆的话，我会觉得这里空了一块。"黄灿捂住胸口，"凌霄，我要找回原来的自己。而且，想起以前的事情，不是更好吗？"

黄灿说完，紧张地看着他，而凌霄沉默了许久。不知道是不是错觉，黄灿觉得凌霄的脸色难看异常。可是，他还是轻声说："你想要的，我从来不会拒绝。如你所愿，黄灿。"

黄灿不明白凌霄为什么会是这样的神色，而他的情绪让她原本雀跃的心也被一盆冷水浇下。她迷茫地看着凌霄，心里突然有些畏惧，而凌霄笑了。他说："不管你的目的是什么……都让我们尝试下。你会再次爱上我的，黄灿。"

"切，你就那么自信？你真的觉得爱情能回来？"

"当然。所以，为了这个决定，我们干一杯？"

"好啊。"

酒杯再次碰在了一起，发出的清脆声响也预告着崭新篇章的翻开。黄灿看着天上皎洁的月亮，觉得自己似乎做了一个还不坏的决定。

试试吧。她对自己轻声说。

第十三章 在我最美的年华,遇见你

就在黄灿迷茫的时候，突然觉得手上一暖。抬起头，正好看到凌霄含笑的面容。她看着凌霄，而未来的画面突然变成了年老的她和凌霄一起携手迈向未来的场景。在喧嚣的体育公园里，他们就这样站着，互视着。后来，黄灿到底没有把手抽出，而凌霄更紧地握住了她的手。

1

答应和凌霄尝试交往的黄灿很快就后悔了，因为她发现凌霄这个"冰山男"好像得了默许一样，不再走端着的路线，而是得寸进尺起来。

他约黄灿看电影、逛公园、去游乐场……除了上班外，她生命的每一分钟几乎都被他占据了。晚上，他还以她怕黑为由要陪她一起睡，被她严词拒绝。她以为她已经把话说得很明白，他应该羞愧退却，可谁能告诉她，他为什么会严肃地说在一起睡觉也有助于恢复她的记忆？而她险些就信了！

是，她怎么能被凌霄无害的外表所欺骗了？高中时期他就是最会用装酷来哄骗女孩子的花花公子！

而她不得不承认的是，发挥"花花公子"属性的凌霄让她十分心动。

他是一个很细心又很温柔的人，和他在一起会有一种被呵护、被照顾的感觉，和他在一起好像什么都不用怕。他们一边吃爆米花一边看电影，骑着单车在城市闲逛，坐过山车的时候手紧紧攥在了一起……好像，以前所向往的恋爱一下子实现了。

当然，也有让她心烦无比的事情。

每天上班，她都会收到一束红色的玫瑰花，无论说了多少次凌霄还是会送。每次收到花的时候，各种羡慕妒忌恨的眼光就会向她扫来，简直把她射成了筛子，而麦琪对她的态度也会更为冷漠、变态，会更为无礼地找碴儿——好吧，以前找的碴儿也不少，再多一点也无所谓。

为了让麦琪少找麻烦，黄灿极其小心谨慎，也以一种极快的速度成长，终于摸清了杂志的运作。每个部门有什么特色、有什么需求又有什么不足她都有所了解，而当客服的那阵子她更是明白了读者想看到什么样的东西。翻看以前的杂志，她觉得自己简直就是站在珠穆朗玛峰上教导大家该怎么耕田，不切合实际。如果是第一次、第二次看也许会觉得新奇有趣，但是第三次、第四次呢？这样的杂志又怎么会卖得好？

时代变了。

她从黄丽丽那里得知，现在的小姑娘也有对于时尚的需求，最希望能得到杂志的指导，可市场上这方面偏偏是空白。大家都觉得小姑娘没有购买力，可又有谁知道她们对时尚追求的欲望有多强烈，对品牌的忠实程度有多高？这方面的市场可是有着无限的机会。

黄灿思索着这件事，而公司正因为即将到来的年会而火热起来。年会前，韩晓会按照惯例前来视察工作，召开工作会议。在会议上，每个人都要提出对公司的意见和建议，这绝对是一个机会。黄灿决定精心准备演讲，要让老板知道她是有实力的，并且绝不逊色于麦琪。

黄灿想着，开始计划了起来。每天晚上回家，她都把自己关在房间做PPT，一遍遍修改、完善。身体上的劳累根本无法和心里的满足相比，可她这样不要命的风格让凌霄无法接受。他强迫黄灿出去运动，呼吸新鲜空气，黄灿只能听话。

每天晚上，体育馆的跑道上都会留下他们的身影。在凌霄的训练下，黄灿由一开始的废柴体质恢复到以前的一半水平，可尽管这样，每次跑完后还是恨不得瘫倒在地。

"不行，我跑不动了……歇歇吧。"

"要喝水吗？"

"要、要！"

黄灿疲惫地靠在双杠上，接过凌霄给他的水壶，咕噜咕噜喝了大半壶。她妒忌地看着和她跑了一样多的路却几乎脸不红气不喘的凌霄，忍不住问："凌霄，你怎么耐力那么好？以前我也是长跑队的，怎么现在就差成这样了？"

"你都十年不练了，而我每天都坚持，当然会有差距。"

"哼。"黄灿给了他一个白眼。

"不过现在再努力也来得及啊。"凌霄立马说。

"我当然会努力！就过五分钟！不，还是十分钟吧……"

"这样站着对身体不好，我陪你慢慢走。"

凌霄说着，率先往前走，而黄灿也知道凌霄是对的，虽然身体不舒服，但也只能跟上去。

现在是初冬，天气很冷，但体育公园里锻炼的人还是很多，其中大部分是老年人。这些老人大多在练太极、跳集体舞，也有好几个在跑步，虽然速度不快，但耐力很让人佩服。黄灿和凌霄慢慢地走着，突然看到一对奇怪的老人。

他们看起来都有七十多岁了，穿着运动衫，但运动服已经洗得泛白。老先生看起来很正常，但老太太走起来歪歪斜斜的，每一步都只有正常人的五分之一大小。黄灿一直偷偷地看着他们，所以当老太太脚一歪要摔下去的时候，她急忙伸出手去。她没想到，老先生的速度比她还快，先一步扶住了老太太，自己却险些摔倒。黄灿的搀扶就起了作用，她大力扶住两个人，自己却踉跄了几步。老先生先看了一眼自己的妻子，然后对黄灿感激地笑："姑娘，谢谢你啊。"

"没什么的。爷爷，这位奶奶的身体不太好，你们怎么还出来啊？这样子女会担心的！"

他们互视一眼，然后都笑了起来。老奶奶笑起来的时候皱纹都舒展了开来："姑娘，你是不是在想我家老头子硬拉着我出来，一点都不顾我身体不好？"

黄灿不好意思地点点头。

"呵呵，不是他要出来散步，是我想出来。人老了，腿脚不方便了，也不知道什么时候就会瘫在床上，趁现在能走的时候多走走。这人啊，有的时候不会珍惜，只有等没有了才会怀念，真傻，对吧。"

"老婆子你瞎说什么呢。"

"我说什么要你管！"

老太太扫了老头子一眼，老头子一下子就闭了嘴，而黄灿忍不住笑了起来。她看着他们慢慢远去的身影，一下子就痴了。她的脑海中突然浮现出她衰老后的场景。

等年老的时候，她会在何方？不知道那时候，有没有人愿意牵着她的手和她一起散步，听她撒娇？那人又会是谁？

就在黄灿迷茫的时候，突然觉得手上一暖。抬起头，正好看到凌霄含笑的面容。她看着凌霄，而未来的画面突然变成了年老的她和凌霄一起携手迈向未来的场景。在喧嚣的体育公园里，他们就这样站着，互视着。后来，黄灿到底没有把手抽出，而凌霄更紧地握住了她的手。

温度，透过他的手传来。黑暗之中，凌霄看不见黄灿涨得通红的脸，但他能想象出黄灿现在的表情。嘴角，勾起一个淡淡的微笑，黄灿根本不知道凌霄此时有多么喜悦。

黄灿，既然你再次选择把手放入我的手心，我就绝对不可能再和你分离。

"黄灿？"

"嗯？"

"去前面看看吧。"

"好。"

黄灿假装和凌霄牵手的这件事根本没有发生，故作坦然地往前走，而手心的汗水完全暴露了她此时有多紧张。黄灿害羞的样子让凌霄意想不到，让他也好像回到了十年前，被带动得居然也有些紧张了起来。他们就好像陷入初恋的少年那样，手拉手在跑道上走了一圈又一圈，好像这路就永远走不完似的。

当体育公园的人群慢慢散去，他们也离开公园，步行回家。在天桥上，他们看到了一个弹着吉他乞讨的年轻人。黄灿和凌霄在他身边站了很久，认真倾听他的弹唱，让歌手有了一种今晚会大有收获的感觉。他那么卖力地唱，直到喉咙沙哑才停下，满怀希望地看着他们，只听到那个女人对男人小声说："你说他一晚上能赚多少钱？"

"不知道，应该不多。"

"这么大年纪了还只能这样赚钱，真是可怜啊。你说丽丽以后会不会也这样,只能在天桥上卖艺?"

"有这个可能。"

"唉,真是好可怜。"

喂喂,你们说的话我都听得到好吗!歌手简直想哭了。

黄灿摸摸口袋,小声问凌霄:"我没带钱,你带了吗?"

"我是出来跑步的,怎么会带钱包?"

"那怎么办,他真的好可怜啊。"

眼见黄灿一副有心无力的样子,凌霄笑了。他走到歌手面前,问:"请问,你的吉他能借我用一下吗?"

"啊?"

"我想唱歌给我的妻子听。"

"当然可以!"歌手爽快地说。

凌霄道了谢,接过了吉他,而黄灿急了。她急忙抓住凌霄的衣袖:"你要干什么啊!"

"唱歌给你听啊。"

"喂!"

凌霄不理会黄灿的慌张和路人好奇的眼神,开始调音,然后唱了起来。这是黄灿记忆中第一次听到他唱歌。

  那是我日夜思念深深爱着的人啊

  到底我该如何表达

  她会接受我吗

  也许永远都不会跟她说出那句话

  注定我要浪迹天涯

  怎么能有牵挂

  梦想总是遥不可及

  是不是应该放弃

  花开花落又是一季

  春天啊你在哪里

青春如同奔流的江河

一去不回来不及道别

只剩下麻木的我没有了当年的热血

看那漫天飘零的花朵

在最美丽的时刻凋谢

有谁会记得这世界她来过

转眼过去多年时间多少离合悲欢

曾经志在四方少年羡慕南飞的雁

各自奔前程的身影匆匆渐行渐远

未来在哪里平凡啊谁给我答案

那时陪伴我的人啊你们如今在何方

我曾经爱过的人啊现在是什么模样

当初的愿望实现了吗

事到如今只好祭奠吗

任岁月风干理想再也找不回真的我

抬头仰望着满天星河

那时候陪伴我的那颗

……

  黄灿呆住了。

  她从来都不知道凌霄也会弹吉他,更没想到他的嗓音会是那么动人。听着这首《老男孩》,她的眼睛湿润了。她想起了上高中的时候,老师拖堂,而大家就在下面骚动。一宣布放学,所有人蜂拥而出,遇到熟悉的同学会聊天,会相互抱怨。那时候,天总是很蓝,阳光总是很暖,衬衫总是很白。他们总是嫌弃时间过得太慢,却不知道这会是他们一生中最幸福的时光。

  如果可以回到过去,她会告诉当年那个少女一定要珍惜这段叫作"青春"的宝贵的东西。

  凌霄的声音在喧嚣的夜晚显得格外孤寂。他的周围围了越来越多的人，有不少人慷慨解囊，把钱放进了凌霄面前的帽子里。当一曲结束的时候，四周响起了热烈的掌声。凌霄笑吟吟地对大家鞠躬，然后把帽子还给了歌手，另一只手紧紧地抓住了黄灿的手。月光下，他的容颜是那么英俊，手心的温度是那么温暖，暖到让黄灿不想松开。

"黄灿，我爱你。"他轻声说。

黄灿呆呆地看着他。

"黄灿，我爱你！"他大声说。

他的声音是那么嘹亮，简直响彻云霄。他的激情感染了大家，所有人都开始鼓掌欢呼，用最善意的笑容祝福着这对情侣。黄灿被凌霄强有力的手臂紧紧地抱在了怀里，她犹豫了一下，手也轻轻地抱住了凌霄的腰。

她觉得，自己似乎、真的、好像，喜欢上凌霄了。

这就是恋爱吗？

这样的感觉……还真好。

2

"李子涵，我昨天和凌霄去听演唱会了。我想起来大学的时候我们也一起去过。"

"李子涵，我想起来我和凌霄第一次牵手时的感觉了。"

"李子涵……"

随着与凌霄越走越近，黄灿脑海里的记忆碎片也越来越多，这真是一个令人惊喜的现象。她现在每天都会去李子涵那里报道，告诉他自己和凌霄做了什么，又想起了什么，李子涵记录得很认真。不知道是不是错觉，黄灿觉得李子涵和以前相比越来越沉默了。她问李子涵是不是有什么烦心事，但李子涵每次都说没有，然后继续听她诉说着和凌霄相处的烦恼与甜蜜。

"我真幸运。"黄灿对自己轻声说。

她在爱情上可谓一帆风顺，但可惜世界上很少有"爱情、事业"双丰收的事情。在工作上，她就快被麦琪逼死了。

要是麦琪只是对她的工作严格要求她也就忍了，但很多次麦琪都是故意找事，把明明不是她责任的事情怪到她头上，甚至还提出了很多根本不可能完成的任务。麦琪发疯似的想要在下期达到本市同类杂志中广告额第一，不惜用任何手段，整个公司都惶恐不安，被乌云笼罩。每天都有同事离职，每天也都有一批批新人来面试，而这帮新人正是麦琪威胁他们的惯用手段。

"你们做不好就快点走人，这个位子不是除了你们之外就没别人做。"

麦琪总是把这句话挂在嘴边，杂志社的每个人都面临着被解雇的风险，气氛那叫一个凄凉。不知道有多少人去找丹尼尔反映情况，但以前的主编黄灿还算尊重丹尼尔的意见，而麦琪却是一点也不顾其他人的反对，包括丹尼尔。眼见丹尼尔都被麦琪气得说不出话来，他们开始怀念起黄灿做主编的时候。

那时候虽然压力大了点，至少不会每天被人指着鼻子骂啊！真没想到"周扒皮"比"黄世仁"更可怕！

他们对麦琪的反感，再加上黄灿如今的亲民，促使他们对黄灿的看法有了改观，甚至开始对黄灿说起了麦琪的坏话。每一次，黄灿都是笑呵呵地听着，却从来不开口。因为凌霄告诉过她，办公室里根本没有秘密。

我就要扮猪吃老虎，给麦琪最致命的一击！黄灿默默想着，脸上浮现出灿烂的笑容。

今天是模特为杂志拍封面照的日子，杂志社乱成一团。所有编辑在拍摄期间都当起了义务助理，黄灿更是跑前跑后，连喝口水的时间都没有。好容易忙完，她的手机响了，见凌霄发短信约她晚上一起吃饭，心情大好。她笑着回复短信的时候，小美忍不住问："灿灿，你乐什么呢，嘴巴都要笑歪了。"

"有吗？"黄灿摸摸脸。

"现在那么忙，也只有你笑得出来了。你是怎么让自己心情那么好的？"

"我把现在的忙碌当成学习,这样的学习机会可不是每天都有的。虽然每天都很忙,但想到又学到东西了,心情就会很好。"黄灿笑着说。

小美敬佩极了:"灿灿,我真的太佩服你了。无论你在什么位子,你都能活得那么开心,我要向你看齐。"

"我哪有你说的那么好啊!只是开心也是过一天,不开心也是过一天,人生苦短,干吗不让自己开心点?"

"那为什么你收到短信那么开心?给你发短信的是谁啊?男的?"

"不告诉你。"黄灿嘿嘿一笑。

"你是不是出轨了?每天送你花的到底是谁?说啊,我不告诉别人!"

无论小美怎么发誓,黄灿就是守口如瓶,她觉得这一切真是有趣极了——他们绝对不会想到,她在和自己的丈夫谈恋爱吧。他们打闹期间,两个模特之间的聊天内容让黄灿呆若木鸡。

"小燕你不是要买房吗,要买哪里看好没?"

"我想买市中心的房子,可那里的小区都是老的,真是烦死啦。"

"你要买市中心的还是等等,原来的一中那儿就要做住宅了,过几天就动工,到时候你再买。"

"真的吗?那里又靠近超市、商场,地段可真不错。你的消息准吗?"

"当然准,到时候我们一起去买,做邻居?"

"好啊!"

两个模特在摆姿势期间聊天,黄灿听着,手里拿的服装就掉在了地上。她觉得自己实在太蠢,不然怎么会忘记这件事!可是,凌霄为什么不告诉她!这件事他绝对知情!

"你怎么了,脸色怎么那么难看?"小美问。

"没事,只是有点头晕罢了。"黄灿艰难地说。

凌霄回家的时候,看到的是一脸冰冷的黄灿。

黄灿坐在沙发上,满腔怒火地看着他,那目光就好像小刀子一样,让他怀疑自己是不是梦游的时候做出了什么天怒人怨的事情来。他尝试着接近黄灿，一个抱枕就朝他"飞"了过来："凌霄，你为什么不告诉我！"

"不告诉你什么？"

"一中被拆的事情！"

凌霄心里咯噔一下。

"别告诉我你不知道。"黄灿冷冷地看着他。

"我……知道。"

"那你为什么不告诉我？"

凌霄沉默。

"只要一个月啊，一个月你们都不能等吗？你们这些唯利是图的商人！"

黄灿气得又抓起一个抱枕去打凌霄，凌霄还是没有闪躲。凌霄的淡然被黄灿理解为默认，她气得抓起手边一切可以扔的东西朝凌霄扔去。当物品还是枕头的时候凌霄很淡然，转为杯子的时候凌霄开始闪躲，他一把抓住黄灿的手："闹够了没有？"

"没有！凌霄，耍我是不是很好玩！你根本就不打算告诉我这件事，也根本没有去争取过吧！我是白痴才会相信你！"

"黄灿！"

凌霄终于恼怒了。

他曾经尝试向领导说一中的项目，说一中在这个城市的社会意义，但老板并不为所动。要不是看在他是老员工的分上，说不定老板早就质疑他的脑子是不是有问题了。为了黄灿，他牺牲了自己的原则，而黄灿居然质疑他？

"凌霄，这件事是什么时候定的？"

"上周。"

"为什么不告诉我？怕我闹？"

凌霄沉默。

"好，你狠！道不同不相为谋！"

黄灿冷冷地看了凌霄一眼，然后起身离去，而凌霄只觉得头痛万分。他当然知道黄灿的性子，也知道很可能因为这件事，他前段时间的努力都白费了。

可是，她为什么不明白这个世界不是她随心所愿的。

黄灿推门到了黄丽丽的房间，发现她的同学正在那里商量什么事情。同学们对黄灿都很恭敬，黄丽丽也摘下耳机，问黄灿有什么事。黄灿把事情原原本本说了。一听说学校要被拆了，她们也都急了。

"一个月都等不了吗，怎么这样啊！"

"我还说学校门口有好多小吃店，怎么就都没了呢？"

她们厌恶高中生活，却怀念着初中，也都忘记了自己在初中的时候也曾经诅咒过学校被炸掉。黄灿看着她们，突然懂了怀旧是不分年龄的。

只要她们失去了，她们就会怀念。

"你们是真的不想让学校被拆吗？"

"当然是真的！"

"那我们就努力一下。"

"啊？黄灿姐你有什么想法？"

"当然有！我们的计划就叫作'拯救一中'！只要我们齐心合力，一定能保家卫国！你们要加入吗？"

黄灿大手一挥，大声说着，气势全开，大家好像在瞬间见到了战斗女神。黄丽丽揉揉眼睛，只觉得过去的那个姐姐又回来了，而她的同学早就大呼："好，我加入！"

"我也加入！"

"来，我们商讨一下计划……"

当凌霄从书房回房的时候，他发现黄灿的房间还亮着灯。他犹豫了一下，还是没有敲门，而屋内的黄灿正坐在窗台上，看着最耀眼的星光。

3

黄灿把计划定在了本周六。时间很紧,但凌霄那儿开工迫在眉睫,她只有硬着头皮上阵。

黄丽丽在学校的宣传让一百多个学生都自愿参加维权活动,而李子涵帮她在网上召集一中的校友也取得了不俗的成绩,有几十个人要报名参加。黄灿是本次活动的总指挥、总策划,李子涵负责执行,黄丽丽负责宣传,三个人合作得十分融洽。至于凌霄……那可是他们的仇人好不好!

李子涵在网上买了两百件白色T恤,都印着"保卫一中"的字样。李子涵提议自己可以牺牲一下,不穿衣服,在后背写上这几个字来表达他们的愤怒,被黄灿和黄丽丽极力制止——他们可不要因有伤风化被关进警察局!

在紧锣密鼓的准备中,礼拜六终于到了。

这一天是休息日,无论是疲惫的上班族,还是辛苦的学生们大都在床上睡着懒觉,但偏偏有人一早就起来,站了一中的门口。他们穿着整齐的衣服,手里拿着横幅,气势汹汹。沈亮带领着大家发传单,传单上印着的是黄灿的演讲辞。她从自己儿时的回忆说起,说到一中承载了多少人的记忆和梦想,还说到一中拆了以后菜场会被超市所取代,再也买不到便宜的菜了,于是各个阶层的市民都团结起来了。有不少热心大婶、愤青、退休的老人家们都加入了他们的队伍,呼声也越来越响。于是,带领着员工们来爆破学校的凌霄傻了。

他终于知道黄灿为什么会那么安静,又将要做什么。

工友们都在指指点点,他是多么不想承认带头的那个是他的老婆!而且她的身边还站着他最讨厌的李子涵!可是,她又是那么耀眼,让所有人的目光都集中在她的身上。

虽然是穿着一样的衣服,但黄灿是这群人中最耀眼的一个,吸引着无数人的目光。简单的T恤和牛仔裤显示着她的好身材，她和别人说话的时候高高的马尾会一颤一颤的，发梢好像会一直挠到凌霄的心里。他看着黄灿，直到身边的同事第N次提醒他才清醒过来。

"凌工，这可怎么办？我们怎么动工？要不要喊警察？"

立马有人否决："他们人数太多，要是闹出来什么事就不好了。"

"凌工，到底怎么办啊？"

"我不能做主，通知王总吧。"

"唉，也只能这样了。"

他们说话期间，市民们已经和他们对上了。他们都很理智，没有动手，但骂声不绝于耳，都是骂他们忘本的。他们默默地听着，有人为难地说："大爷，您说的我都理解，我也是一中的学生，难道我想看着一中就这样被拆了吗？可这是公司的工程，停工一天就会损失很多钱，这停不得啊！"

"钱钱钱，就知道钱！我怎么生了你这个浑小子！"

"妈！别揪耳朵！"

人群中突然出现一个妇女揪住了凌霄旁边的一个工友的耳朵，那人也不敢反抗，四周响起了一阵笑声。凌霄公司里的员工大都是本市人，黄灿那边有许多人和他们都是沾亲带故的，到后来反而演变成了亲戚教训自家不听话的小子的批斗会。凌霄没想到事情会这样发展，而黄灿却笑了。

哼，想和我斗！我早就把你们公司的花名册拿到，一个个去通知对方的家长和亲戚了！看来找家长这件事无论什么时候都是必杀技嘛！

"黄灿姐，喝水。"

"谢谢，真乖。"

接过沈亮手中的矿泉水，黄灿笑眯眯地摸摸沈亮的头发，也没错过凌霄无奈的眼神。沈亮的手上系着她送给他的红丝带，乖巧懂事的样子让黄灿越发看他顺眼，也不禁想要是凌霄和他那么大的时候，也是这样的性子那该多好。凌霄和沈亮是截然不同的两个人，但不知道为什么，黄灿总觉得能在沈亮的身上看到凌霄昔日的影子。

执着、坚定、清澈……那是一种叫作青春的东西。

与以前相比，沈亮明显有了很大改变。虽然还是羞涩，虽然与人交涉的时候会结结巴巴说不出话来，但他毕竟有勇气去面对。黄灿以为沈亮已经放弃，却不知道他是那么珍惜和黄灿在一起的机会，极力展现出自己最好的一面。爱情令人冲动，但它有着意想不到的魔力，足够让一个少年散发出璀璨的光芒。

"黄灿姐，好像有什么人来了。"

双方僵持期间，凌霄的老总张峰终于到了，而他身边还站着一个人，那就是在苏州商圈起着举足轻重作用的会长——王大山。张峰紧皱眉头，还没来得及发火，王大山问凌霄："这到底是怎么回事？怎么领头的那个像你媳妇？"

"什么？凌霄你小子……"

"是她发起的，她为这个几天都不理我了，我的手还被挠了。"凌霄诚实地说。

"呵呵，她想干啥呢？"

"她想让我们的工程过一个月再动工。"

"为什么？"

"她想让一中过完百年校庆。"

听完凌霄的话，王大山沉默不语，而张峰急了。张峰大骂凌霄："你小子说这些干吗，快管好你老婆！我看你的副总是不要做了！什么校庆不校庆的，你知道我们停工要损失多少钱吗！"

"只是推迟开工，损失我觉得有限。"

"那这钱你出？"

"别吵了。"王大山说，"凌霄，把那丫头叫来。"

"我去试试吧。"凌霄叹气。

"她不听你的？"

"我看险。"凌霄苦笑。

虽然觉得希望不大，但凌霄还是走了过去。他一到对方营地就受到了白眼、诅咒等"热烈欢迎"，为首的黄灿更是一副"大义灭亲"的模样，而可恶的李子涵就一直笑着，目光极其挑衅。凌霄硬着头皮让黄灿过去一趟，王大山要找她，黄灿一哼："我干吗去啊，我是不会被你们收买的！"

"黄灿，不要胡闹。"

"凌霄，别和我那么亲热，我们现在是敌人！"

"是啊，这位敌人，请不要误入我军阵营。"李子涵笑眯眯地说。

看着李子涵的笑脸，凌霄真想从地上捡一块砖头直接招呼上去，更别说他们身上一模一样的衣服真是让人怎么看怎么别扭。深吸几口气，凌霄极力让自己平静下来，语气平和："灿灿，你们也想和平解决不是吗？王大山是项目的投资人之一，他的话会管用。"

"你的意思是抓住他就行了？"黄灿眼睛一亮。

凌霄觉得和她真的无法沟通。

看着双眼大放异彩、摩拳擦掌打算去生擒王大山的黄灿，凌霄觉得自己的头从来没那么痛过。就在他努力说服的时候，王大山居然朝他们走了过来。王大山的到来引起了轩然大波，而他不为所动，只是笑眯眯地看着黄灿："黄灿，还记得我吗？"

哼，想打温情牌，没门！黄灿警惕地看着他。

"记得，您是王爷爷。"她淡淡地说。

"丫头，你们为什么不让他们拆一中啊？这里已经太破旧了，造新房子不好吗？"

"不好，这是我们的母校！再过一个月她就能过一百周年的生日了，为什么就不能晚一个月呢？"

"只是一个月罢了，有没有百年有那么重要吗？"

"我在乎。"黄灿认真地说。

"我在乎。"

"我也在乎。"

"我在乎！"

人群中的呼声一潮高过一潮，而王大山愣住了。他真的没想到这所中学能不能过百年校庆居然有那么多人在乎。黄灿的眼睛酸酸的，尽量让自己心平气和地说:"王爷爷,您也忘不了您的学校吧。这里有的不仅是记忆,还有我们的青春啊。"

"青春……"

"青春是最宝贵的东西。"

看着黄灿清澈的眼眸,王大山突然想起自己上学的时候来。

那时候,他们哪里有这样的学校,只是在村子里的小破屋里上学。晴天的时候还好,但是雨天屋子可就是"外面下大雨,里面下小雨",可就算这样,他们也特别珍惜那来之不易的学习机会。老师已经上了年纪,说起来的普通话满是方言味儿,教室里还时不时会跑来谁家偷跑出来的鸡……

虽然条件艰苦,可那时的他们是那么快乐。这样的感觉,就算是以后到了城里,坐在窗明几净的办公室里也无法与之相比的。他也曾出资捐助过几所学校,为的就是让更多的孩子上学,而每当看到孩子们清澈明亮的眼睛,他就会觉得特别满足,好像看到了过去的自己一样。可是,他也不会忘记在他二十岁那年回家乡,见到曾经的"小学"变成废墟时那伤感的心情。

丫头说得对,学校不仅仅是留存着他们的记忆,还记录了他们的青春啊。

"还有一个月就到百年了是吗?"

"是!"黄灿点头。

"老张啊,那你看能不能通融下?"

"王会长,这个……我都已经签订合同了……"张峰为难极了。

"合同的事情我来解决,损失的话我负责一半,怎么样?"

王大山在行业里很有地位,更别说他主动提出承担一半的损失,张峰在心里算了一笔账也就答应了。随着他的点头,全场欢呼了起来,还有热情的大妈上来抱住他们,把他们弄得都脸红了起来。喧嚣的人群中,凌霄在微笑,而黄灿心里突然有了一种不切实际的想法。

"凌霄,王爷爷为什么会来?"

"不知道。"凌霄微微一笑。

"你真的不知道?"

"嘘。"

凌霄轻轻捂住她的嘴,但他的笑容怎么看都饱含深意。指尖的温度遗留在她的唇上,她觉得所有问题都已豁然开朗。她深情地看着凌霄,然后一脚踹了过去:"耍我很好玩对不对!看我忙活很有趣是不是!混蛋!"

黄灿不住地追打着凌霄,而凌霄不住地闪躲。看着他们亲密的样子,沈亮的神色有点黯然,而黄丽丽大大咧咧地拍拍他的肩膀:"加油啊,等你比我姐夫还要帅、还要有钱的时候,我会劝姐姐跟你好的。"

"什么好不好的……"沈亮还是第一次和女生这样亲密接触,脸一下子就红了。

"哟,脸红了!你怎么那么容易害羞啊!"黄灿笑嘻嘻地去捏他的脸。

"别捏我的脸,很疼啊!"

"沈亮同学,你到底为什么喜欢我姐啊?"

"只有她会对我笑,不会看不起我。"沈亮轻声说。

"这是什么破理由啊!那我也对你笑,不会看不起你,你也会喜欢我?你还真是白痴啊!"

黄丽丽说着,对沈亮莞尔一笑,明媚的笑靥让沈亮愣住了。他猛然转过头,不敢去看黄丽丽,也不明白自己的心为什么会跳得这样快。李子涵在一旁淡然地看着他们,然后抬头望着天空,发现今天的天气实在是好得不能再好了。

第十四章　第一百零一次求婚

"我愿对你承诺，从今天开始，无论是顺境还是逆境，富有或贫穷，健康或疾病，我将永远爱你、珍惜你，直到地老天荒。我承诺我将对你永远忠诚。嫁给我吧，灿灿。"

1

黄灿没想到的是，一中的"拆迁门"在网上引起了轩然大波，她也一时之间成了公众人物。网上流传着她的照片，不少人都在讨论她到底是谁，更有媒体想约她采访。黄灿没有被热闹与浮华迷住双眼，断然拒绝采访，因为她想到与其便宜别人，不如便宜自己——她是这次热门事件的组织者和当事人，为什么不把这些内容做到杂志里？除了时尚之外，杂志更需要一些接地气的东西。

黄灿把所有精力都放在了即将举行的年会上，准备一鸣惊人，而杂志社的气氛也到了水深火热的程度。虽然大家看起来都很平静，但小美在吃盒饭的时候悄悄告诉黄灿已经有N个人找她帮忙化妆，看来都打算在年会上大展风采。

黄灿的个性张扬又强势，每一年都是最耀眼的存在，虽然她今年不是主编了，但是大家对她穿什么还是特别期待。小美旁敲侧击，黄灿总是笑着摇头，因为她根本没把精力放在穿着打扮上。她的快乐，完全在于越来越完善的方案以及越来越进步的自己。

当最终方案用A4纸打印出来，被小心地装在文件袋时，黄灿终于松了一口气。她晃动着僵硬的脖子，站在衣柜前，犹豫了很久，还是选了一身黑色的礼服裙。换上裙子，戴上珠宝，轻扫蛾眉，镜中的她已经成了截然不同的人。伸出手，轻轻触摸镜子里的自己，黄灿喃喃自语："我是黄灿，你是谁？如果你是我的话，那我又是谁？"

她迷茫地看着镜子，镜子里的那个人也迷茫地看着她，她慢慢地笑了起来。她轻声说："其实有什么好烦恼的，无论是十七岁的我，还是二十七岁的我，无论是年轻的我还是成熟的我，那都是我啊。我喜欢十七岁的青春，我也喜欢二十七岁的成熟。一味沉浸在过去里是最没意思的事情，我会让人生的每个阶段都活得精彩。"

她把文件袋放进小包，然后走出门。黄丽丽和凌霄很久没见到黄灿这样打扮了，让他们都有眼前一亮的感觉，而凌霄的笑容背后是难以言喻的淡淡悲伤。黄灿笑嘻嘻地转了一圈，摆出各种姿势让黄丽丽拍照留念。她转圈的时候，一缕头发被项链勾住，痛得她叫出了声。她回过头，想直接把头发扯出来，但凌霄阻止了她："我来。"

站在黄灿身后，凌霄解开黄灿的项链，手指灵巧地"解救"出她的头发。黄灿看不到凌霄的面容，只觉得他的呼吸好像就要把自己烧起来，手指所到之处简直好像火燎一般。凌霄发现自己的手简直不舍得离开那光滑细腻的肌肤，他定神地看着黄灿，而黄丽丽的笑声打破了他们之间的暧昧情愫："姐夫，你和我姐都老夫老妻了还没摸够啊？要摸也等她回来以后，然后你们再……"

"黄丽丽！"

"丽丽！"

凌霄和黄灿异口同声训斥黄丽丽，而她吐吐舌头，一副不以为然的样子。黄灿的脸红得不行，悄悄地看凌霄，却突然发现凌霄也红了脸，不由得高兴。她故意说："凌霄，你是不是身体不好啊？脸怎么发红？"

"你想知道原因？"

凌霄这个厚脸皮并没有露出黄灿所希望的窘迫神色，反而朝她逼近，脸上的微笑让黄灿觉得极其危险。黄灿的脸又红了，转过身就朝外走。出门前，黄丽丽握拳："姐姐加油！你一定会赢的！"

"那当然！"

黄灿对他们竖起拇指，然后开车绝尘而去，凌霄只觉得心里空落落的。黄丽丽看出姐夫心情不好，故意问："姐夫，我姐是不是很漂亮？"

"你想说什么就直说。"凌霄没好气地说。

"嘿嘿，我可以帮你说好话，但好处费什么的你懂的。"

"一千够不够？"

"好啊!"黄丽丽眼前一亮。

"我还免费多送你一个。"

凌霄说着,起身去书架上拿了一本书丢给黄丽丽,黄丽丽见封面上写着"高考1001个问题"就苦了脸。她刚想说什么,凌霄似笑非笑:"这可是你要的。拒绝讨要的礼品,以后就再也不会送东西给你,这个规矩你该懂,是吧。"

"姐夫……"

"公司有事,我出去下。"

凌霄拿着外衣也出去了,黄丽丽看着面前的习题集就撇嘴。当黄丽丽开始头痛地做习题,当凌霄正在开往公司的路上时,赶往晚会现场的黄灿正目睹一场车祸的发生。

"吱!"

随着凄厉的刹车声,黄灿眼睁睁看着一个老人家被车撞了,就这样飞出了两米。闯祸的车子一下子就消失得无影无踪,而黄灿惊讶地发现经过的车子竟然没有一辆停下送这个老人家去医院。黄灿看看手表,一咬牙还是停下车,扶起了老人。

"老人家,你要不要紧?"

"腿不能动了……"

老太太紧咬牙关,脸色惨白,而鲜血从她的腿上缓缓流淌,滴在了地上。黄灿看到这么多血一下子就晕了,跟跄了几步,勉强才站好。她迅速估算了下时间,而老人看出她的犹豫,忙说:"姑娘,求你送我去医院,我求求你!我女儿很有钱,她一定不会赖你医药费的!"

"好,我送你。大妈你还能走吗?"

"我试试。啊哟!"

老太太站起身,痛得都说不出话来,黄灿急忙扶住了她。她的汽车离这里还很远,她一咬牙蹲下身,背着老太太往前走,觉得每一步都是那样艰难。她足足走了十几分钟才走到车上,背上早就一团污渍,汗水也把妆容都弄花了。老太太局促不安地看着坐垫下的血块,不住地说女儿一定会赔钱给她,黄灿笑笑,什么也没说。

老太太借了黄灿的手机给女儿打电话,可是怎么打对方都没接听,所以只好由黄灿送她去急诊。老太太需要手术,她打算让老太太先做手术,自己则去参加公司的年会,但护士不放她走。护士斜着眼睛看着她:"怎么,撞伤人就想走啊,我和你说,你这样的人我见多了!老人家的医药费、精神损失费你都没给,你就这样跑了以后我找谁要去?等她出来你再走!"

"她不是我撞的,我替她垫了手术费还不够吗?"黄灿觉得不可置信。

"她不是你撞的你干吗送她来医院啊,这世上有这么好的人吗,我才不信!"

"你、你怎么那么说话……"

"等警察来了你自己和警察说吧。"

"真的不是我撞的,我现在有急事必须要走!我把名片留在这里,有事情打电话给我还不行吗!"

"谁知道你的名片是真的假的。"

无论黄灿说什么,医院的人就是不肯让她离开,黄灿眼见时间一分一秒地过去,要急疯了。她打电话给凌霄,哭着说了事情的始末,凌霄让她什么都不要说,什么都不要做,等他来就好。而这二十分钟,是黄灿最难熬的二十分钟。

她不懂为什么自己做好事反而会被人怀疑,这样的感觉实在是太令人绝望。

2

当凌霄赶到的时候,黄灿第一时间朝凌霄跑去,一把抱住了他。她的身体都在瑟瑟发抖。凌霄紧紧地握着她的手,然后平静地说:"为什么不让我老婆走?医院什么时候有权利限制人身自由了?"

"我们没不让她走,就是建议她等老太太手术结束以后再走。"

"我知道你们在想什么,但也请你们动动脑子。如果真的是她把老太太撞伤的,你觉得老太太会那么平静地进了手术室?"

"可她没撞人干吗把人送医院?"

"就是因为你们这样的人多了,社会才会这样。我也不和你们多说,我这张卡里有十万块,应该够这个老太太的医药费了。我把卡和身份证都留在这里,现在我能不能走?"

大家都没想到凌霄居然会这样做,目瞪口呆地看着他们,而终于有人仗义执言:"谁说只有撞人的才把人送到医院,这样也太武断了吧!这姑娘真的是好心人,你们还这样说话,让她寒心,以后真没人敢做好人了!"

"是啊,我看这姑娘也不是坏人。"

"李姐,我推老太太进去的时候她好像还对这个姑娘说'谢谢'……"有个小护士怯生生地说。

"你怎么不告诉我啊!你真是……"

护士长见惯了人情冷暖,没想到真的有人像黄灿那样是"活雷锋",立马变得讪讪的。她一改方才的咄咄逼人,急忙对黄灿道歉,留下她的名片,却不肯要凌霄的银行卡。黄灿也没工夫和她们纠缠下去,让护士长等老太太醒了以后通知她,准备狂奔。凌霄一把抓住她:"你去哪儿?"

"去晚会,要来不及了!"

"你这样去?"

凌霄皱着眉看着她,黄灿低下头,才发现自己身上满是血迹,真是要多狼狈就有多狼狈。现在回家换衣服,或者去商场买衣服肯定来不及了,难道就要这样血淋淋地进去?黄灿纠结了。

"我的车里有运动服,你可以换上。"

"啊?"

"我前段时间叫你锻炼,给你买了一身,但是一直忘记给你。"

"可是去晚会的时候穿运动服会不会很奇怪……算了,不管了。"

黄灿咬牙,去卫生间稍微清洗了一下,把脸上的妆都洗干净,然后换上了凌霄给她的运动服。她现在的精神状态不适合开车,凌霄开车送她去了会场。看着金碧辉煌的酒店，黄灿突然紧张了起来，迟疑着不敢下车。凌霄握住了她的手："要不要我陪你进去？"

"这样不好吧。"

"没关系，反正你们的年会可以带家属，只是你一直不让我参加罢了。"

"我……"

"走吧。"

站在穿着正装的凌霄身边，黄灿觉得自己看起来真是傻透了。她怯生生地推开大门的时候，麦琪正好结束了演讲，而大家都齐刷刷地看着她。丹尼尔朝她走了过来，无奈地说："灿灿，你怎么现在才来？大家的演讲都结束了！"

"结束了？可我准备了很久的方案还没说啊！"

"你连最基本的守时都做不到，方案也没什么好看的。还有，你就穿这身来参加我们的年庆？杂志社在你心里到底是什么？"

麦琪走到黄灿身边，轻蔑地说。韩晓的脸上也露出了不悦的神色。黄灿急得说不出话来，下意识去看凌霄，但凌霄一言未发。他的脸上带着最温和、最信任的微笑，黄灿的心莫名地平静了下来。她知道，这是她的战役，她只能一个人走下去。

"麦琪，我是晚到了，但按照流程现在并没有过发言时间。而且我的方案对公司未来的发展非常有价值，我为什么不能说？"

"迟到就是迟到，无规矩不成方圆。任由你破坏我们的规矩，公司的制度岂不是形同虚设？"

"日程表上的发言时间是截止到八点半，现在是八点二十分，你自己制定了流程表却不了解流程吗？"

黄灿强硬地和麦琪唇枪舌剑，居然也没落了下风，而韩晓的眉头皱得更紧。她轻声说："黄灿，你从来不迟到的，也不会穿成这样……我真的不知道你到底为什么会变那么多。也许你真的该休息一下了。"

"韩总，你不想听我的报告吗？这对公司未来发展很有帮助。"黄灿满怀希望地看着韩晓。

"除非你能给我一个迟到的合理解释。"

"如果我说我把一个老人家送去医院，你会信吗？"

"你撞了人？"

"不，是别人撞的，我只是把她送到医院。"

黄灿说完，周围响起一阵嘘声，大家的脸上都写满了不信任。黄灿的脸一下子就红了起来，她深吸一口气，静静地说："我知道大家都不信，可真的不是我撞的人，我就不能把老人家送去医院吗？以己度人，如果自己的父母遇到意外，你们不希望有个好心人把他们送去医院吗？世界为什么会变成这样？"

没有人说话。沉默很久后，麦琪冷笑道："你别转移话题，我就是不信你会那么好心把人送去医院。就算是真的，你也因为私事而误工，这有什么好说的？"

"黄灿，你来参加酒会我欢迎，但是你的报告，我觉得没有必要再听。"韩晓说。

她的话一下子把黄灿打入冰窖。她动动嘴唇，想笑，但泪水忍不住涌了出来。看着韩晓的眼睛，她笑了："谢谢，我已经努力过了。既然还是这样的结局，我也只有接受。"

"为了别人失去机会，你后悔吗？"韩晓皱着眉问。

"我不后悔。"

黄灿说完，转身就走，而韩晓的手机突然响了。她接通电话后脸色大变，叫住了黄灿。她问："你送的老太太叫什么名字？"

"不知道。"

"是在哪里救的，把她送到了什么医院？"

"在西山大街，我送她去了二院。"

"你是不是留了一张名片在医院？"

"是啊，你怎么知道？"

"没什么，刚才医院来了电话。"韩晓恢复了正常的神色，"我想，你的话是真的。为了表扬你的见义勇为，我该给你个机会。"

黄灿没想到事情会有这样的变化，愣了一会儿后才反应过来，她急忙站到台上。穿着运动服的她在光鲜亮丽的人群中显得那样格格不入，但她清亮的嗓音、极具价值的报告把所有人都吸引了。演讲结束后，雷鸣般的掌声预示着她的成功。韩晓笑着说："黄灿，我也一直在考虑杂志的转型，你提出的创建青春版的创意非常好。你真是每次都会给我惊喜。"

"那您的意思是……"

"回去做个详细报告给我。"

这样说，是基本有戏了。黄灿简直控制不住自己的惊喜，冲上去就抱住了韩晓，而全场又响起了善意的笑声。韩晓也大吃一惊，却并不反对这样的亲近。她觉得，自己真的应该重新审视一下她的主编了。

韩晓上台总结陈词后，就进入了舞会环节。随着音乐的响起，大家纷纷下了舞池，凌霄也向她伸出手。黄灿没敢答应："我不会跳舞。"

"没关系。"

"我真的不会。"

"真的没关系。"

"会丢人。"

"不怕。"

抓住黄灿的手，凌霄没有带她下舞池，而是去了阳台。他把她的手搭住自己肩膀，在音乐声中教黄灿起舞，而黄灿在他的指导下学得极快。花园里传来芬芳的香气，黄灿听着音乐，闻着花香，觉得整个人都醉了。她轻声问："凌霄，我今天是不是很丑？"

"不，没有任何人比你好看。"

"骗人。"

"真的。"

凌霄温柔地笑着，笑容一下子印到了黄灿的心里。他的头慢慢地低了下来，黄灿预感到什么要发生，觉得身体僵硬，她闭上了眼睛，脑海中突然浮现出一幅幅电影画面。当凌霄的嘴唇轻轻覆盖上的时候，她学着电影里的女主角那样勾起了脚。睁开眼，看着凌霄同样通红的脸，她笑了起来。

"笑什么?"

"笑你脸红。"

"我没脸红。"

"就有。"

"那干脆更红一点吧。"

凌霄说着,又抱住了黄灿。他觉得初吻时脸红心跳的感觉又回来了,自己好像重新谈了一次恋爱,也再一次爱上这个人。抱着黄灿,他轻声说:"等忙过这阵子,我们去蜜月好不好?"

"可以去爱琴海吗?"

"当然可以。"

"埃及呢?"

"也可以。"

……

3

凌霄和黄灿在阳台上说着情话,而此时的晚宴已经进行到了尾声。麦琪心急如焚,因为韩晓迟迟没有宣布任命她为主编,她终于耐不住性子,对韩晓暗示,而韩晓只是微微一笑,招手让黄灿到她面前来。黄灿到来后,她说:"灿灿,我已经给你放了够久的假期。现在你可以回来帮我了吧。"

"啊……"

韩晓对黄灿眨眨眼睛,黄灿突然醒悟了过来:"啊,是,当然可以。"

"麦琪曾经代你管了几天,现在你回来了,你们还是各归各位吧。你还不谢谢麦琪?"

"麦琪,谢谢你帮我。"黄灿从善如流。

"你、你们……"

麦琪被气得一句话都说不出来。她的眼睛变得通红,扭头就走,看着她的背影，黄灿突然有点失落。韩晓看出她所想，微微一笑："你在可怜她？"

"嗯。"

"你知不知道她说了你多少坏话，还抢了你的位子？"

"我们是竞争关系，这也是没办法的事情。而且，前段时间我是很不好。"

"黄灿，我还是第一次听到你认错。"韩晓饶有兴味地看着她。

"人总是会变的嘛。老板，你为什么会改变主意？你不是早就……"

"正如你所说，人是会变的。你的创意非常好，我认为你很有潜力，能为我开拓市场。还有一个原因，那就是……"

"就是什么？"

"你救的人是我母亲。"

"啊？这不可能！老板的母亲不应该在美国吗？"

"在我很小的时候，我父母就离异了，我和父亲去了美国，母亲一直留在中国。那么多年，她一直努力联系我，可我一方面工作忙，一方面恨她以前抛弃了我，总是对她不冷不热。这次回国，她又好像招待贵宾那样款待我，我也发现她在不知不觉间老了那么多……今天我说过要去晚会，可她非要给我做饭，然后在菜场被撞了。要不是你的话，我真的不知道她会不会有危险……可能真的是要到濒临失去的时候才会懂得珍惜吧。呵，我和你说这些做什么。"

"我懂。老板，你不是觉得我变了很多吗，其实我也是在想这样的问题。可是，我走错路了。我一味地沉浸在过去，我缅怀没有了的东西，却忘记了更为珍贵的是现在。现在，我终于想明白了。"

"我看出来了。我喜欢以前能干的你，但你现在多了点真心，我觉得把市场交给你更放心。"

"谢谢老板相信我。"

"黄灿，我先去医院看望妈妈，这里就先交给你了。"

"啊？我？"

"都是你未来的客户，你懂要怎么做的。"

"老板你……"

"我想，陪伴母亲是比晚会更重要的事情。"

韩晓说着，居然真的离开了，她的背影是那么潇洒。深吸一口气，黄灿走进了人群，从开始的有些拘束变成了后来的如鱼得水。空暇时间，她和凌霄对视，那双眼睛给予了她莫大的勇气。她是那么感谢上天安排凌霄站在她的身旁。

就算什么也不能想起，凌霄也会是她永远的爱人。她终于知道爱上一个人是什么滋味了。

晚宴结束后，凌霄带着黄灿一起离开。进了家门，黄灿发现黄丽丽不在家，不知道她又去哪里鬼混去了。凌霄却解释："丽丽去老师那里练歌了，她现在很努力。"

"不是出去玩？"

"高考就在眼前，她也是懂轻重缓急的。"

"但愿她能考上心仪的音乐学院。不过考不上也没关系，反正我们总养得起她。"

"你现在倒是真看得开。"

"读大学是为了更好地追求自己想要的生活，不是每个人都必须要走的路，她的选择我当然支持。对了，我的小屋就要做好了，要不要看？"

黄灿把凌霄拉到自己的房间，把小屋搬了出来，果然已经快完工了。她现在最大的问题就是怎么把做好的人物玩偶放到屋子里，而这个问题需要凌霄帮她解决。看着凌霄灵巧的手把所有问题解决，最后一步就这样完成了，黄灿高兴地抱住了凌霄。然后，她讪讪地松手，但凌霄把她紧紧地搂在了怀里。

"灿灿，这是我们的家。"他轻声说。

完工的小屋里面有四个人，两男两女，其中三个人当然是她、凌霄和黄丽丽，还有一个……黄灿想着，脸一下子就红了。凌霄偏偏在她耳边说："还差一个女儿，我们要努力。"

"努力你个大头鬼！"黄灿红着脸去推他。

凌霄的身体很沉，她怎么也推不动，只觉得凌霄的呼吸好像急促了起来。她急忙起身，过了很久拿了一本相册过来，逼着凌霄说他们谈恋爱的始末。凌霄慢慢地说着，轻轻抚摸着她的长发，心情是那样平和。突然，他说："黄灿，闭上眼睛，我有东西送你。"

"什么啊，神神秘秘的。"

"闭上就知道了。"

黄灿好奇地闭上了眼睛，觉得手上凉凉的，睁开眼睛一看，无名指上却多了一个心形的钻石戒指。这个漂亮的戒指使她震撼得说不出话来，凌霄说："这是我们的结婚戒指。"

"啊？那为什么……"

"我一直替你保管。你失忆以后我不想给你压力，就没拿出来，现在，我想你可以接受它了。"

"你这是向我求婚吗？"

"是。"

凌霄点头，然后突然单膝下跪："我愿对你承诺，从今天开始，无论是顺境还是逆境，富有或贫穷，健康或疾病，我将永远爱你、珍惜你，直到地老天荒。我承诺我将对你永远忠诚。嫁给我吧，灿灿。"

"我、我……可我们不是已经结婚了吗？"

黄灿期期艾艾，而凌霄当然懂她的意思。他抱住黄灿，紧紧地，好像怕她突然从指缝中溜走一样。在凌霄的怀抱里，黄灿闭上了眼睛。

幸福，原来一直就在身边啊。

第十五章 女魔头苏醒了

"可这一切都是你教我的！是你教的！我大学毕业后就跟着你，我看着你怎么一步步爬到这个位子，我所有的一切都是和你学的，你反而来谴责我？就因为你失忆了，你可以抛弃所有的一切，成为另外一个人？而且还取得了以前无法取得的成功？你凭什么这样！为什么我成了你这样的人，但失败的却是我！你是在玩我对吗！"

1

第二天去上班的时候，杂志社的气氛非常诡异。

韩晓说的话大家都听到了，可又没有关于黄灿复职的正式任命，所以他们都很好奇黄灿和麦琪到底谁输谁赢，也怕这股火烧到自己身上。麦琪如临大敌，稳坐主编室，而黄灿却出人意料地还是坐在原来的位子上，大家期待的两虎相争的场面也没有出现。

她的淡然，反而让麦琪更加忌惮，她无时无刻不在想着黄灿下一步可能用什么计策来对付她，她觉得自己就要疯了。和她截然相反的是，黄灿却是一副气定神闲的样子。她和以前一样，跟着摄影师、化妆师们瞎混，别人去采访她也跟着，她觉得每一次都有新的收获。看着黄灿不动声色的样子，麦琪快要崩溃了。她无法忍受自己辛辛苦苦得来的东西就要交给黄灿。

当韩晓把任命通知书发到大家的邮箱时，黄灿正和凌霄约定晚上去吃烛光晚餐。看到邮箱的任命，她以为自己会很高兴，但她的反应竟是出奇的平静。办公室安静得可怕，大家都等着看黄灿是怎么把麦琪扫地出门的。就在黄灿也纠结该怎么办的时候，麦琪突然发消息给她，约她一起吃饭。

就算这是鸿门宴，黄灿也不害怕。她们之间终究要出一个结果的。

到达了餐厅，黄灿发现麦琪选的是最靠里面的位子。只是几天而已，可麦琪简直憔悴得不像话，化妆品也无法遮住。黄灿刚一落座，麦琪就尖锐地笑着："黄灿，这一局恭喜你赢了。不过这只是暂时的，笑到最后的那个人还会是我。"

"哦。"

"我要承认，我是真的比不过你，没你要脸！为了这个位子，你居然还用苦肉计！哈，老板相信你，但你敢说撞伤那老太太的车不是你找的吗？我输就输在没你心毒，没你心狠！"

"麦琪，我真的不懂你为什么会把每个人都想得那么恶劣。在你的世界里，就只有算计了吗？你真可悲。"

"可这一切都是你教我的！是你教的！我大学毕业后就跟着你，我看着你怎么一步步爬到这个位子，我所有的一切都是和你学的，你反而来谴责我？就因为你失忆了，你可以抛弃所有的一切，成为另外一个人？而且还取得了以前无法取得的成功？你凭什么这样！为什么我成了你这样的人，但失败的却是我！你是在玩我对吗！"

"麦琪，你疯了。"黄灿悲悯地看着她，"我没有你想的那么多的阴谋诡计，我失忆的事情也是真的，我今天取得的成绩都是因为我的努力。我不知道我以前是什么样子的，但是你在我身上真的只学到了耍阴谋诡计吗？如果你真的足够强，你怎么会怕我？"

"黄灿，你不要巧舌如簧！呵，家庭、事业你都有了，你是不是很得意？可你真的以为凌霄爱你吗？"

"你的话我不想听了。"

黄灿说着，起身就想走，但麦琪不管不顾地喊："你们早就说好要离婚了，他是看在你失忆的分上才会暂时不和你离婚的！他外面早就有女人，他早就不爱你了！"

"你以为我会信你吗？"黄灿停住了脚步，缓缓地问。

"不信你去问凌霄啊。"

黄灿没有说话，转身就走。她不想问凌霄，因为她不相信麦琪的话，她也不想怀疑他们之间的关系。回到家，她去了凌霄的书房，鬼使神差般拿出了上次在书架下看到的那个密码箱。这箱子就好像潘多拉的魔盒，明知道可能有危险，却忍不住着迷。她对自己说只有这一次，她忍住颤抖，尝试了一下。

凌霄的生日，不对；她的生日，不对；丽丽的生日，不对……她试了十几个密码，但密码箱还是没法打开。就在她想要放弃的时候，突然想起凌霄和她共进烛光晚餐的场景——他说那天是他们的结婚纪念日。那么，密码会是……

黄灿尝试着再次输入密码，只听到一声轻响，密码箱开了。她的心狂跳了起来，也不知道自己是该高兴还是该怅然。她在密码箱里小心地翻着，发现大都是凌霄的合同，虽然有些失望，但心中的巨石却放下了。她翻到最后一页，然后觉得呼吸都停滞了。

这是一张离婚协议书。

协议书里明明白白地写着夫妻感情不和，干脆利落地分割财产，结尾处的签名是那么熟悉，又是那么刺眼。黄灿呆呆地看着自己和凌霄的签名，再看日期，发现这天就是她发生车祸的那一天。很显然，凌霄从始至终都在骗她。

可是他为什么要骗她？不喜欢的话，为什么不早点放手？是在可怜她，还是另有打算？

但不管怎么样，欺骗总是事实。

黄灿只觉得手脚发冷，但她却出奇地清醒。闭上眼睛，过去的一幕幕在脑中回放，她实在无法相信温柔地对她的那个男人居然会欺骗她。

我要去找凌霄问清楚！她的脑中只有这个念头。

她抓起钥匙就往凌霄的公司赶去，这还是她记忆中第一次到他的公司来。她不顾前台小妹的劝阻，直直地往里走去，推开凌霄办公室的门，却正好看见一个女人正在为凌霄整理衣领。他们看起来是那么和睦，黄灿觉得他们是夫妻，而她只是一个外人。她就这样安安静静地看着他们，她清晰地听到了什么东西破碎的声音。

"灿灿，你怎么来了？"凌霄问。

"凌霄，你说过我们很相爱，那你能不能解释现在是怎么回事，我们的离婚协议书又是怎么回事？我就那么好骗吗？"

"黄灿……"

凌霄没想到黄灿会在那么尴尬的时间进来，也没想到她会发现离婚协议书，他愣住了。他当然有无数借口可以瞒天过海，但看着黄灿愤怒的面容，不知道为什么说了句："对不起。"

"没关系。是我打扰了。再见，凌霄。"

黄灿说着，转身就走，凌霄急忙快步赶上。什么生意、什么单子，他都不在乎，他只知道自己可能要再次失去那个最重要的人了。他赶到门口的时候黄灿正好下了电梯，等他下楼的时候正好看到黄灿的车子绝尘而去。他上车去追，但再也找不到黄灿的踪影。

差不多就抓住她了……

凌霄懊恼地看着自己的双手，深深地叹了一口气。而此时的黄灿，疯了一样在马路上疾驰，泪水渐渐地弥漫了眼睛。

对不起……呵，我爱上一个人，但结局的那三个字不是"我爱你"而是"对不起"？凌霄！

黄灿想着，没有看到红灯已经亮起，等她踩下刹车的时候已经晚了。随着一声巨响，黄灿的头重重地撞在了玻璃窗上，只觉得眼前越来越模糊。一片朦胧中，她看到有人在和她说话，有人不住地敲打玻璃，这一切好吵，她不想听只想睡觉。

睡吧……在梦里就没有痛苦了。

闭上眼睛，记忆的碎片却突然向她袭来。她和凌霄认识的始末、他们在一起的甜蜜时光、出事那天她看见凌霄和其他女人一起吃饭……巨大的信息量让她头痛欲裂，她也在不知不觉间泪流满面。耳边的声音终于越来越响，她也从虚无中清醒过来。抬起头，看着一张张或愤怒或担忧的脸，黄灿的手轻轻抚摸自己不住流血的额头，淡淡地说："我没事。这是我的责任，我们来协商赔偿吧。"

一个小时后，黄灿再次出现在医院，但这次是一个人来。她自己去做了CT，包扎伤口的时候李子涵到了。李子涵看到她这样就皱起了眉，一把抓住她的手臂："你怎么会伤成这样，为什么一个人来？凌霄呢？"

"开车的时候受了点小伤罢了，没关系的。"黄灿平静地说。

"凌霄知不知道？"

"他不知道，我也不想让他知道。"

"你们怎么了？"

"没什么。"

李子涵的每个问题黄灿都回答，而且语气平静，但不知道为什么，李子涵还是觉得黄灿和以前大不相同。他试探地问："你没事吗？"

"李医生，你觉得我会有什么事？还是你希望我……有什么事？"

黄灿笑着，懒懒地瞥了李子涵一眼。她的笑容非常妩媚，但笑意根本没到眼底。李子涵只觉得自己的所思所想一下子被看穿，觉得自己在黄灿面前简直是透明的，这样的感觉让他非常难受。他恼怒地说："看来你是真的撞坏脑子了。"

"好像是啊。"黄灿笑着说。

"我还有十分钟就下班，你等我一下，我送你回家。"

"好啊，我等你。"

李子涵疑惑地看着黄灿。

还是记忆中的面容，说的话也非常平常，但他不知道为什么，总觉得黄灿和上次见面很不一样了。他摇摇头，不让自己再想下去，他开车送黄灿回家。路过希尔顿宾馆的时候，黄灿突然说："在这里停一下。"

"这里？"

"嗯，我订了房间。"

"你怎么不住到家里？你和凌霄到底怎么了？"

"李子涵，你很关心我的私生活？还是说，你很关心我？"

李子涵一愣："我当然关心你。"

"谢谢你的关心。"

"黄灿，你到底怎么了？"

"李子涵，我喜欢你。"

李子涵愣住了。他没想到黄灿突然会表白，愣愣地看着她，不知道该怎么回答。黄灿却笑了："这三个月来……不，是过去的十年里，我每天都想和你说这句话，现在终于说了。"

"灿灿……"

"李子涵，你爱过我吗？"

李子涵想和往常一样嬉笑着回避这个问题，但他发现他做不到。沉默许久后，他说："我以为你不会问这个问题……是，爱过。"

"什么时候？"

"你和凌霄在一起以后。"

"因为得不到才觉得珍贵？"黄灿微微一笑。

"不，当然不是！是我不好，我太自以为是……那时的我还没玩够，我对自己都没信心，所以我怕我们在一起的结局是分手，我怕我们在一起反而失去你……直到知道你和凌霄在一起，我才知道自己有多难过，犯了多大的错误。是我太傻，醒得太晚。可是，已经迟了。"

"是啊，已经迟了……"黄灿喃喃地说。

"灿灿，你是不是……"

"嗯，以前的事情我都想起来了。我记起来以前是多么多么喜欢你，也记起在毕业典礼那天我向你表白，然后成了全班的笑话；记起来我和凌霄在一起后，你找过我，可你什么也没说。李子涵，在我失忆的时候，在我恢复到那么喜欢你的时候，你为什么不出现？你对我一点感觉都没有？"

"不是的！你一直在这里。可是，就算我爱你，但你已经有了家庭，我不能。"

李子涵指了指胸口，认真地看着黄灿，黄灿笑了。她看着窗外的车水马龙，微笑着说："李子涵，谢谢你。就算我们不能在一起，也谢谢你给了我那么美好的回忆。"

"我说过，你是我所有女人中最重要的一个。要是凌霄对你不好，到我这里来。"

"你不介意我离过婚？"

"灿灿，你还记不记得我答应过你一件事？如果你愿意，我可以修身养性，下半生只陪伴你。以前错过的，现在能弥补也不晚。"

"李子涵，真的谢谢你。可是，我不想你为了我改变——你有权利走你想走的路，过你想过的生活。"

"你爱上他了？"

"是啊……很遗憾，但我确实再次爱上他了。我不会忘记，当我父母离婚，我悲痛欲绝的时候是他在我身边；也不会忘记，当我失忆，找不到方向的时候也是他在陪着我。李子涵，你说你为什么总是慢人一拍？"

"慢了就一点机会都没有了？"李子涵苦笑。

"心里有了人，就装不下别人了。我们只能错过了。"

"很遗憾。"

"可是友谊会比爱情更长久。我要你答应我永远快乐地活下去，永远保留着十七岁的勇气。不管别人怎么说，你永远只做自己。可以吗？"

"好，我答应你。"

被拒绝后的李子涵有点落寞，但那也只是一瞬间，毕竟他们现在都不是为了爱情不顾一切的年纪了。黄灿笑着揉揉李子涵的头，推开车门就离开，而李子涵一直看着她离开的身影。有一瞬间，他多么想推开车门追出去，但他到底没有。

"灿灿，对不起，我刚答应你就食言了。可是，我已经不是十七岁了，我没有了少年时的勇气。我是多羡慕你啊，黄灿……"

黄灿并不知道李子涵在楼下过了很久才离开。她把手机关机，躺在了大床上，不知道为什么觉得宾馆冷得可怕。她把所有的灯都打开，在明亮中闭上了眼睛。

"黄灿，总有一天，你的棱角会被世界磨平。你会拔掉身上的刺，你会学着对讨厌的人微笑，你会变成一个不动声色的人。拔掉刺很痛苦，但这就是成长。"

不管怎么样，生活还是要继续。

明天的太阳总是新的。

2

早上九点，黄灿准时出现在办公室门口。今天，也是她正式坐上主编位子的第一天。

穿着黑色职业套装，头发挽起，高跟鞋在地板上发出清脆的声响，她的到来引起所有人的注意。大家都呆呆地看着她，停下了手中的工作，一时之间不明白黄灿怎么又变了风格。黄灿缓缓地说："看我做什么，不干活了吗？小林，把最近的销售报告都给我，五分钟内我要看到。"

"啊……是，主编！"

随着小林手忙脚乱开始打印报告，大家也急忙工作，黄灿给他们带来的压迫感让他们那么熟悉，简直无法呼吸。黄灿走到办公室门口，发现麦琪正坐在自己的座位上，轻轻皱眉。她把衣服丢给麦琪，麦琪下意识地接了过去，她说："今天的咖啡记得放在我桌上。晚上我要去见张会长，订在水上人间的秋月包厢……"

黄灿不住地说着，麦琪愣愣地听着，后来表情越来越难看。她想把大衣就这样丢在地上，狠狠地给黄灿一点教训，但不知道为什么看到面色平静的黄灿居然丧失了勇气。她努力调节自己的情绪，冷冷地说："黄灿，我不是你的助理，为什么要听你的？"

"我给你两条路，听我的，或者走人，你任选其一。还有，请喊我主编，你并没有资格对我直呼其名。"

"黄灿，你不要那么嚣张！你以为你能只手遮天吗！"麦琪愤怒地大喊。

面对她的怒气，黄灿只是微微一笑："如果不服，你大可以和韩总联系啊，看我到底能不能做你的主。我不用只手遮天，我只要遮住你头顶上的那块就好，让你一辈子不能出头。"

"你……"

"麦琪，带上你的东西出去，喊小林过来帮我打扫办公室！现在！"

麦琪和黄灿互视很久，最终败下阵来，只能收拾东西离开，而她走后黄灿立马找人把办公室消毒。麦琪看着重新抢了自己位子的黄灿，再想想自己短暂的只有一个月的主编生涯，真是越想越绝望。她不由自主地走到黄灿身边，轻声说："主编，不知道你和凌霄怎么样了？"

黄灿一愣，然后冷静地说："和你有关系吗？"

"我希望主编家庭、事业双丰收。"

"那是当然。我也祝福你早日嫁出去。"

黄灿的话一下子戳在了麦琪的心口，她恨恨地瞪着黄灿，但到底什么也不敢说。黄灿拍拍手："十分钟后开个会，大家都准备下。"

"是……"

"唉，又要挨批了。"

"她终于醒了，呜呜呜。"

所有人都抱住了头，绝望地往会议室走去，推开门后都呆住了。他们没想到会议室里居然摆着果盘和橙汁，惊讶地互视，而黄灿淡然地说道："今天开会可能会晚一点，耽误大家吃午饭，饿的话可以吃点心。"

"可以吃点心？"小林忍不住问。

"嗯，这个和会议并不冲突啊。现在，从美容部开始。"

……

看着微笑的黄灿，看着桌上的点心，他们觉得"黄世仁"是真的变了。这样的感觉还真不坏。

会议结束后，已经是下班时间了。大家三三两两地离开了办公室，而黄灿办公室的灯一直亮着。她已经堆积了太多工作没有完成，她必须在最短时间内处理掉，还要为麦琪收拾烂摊子。揉揉发胀的太阳穴，她看着窗外，突然看到了一个熟悉的身影。那辆车就静静地停在楼下，不知道等了多少时间。

凌霄……

几十米的落差让车子就好像火柴盒那样小，车里的人也看不清楚。可是，黄灿分明看到了他。

他一定在抽烟吧，他心情不好的时候就会这样。烟雾缭绕，他的身上也会有烟草的味道。他一定在听歌，不是钢琴曲就是小提琴，最大的可能是听《卡农》——他真的是一个特别守旧又特别无趣的人。可是，他到底为什么要在楼下等她？他们还有见面的必要吗？

理智告诉黄灿不该去见凌霄，但这一次她不想听从理智。五分钟后，她出现在了楼下。她透过车窗看着，发现凌霄果然在抽烟，而车里播放着《卡农》。见到她，凌霄急忙把烟熄灭，下车，汽车后座的黄丽丽也惴惴不安地看着她。

"你是来找我的吗？"黄灿冷静地问。

"昨天晚上你去哪里了？"

"我们已经协议离婚了，这个和你无关。"

"灿灿，之前的事情我是对你隐瞒了，我希望你原谅我。但除了这个，我说的一切都是真的。"

"凌霄，我记得你告诉过我想骗人要先骗自己，你是不是在努力说服自己你爱我，是不是自己都演上了瘾？这么好的演技，你为什么不去当演员？"

"灿灿……"

"房子是你买的，我不会要。我最近在找房子，丽丽还要暂时麻烦你一阵子，等我找到以后我会把她接走。在此期间的生活费，我会打到你卡上。"

"你非要这样吗？"

"我们之间还是算得清楚点比较好。"

"姐，你非要这样和姐夫说话吗？你们之前明明关系很好啊！你为什么又变成那么讨厌的样子？"黄丽丽终于忍不住，也下了车。

"黄丽丽，我希望你搞清楚，我是你姐，只有我教育你，没有你教育我的份。明年就要高考了，你不在家里学习跟着凌霄出来瞎混什么？你到底有没有脑子？"

"你……"

黄丽丽没想到黄灿会那么严厉地责骂她，一下子愣住了。她终于相信，原来的姐姐又回来了。

"我讨厌你！"黄丽丽用力跺脚。

"我回去了，钱明天就会到账。"

黄灿懒得理会妹妹，转身就走，而凌霄一把抓住了他："黄灿，你住回家吧。不想看到我，我走就是。"

黄灿脚步一顿。

"我的东西我已经拿走了，你放心，回来不会见到我。"

"是吗？"

"当然。"

"凌霄……你告诉过我，要骗人首先要欺骗自己。装作喜欢我，装作我们感情很好，你一定很累吧。我真的很好奇，你到底想得到什么？想让我爱上你，然后看我笑话吗？"

"黄灿，你总是把事情想得那么复杂，总是把人心想得那么糟。不管你相不相信，我都要告诉你，我从始至终都爱你，从来没想过放弃你。呵呵，我以为爱情可以重来，可结果就是这样吗？伤害我就这样有趣吗？"

凌霄说着，开车离去，而黄灿怔怔不能语。这房子是凌霄买的，她想要房子，只能设计让凌霄内疚，也让他主动离开。她明明达到了目的，也算计了凌霄，可心里为什么那么难过？为什么会觉得如此寂寞？

晚上回到家，她发现凌霄果然搬走了，房间里缺少了很多他的痕迹。看着沙发，黄灿会想他曾经坐在这上面喝咖啡；看着餐桌，她会想凌霄曾经在这里吃饭；看着阳台，她想起他们曾经拥吻……她从未发现，房间里会有这么多回忆。

走上楼，路过黄丽丽的房间时，黄灿停住了脚步。她下意识地伸手敲门，听到黄丽丽喊"进来"她才进去。看到黄丽丽的桌上摆着漫画书，她不悦，皱眉道："我给你买了习题，你这几天就做吧，快高考了就别看这些没用的东西了。"

"我作业做好了，放松一下不好啊？"

"学无止境，你不能偷懒。"

"姐，姐夫真的走了？"

"嗯。"

"你们到底怎么了？"

"大人的事情小孩子不要管。"

"切，只会说我小，我已经十七岁了好不好！我有权知道。"

"我们决定离婚，因为我们不再相爱了。"

"什么？可是姐夫对你那么好。"

"爱情这种事是不能勉强的。丽丽，这是我的事，我希望你给我一点私人空间。"

"好吧。"黄丽丽叹气，"对了，这个礼拜天我要去乐队排练，可能会晚点回来。"

"礼拜天不行，我已经给你报了补习班。"

黄丽丽瞪大了眼睛："姐，你是鼓励我做自己喜欢的事情的。"

"我现在改了主意。"

"你怎么可以这样！"

"你的成绩实在太差，不去补习班你考不上大学。"

"考不上就考不上啊！你说考不上没关系的！"

"那是以前。黄丽丽，你考不上就等着复读吧，我们家丢不起这人。"

到后来，黄灿和黄丽丽再次吵了起来。黄丽丽绝望地看着姐姐："姐，你变了。"

"我一直是这样的人，只是你不知道罢了。"

黄灿说着，起身离去。她骄傲地抬着头，不会承认她的心里有那么一点点悲凉。回到房间，她给自己倒了一杯红酒，本该芬芳的味道在嘴里却满是苦涩。

其实，她不是不懂。

当初看到凌霄和李玫在一起的场景，黄灿是很生气，但她这几天冷静地想想就知道那天应该是一场误会。工作上当然有身不由己的时候，凌霄和她在一起那么久，她还是相信凌霄的人品的。她不知道三个月前为什么会被这件事气得丧失了理智，其实还是怕失去吧……因为惧怕，所以不会冷静。

她已经二十七岁了，不会因为李玫的事情生气，她气的是凌霄欺骗了她。虽然理解凌霄为什么要说谎，但一想到他骗她说他们有多相爱她就愤怒异常。夫妻之间最重要的就是坦诚，而他的谎言居然欺骗了她三个月之久！她就那么蠢笨吗？

她是和凌霄生气，更是和自己生气。她讨厌那么蠢、那么容易上当受骗的自己。闭上眼睛，面前浮现的是以前喧闹的场景。那时候，他们三个人一起做着小屋，家里满是欢声笑语。而现在，这个家冷清得让她觉得可怕。

"黄灿，你赢了，恭喜你。你赢回了工作，赢回了尊严，你终于又是过去那个你了。可是，你真的快乐吗？在感受过真正的快乐后，你又怎么能欺骗自己？其实，除了做二十七岁的女魔头和十七岁的高中生外，你还有第三个选择。"

轻轻晃荡手中装着红酒的酒杯，黄灿微笑。打开抽屉，拿出记事本，她第一次拨打了那个电话号码。

"妈……我是黄灿。"她轻声说，脸上已经满是泪痕。

第十六章 爱情从未走远

"要是没失忆的话,也许我们就离婚了吧,我真要感谢这次失忆。回到了十七岁我才知道,离开你是多么可怕的事情。这些美好的回忆拿什么都换不回。凌霄,我爱你。我终于知道,爱情真的可以回来。"

1

时间总是过得飞快,转眼间凌霄已经离开两个星期了。这段时间,他没有找黄灿,黄灿当然也不会主动找他。她要感谢忙碌的工作,这样才会让没有凌霄的日子不是那么难熬。魅力杂志青春版正如火如荼地准备着,预计一年后可以面世,而一中的百年校庆也终于来临。

黄灿本以为校庆只有百余人来,没想到她每天接电话都接到手软,校庆的影响力简直是盛况空前。为了迎接校庆,李子涵别出心裁地征集了不少老照片,在学校长廊摆放,正好记载了学校的一百年历史。校庆当天,黄灿傻傻地看着蜂拥而至的人,说:"人会不会来得太多了?"

"这代表我们宣传得好,你该高兴。"

"文艺演出的事情怎么样?接待处没问题吗?礼品分发可不能错了……"

黄灿紧张地过问每一个细节,李子涵好脾气地一一回答,最后连黄灿自己也觉得好像有点反应过度了。李子涵拍拍黄灿的肩膀,笑着说:"不要太紧张。虽然你是总指挥,但你手下那么多'兵'也不是吃干饭的,你就少操点心吧。"

"学姐,相信我们啦。"

黄灿身边的学弟、学妹们七嘴八舌地说,黄灿也笑了。就在这时,演出开始,吸引了所有人的注意。

校庆的这场演出是由校友们自发举办的,有唱歌、跳舞,有小品,黄丽丽的乐队也首次亮相。黄灿看着手握话筒、在人群中那么耀眼的妹妹,只觉得有说不出的欣慰。不远处,她看见沈亮和几个同学正挥舞着荧光棒为黄丽丽加油,还有几个女生走上前羞涩地让沈亮加油——自从他被某知名大学篮球队录取后,他就成了校园明星了。

孩子们都长大了，找到了自己的方向，真是太好了。他们这一代的人正从青春中散场，可这些孩子们正是风华正茂的年纪。

多好的年纪啊……

黄灿眯起眼睛看演出的时候，李子涵突然拉住她，把她往一个地方带。黄灿问他到底要干吗，李子涵只说去了就知道了。黄灿只好跟着他走，然后屏住了呼吸。

2

熟悉的教室——回忆中无数次出现的教室不再是空荡荡的，里面全是人。他们都穿着高中的校服，看着黑板上的板书，而老师正在讲作业。黄灿呆呆地站在门口，有人笑道："黄灿，上课了，还不快点进来？"

黄灿揉揉眼睛，面前的他们没有穿校服，黑板上也没有板书，但她偏偏就有了这样的错觉。那么多年没见，有的人还是记忆中的样子，但更多人已经变得认不出来。黄灿看着他们，眼泪一下子就流了下来。

"黄灿，听说都是你努力争取一中才能迎来百年校庆，谢谢你啊。"

"黄灿，你比以前漂亮了很多啊。"

大家都七嘴八舌地和黄灿说话，黄灿觉得自己又回到了以前。她觉得自己好像并没有错过十年，只是错过了一个短暂的下课期间。她上次去看望的严老师也来了，气色极好，笑呵呵地和大家讲着以前的趣事，引起尖叫声连连。黄灿看着他们，不住地笑着，但不知道为什么总觉得少了点什么，心里空荡荡的。就在这时，上课铃响了。

随着铃声的响起，凌霄走了进来，穿着和记忆中一样白色的T恤和牛仔裤。阳光下，他是那么耀眼。在众人的注视中，他径直走到黄灿身边，微微弯下腰："黄灿同学，下课后可以和我去一个地方吗？"

黄灿呆呆地看着他。

他分明比记忆中的那个人苍老，眼角也有了细纹，但岁月把他打磨得更加温润、耀眼。就是这个男人，在她父母离婚、她最难过的时候，出现在她的身边，陪她一起度过。他陪她度过悲伤，陪她走过欢笑，即使她失忆了仍然对她不离不弃。

如果说李子涵是她心中的明月的话，凌霄就是太阳，没有月亮那样动人，却总是陪伴在她的身边，带给她希望和温暖。

凌霄，他是阳光啊。

四周响起了哄笑声，黄灿红了脸，然后呆呆地被凌霄拉走，上了车。凌霄的车子开了很远，一直开到了郊区，不知道为什么，黄灿越来越紧张。她终于忍不住问凌霄到底想干什么，凌霄却突然停车，说："闭上眼睛。"

"凌霄，有什么事你就直说，说完了我们回去，还有一堆事等着我呢。"

"你在害怕？"他笑着问。

"没有。只是，我和你没什么好说的。"她傲气地说。

"相信我，我会给你一个惊喜。"

凌霄说着，大手轻轻覆盖上了黄灿的眼眸，她只好闭上了眼睛。凌霄牵着她的手往前走，黄灿什么都看不清，可不知道为什么，她一点都不担心自己会摔倒。

因为，凌霄牵着她的手啊。有他在，她根本不需要害怕。

"到了，你可以睁开眼睛了。"

当凌霄终于停下脚步的时候，黄灿也慢慢睁开了眼睛。然后，她几乎不敢相信自己所看到的。

矗立在她面前的是一间小别墅，就是她所做的模型小屋的样子。绿色的窗框、粉色的墙，还有挂在门上的一束太阳花……她下意识地环视四周，简直怀疑自己是不是缩小了，到了自己亲手制造的梦想家园中。推开门，凌霄带着她走到了小屋内部，她发现里面的布置居然也是她所熟悉的，连墙纸的花纹、果盘中的水果都是她的最爱。她不可置信地看着凌霄："这是什么地方？怎么会……"

"我说过会给你一个礼物，我不会食言。你的小屋是你理想的家，我从几年前就开始准备，现在我终于把你的理想变成了现实。黄灿，我对你是有欺骗，我也承认当初有过离开你的念头，但你可以原谅我吗？我们的家，只缺你的入住。"

黄灿直直地看着凌霄。她突然想起了妈妈说的话。

"灿灿，你爸爸和一个阿姨走得近，我和他离婚，但其实不是没后悔过。我有时候想，如果当时没那么倔强，愿意给他一个改正的机会，现在又会怎么样？婚姻当然不能有背叛，不能有忍气吞声，但也应该有宽容和理解。夫妻是携手走一辈子的人，为什么要在赌气吵闹中度过本来可以幸福的时光？凌霄这孩子从来没有对不起你，只是你们曾经走得远了一点，给他一个弥补的机会为什么不可以呢？爱情从来不是非黑即白的，只要你们相爱，那就够了。"

她终于记起，在她最绝望的时候，是凌霄牵起她的手，陪她一起度过。他陪着她，逗她开心，她终于敞开心扉接受了他，也拒绝了暗恋了十年的李子涵——高高的仰望，哪里比得上触手可及的温暖？她和李子涵只能说是无缘。

因为父母的离婚，她变得敏感而自卑，没有安全感。就算凌霄爱她，她也觉得他有朝一日会离开自己，只能拼命抓住一切机会，努力往上爬，想让自己更优秀，却没想到这样反而和凌霄越走越远。她那么努力工作，那么努力想让黄丽丽过上幸福生活，却让妹妹恨自己……她以前真是太失败了。

她越是不明白为什么自己付出那么多会是这样的结果，越是变得孤僻桀骜，而这样的恶性循环她怎么也走不出。因为痛苦，她甚至尝试自杀，这一切即使是凌霄都不知晓，只有手腕上的淡淡的伤疤记录着她的落寞。

要不是失忆，她不会明白他们真正想要的是什么，也不会懂自己其实一直生活在幸福里，只是自己看不穿罢了——他们喜欢的不是她的强势和成功，只是她这个人而已。就算她什么都没有，他们也是她的亲人，也会爱她。

她真的没想到，凌霄轻易猜中了她的心——她所做的模型小屋就是她理想的家园。她从大学开始做它，曾经想把这个送给父母，可父母的离婚让她放弃了模型，也放弃了她的理想。那时的她绝对想不到自己会失忆，想不到自己会重拾理想，更想不到凌霄会把理想变成了现实……她想要一个温暖的家，凌霄给了她，她有多幸福！

　　学校能晚一个月被拆，大家都感谢她，而她却知道凌霄出了很大的力。他从来都不会甜言蜜语，不会吹嘘自夸，可这样的男人让她分外安心。校庆以后就要和学校说"再见"了，那棵刻着李子涵名字的松树也不知道会被送去何方，不过这并没关系——她还有那么多同学，还有那么多回忆，更有美好的未来。对李子涵的爱意就像那棵松树一样注定远去，她要珍惜的是触手可及的幸福。她是恨凌霄的欺骗，可是谁从来没有犯过错？难道要为了面子和骄傲错过这个最爱她、也是她最爱的男人吗？她不想欺骗自己，她知道她喜欢凌霄，既然这样，又为什么非要分开？

　　"凌霄，我给爸妈打了电话。下个星期，他们会来。"黄灿轻声说。

　　"嗯。"凌霄看起来有些意外，"你怎么会想到和他们联系？"

　　"之前是我太……不管怎么说，他们都是我爸妈。这次他们回来，我会好好陪他们。"

　　"我会和你一起。"

　　"今天李琳没来，可能是不想见到我吧。我打听到她在上海工作，等我忙完这阵子，我要去上海为我的恶毒向她道歉。"

　　"我陪你。"

　　"我以前的主编现在住院了，我也要去看看……"

　　黄灿不住地说着，凌霄含笑听着，黄灿足足说了五分钟才停口。她悲哀地发现自己得罪的人、要补偿的人实在太多，幸好她觉悟得还不算晚。

　　"要是没失忆的话，也许我们就离婚了吧，我真要感谢这次失忆。回到了十七岁我才知道，离开你是多么可怕的事情。这些美好的回忆拿什么都换不回。凌霄，我爱你。我终于知道，爱情真的可以回来。"黄灿轻声说。

　　"不，爱情从来没有离开过。"

　　所有的欺骗、不愉快都会随着这一句"我爱你"随风而逝，他们不需要缅怀过去，只需把握现在。凌霄的臂弯是那么紧，他用尽浑身力气抱着她，不肯松手。

他看着黄灿亮晶晶的眼眸，嘴唇慢慢地靠近，就在黄灿准备迎接甜蜜亲吻的时候，黄灿的手机突然响了。要是以前，她肯定会立马接通电话，但她现在很矛盾地看着凌霄。

"接吧，没关系。"

"不，我不能让工作影响我的生活。我还是不接了。"

"你想接就接，为什么这样为难自己？"凌霄大笑。

"不，我真的不为难，一点不为难……我看一眼是谁打电话给我，就一眼。"

"看吧，我真的没关系。"

看到黄灿局促不安的样子，凌霄并不恼火，有的只是对她的无限包容与爱意。黄灿发誓自己真的只是想看一下是谁打电话给她，却没想到来电显示人是李子涵，她"咦"了一声，接听了电话。然后，她瞬间变了脸色。

"怎么了？"凌霄见她脸色惨白，急忙问。

"有人打电话告诉我，说李子涵他、他被学校的花盆砸到了头……"

"要不要紧？"

"已经送到医院了。据说，他突然一个人都不认识，还说自己是十七岁……"

黄灿神情复杂地看着凌霄，而凌霄一下子愣住了。他们都没想到，当黄灿的故事步入尾声的时候，李子涵的故事才刚开始。也许，这又将是一场有关青春、有关勇气、有关爱的旅途。

（完）